张彩云 著

常州派词评研究

Changzhoupai Ciping Yanjiu

合肥工业大学出版社

图书在版编目（CIP）数据

常州派词评研究/张彩云著 . —合肥:合肥工业大学出版社,2016.6
ISBN 978 - 7 - 5650 - 2778 - 9

Ⅰ.①常…　Ⅱ.①张…　Ⅲ.①常州词派—文学研究　Ⅳ.①I207.23

中国版本图书馆 CIP 数据核字(2016)第 122576 号

常州派词评研究

张彩云　著		责任编辑　张　慧	
出　版	合肥工业大学出版社	版　次	2016 年 6 月第 1 版
地　址	合肥市屯溪路 193 号	印　次	2017 年 12 月第 2 次印刷
邮　编	230009	开　本	710 毫米×1010 毫米　1/16
电　话	人文编辑部:0551 - 62903205	印　张	13
	市场营销部:0551 - 62903198	字　数	228 千字
网　址	www.hfutpress.com.cn	印　刷	安徽昶颉包装印务有限责任公司
E-mail	hfutpress@163.com	发　行	全国新华书店

ISBN 978 - 7 - 5650 - 2778 - 9　　　　　定价: 32.00 元
如果有影响阅读的印装质量问题,请与出版社市场营销部联系调换。

从"序"说起（代序）

张兆勇

　　最近，我刚完成手头历代评大谢诠评的写作，学生出书要我写序，给我出了个难题。五年以前，我自己出书，期望我的老师写序，老师有些为难，我也没有勉强。学生要我写的理由是我熟悉其人、其文；我没勉强我的老师的理由是我还想在序里保留一点对话世人的空间。

　　学生书稿的内容是关于清代常州词派的。本来我想花些时间简述一下我对常州派词的理解，但面对"序"字却安静不下来，最直接的意识是我似乎还没资格写"序"，因为古往今来有太多东西是靠珍贵的"序"保存下来的，或靠"序"平添其羽翼。不论别人怎样看，在我眼里，《四库全书总目提要》均是"序"，而其中相当数量的书远没有"序"有价值，我们正好也可将诸序串起来，借此可看到一个完整的清代学者纪晓岚。

　　按照笔者的理解，历代以来，先哲、学人所作的"序"，有时是替自己写的，例如：我最近重读的《昭昧詹言》，发现方东树人品学问即藏身两序。又如大家所熟悉的太史公司马迁在《史记》最后特别给自己留有位置。"序"有时是替别人写的，例如：汪森《词综序》即为了向世人说明浙西派开创者朱竹垞。

　　但无论哪一种"序"，序者均是写序人自己的思想，被序者仅是平台。常见许多著名学者一生的东西影响最大的恰是各种给别人写的序，例如宗白华。

　　"序"有时是总结性的，总结已成的事实，这一点恐怕以《诗大序》最为经典。显然，它是对诗、对孔子删诗的经典概括。

　　《河岳英灵集序》之所以权威，又是因为此乃殷璠对唐人诗歌走过盛唐的总结。有时为了助力揭开一种新思路。如果说卢藏用的李白评论拉开了欣欣向荣的盛唐大幕，① 那么，白居易的《新乐府序》则是中唐思维转换的另一面旗帜。对于清词中兴也是如此，如果汪森的《词综序》总结了浙西派词的特征，张皋文的《词选序》显然是另一种新潮的揭幕。上述的两种"序"均是写序人有自己明确的思想，依托"序"或传达或理开价值趋向。

至于作序的目的，则是为了勾勒作者或编者自己的思路。这种情况真是不乏其例。例如，对后世影响很大的《昭明文选》即有一个思路明确的"序"在统领全书的编著。清代诗话浩如烟海，但在笔者的眼中，前有赵翼的《瓯北诗话》、后有刘熙载的《艺概》最有深度，推其原因也在于他们是将内容以"序"统筹于明确的思路中。

特别在于作序人经常以"序"来维护自己的主张，延伸自己在著作中的隐含。例如：汤显祖的《牡丹亭序》、吴敬梓的《闲斋老人序》，在此，"序"的内容已是被序者的有机组成甚或作序人在此有意以序为支点，从而再次提升被序者的地位与意义。例如：昭明太子对陶渊明的提携，韩愈《送孟东野序》对孟郊的重视。

今天回过头看上述无论哪一种序，作序人之所以振振有词，无不在于他们思路明确，尤其在于他们有厚重的担荷意识、使命情怀。

从中华思想史可知，古往今来，学人经常是把一件事一个行为纳入人生境界的落实、人生走向圆融的过程，而把题序作为关于此的一个重要环节。如此一来，"序"的问题早就已本体化、主体化。从中学课文上所选的脍炙人口的《送东阳马生序》到当代哲学大师冯友兰晚年的力作之《三松堂自序》，无不以"序"为平台，而展开的却是对人生的悟道次第。

先贤们最有魅力的"序"在于写序人往往一头联系着时代、问题，借题以志，一头联系着天人情境，由此提升，从而在宇宙的层面上去找寻被序者的价值及隐义。关于这一点几成定理。学人可以从司马迁《报任安书》的"究天人之际，通古今之变，成一家之言"找到它的源头，也可以从它以后太多的学人所作的序中找到它的魅力与正能量。

且读一下王夫之的《张子正蒙注序》：

张子之学，无非易也。即无非诗之志、书之事、礼之节、乐之和、春秋之大法也，论、孟之要归也。自朱子虑学者之骛远而忘迩，测微而遗显；其教门人

① 李阳冰. 草堂集序［M］//李太白全集（卷三十一）. 北京：中华书局，1977：1443.

也，以《易》为占筮之书而不使之学，盖亦矫枉之过，几令伏羲、文王、周公、孔子继天立极、扶正人心之大法，下同京房、管辂、郭璞、贾耽、王遁奇禽之小技。而张子言无非易，立天、立地、立人，反经研几，精义存神，以纲维三才，贞生而安死，则往圣之传，非张子其孰与归。①

再读一下熊十力先生于1945年所作《读经示要·序》：

《易》道晦塞二千余年。余造《新论》，自信于羲皇神悟之画，尼山幽赞之文，冥搜密察，远承玄旨，真理昭然天地间。悟者同悟，迷者自迷。余非敢以己意说经，实以所悟证之于经而无不合，岂忍自陷诬经谤圣之罪哉？……念困极于哀凄，痛人生之迷乱，空山夜雨，悲来辄不可抑；斗室晨风，兴至恒有所悟。上天以斯文属余，遭时屯难，余忍无述？呜呼！作人不易，为学实难，吾衰矣！有志三代之英，恨未登乎大道。不忘百姓之病，徒自托于空言。天下后世，读是书者，其有怜余之志，而补吾不逮者乎！②

从上述"序"中，我们不难看出作序人神情的凝重。若推其意义在于作序人于此实乃拿"序"及思路来格义自己或被"序"者辛勤之果。

读《谢灵运集》会发现，大谢于赋几乎是篇篇有序，而之所以为序即是为了推介所赋之果。其实，放大一点视角会发现，他的不少诗也是这样。例如，写作于秘书监时期的《拟魏太子邺中集八首》不仅有总序，而且篇篇再序，而其目的显然是为了更深切地推出"赏心"的心态。

试读一下其中悠悠的诗情。

建安末，余时在邺宫，朝游夕讌，究欢愉之极。天下良辰美景，赏心乐事，四者难并。今昆弟友朋，二三诸彦，共尽之矣。古来此娱，书籍未见，何者？楚襄王时有宋玉、唐景，梁孝王时有邹、枚、严、马，游者美矣，而其主不文；汉武帝徐乐诸才，备应对之能，而雄猜多忌，岂获晤言之适？不诬方将，庶必贤于今日尔。岁月如流，零落将尽，撰文怀人，感往增怆。

大谢虽很感伤，但大谢绝不是个案，冷静下来会发现古往今来有太多的作序人、太多的人作序都是将"序"内在于本体，内在于主体性充实。后人耳熟能详的《画山水序》，今天已不能知画的面目，但作者从天人情怀谈所以作画的

---

① 张子正蒙注［M］．王夫之，注．北京：中华书局，1975：4.
② 熊十力．读经示要［M］．北京：中国人民大学出版社，2006：8.

"卧游"理由却被"序"保留了下来。

这篇文章是为了给学生研读出版《常州派词评研究》作序，面对此话题，笔者突然意识到，自张皋文作《词选序》以来，几代常州派词人迎对浙西词派逐步壮大起来，虽然有很多理由，但他们先后将对张惠言所倡言的悟性用"序"的形式传达出来，以"序"来实现以心印心的传道与接力，此显然是"序"的特征和重要性的例证。试举一些著名的序论看：宋翔凤《浮溪精舍词·自序》、周济《词辨序》、莫友芝《香草词序》、谢章铤《张惠言词选跋》《抱山楼词叙》、黄彭年《香草词序》、谭献《复堂词话·自序》、冯煦《宋六十一家词序》、缪荃孙《国朝常州词录序》、樊增祥《东溪草堂词选自叙》、陈廷焯《白雨斋词话·自序》、王鹏运《彊村词序》……

如果我们把张皋文的《词选序》之论概述为以下几点：

(1) 词缘情造端，兴于微言；

(2) 言在此，意在彼，意内言外；

(3) 以表达君子幽约怨悱不能自言为归趣；

(4) 低徊要眇、比兴骚雅的风格特征。

那么，上述这些序论显然又驱驱前行，结合着时代更深刻具体地联系着天人，让张皋文的倡议具体化、深入化，从而最终创造了常州派词人的共同成就，可概括为：

(1) 根深诠释；

(2) 创造变化；

(3) 一脉承祧；

(4) 对接近代。

或换言之，常州派的追随者一方面固守张皋文之学，一方面立词史、词心、本原等概念，再寻支点（冯煦以南唐为支点、陈廷焯以王碧山为支点、王国维以秦少游为支点），从而以辉煌的成就超越浙西派，成为全社会词人创作和学术的公信。

我的学生在将要出版的这本书中，对常州派各期的许多问题都饶有兴趣地做了驻足聚焦，努力在不同地方感受常州派这种一路走来的魅力，此其价值。

在笔者看来，张皋文之后，从介存斋、冯煦到刘熙载、王国维，常州派的最大成就即是建立起一个关于从晚唐五代到北宋南宋词演变的解读思路，而思路之所以感人，在于这些人既抓住了中华文化的总特征，又抓住所批评的词人各自切入自己时代的角度；既近距离地呈现晚唐五代以来的词人所身临的背景中，又努力拉回这些词人于中华文化的大背景中。尤其在于常州派的学人们经常将这些思路表达得既神圣又轻松。

且读一下陈廷焯的王碧山评：

> 碧山词自是取法白石，风流飘洒，如春云秋月，令人爱不释手。（《云韶集》）

> 王碧山词，品最高，味最厚，意境最深，力量最重；感时伤世之言，而出以缠绵忠爱，诗中之曹子建、杜子美也。（《白雨斋词话》卷二）

在笔者看来，"序"以它所具的本体论意义当然不是一般意义上的应用文。写序不应是干巴巴的，而应是议论与抒情并重。一般说来，多数"序"是议论大于抒情，在此议论厚重，抒情摇曳。

例如，中晚明的个性学者张溥辑有《汉魏六朝百三名家集题辞》，其中的许多篇即具这个特点。且读一下其《谢康乐集题辞》：

> 以衣冠世臣，公侯才子，欲倔强新朝，送齿丘壑，势诚难之，予所惜者，涕泣非徐广，隐遁非陶潜，而徘徊去就，自残形骸，孙登所谓抱叹于稽生也……诗冠江左，世推富艳以争观之，吐言天拔，正文由素心独绝耳。……①

有时也是抒情大于议论，这个特征的最经典例证可从《陶渊明集》中查寻，《陶渊明集》中的《归去来兮辞序》《桃花源诗序》即非常有这种特色。

甚或有时学人直接用诗词表达序意。

晚唐诗人李义山有一首七律《锦瑟》，它以沉博绝丽、意蕴飘忽一直引发学人们对其主题的断测。其中，钱钟书先生的观点有相当的说服力，即以为本诗乃李义山平生诗的总序。

诚然，这是钱先生的一种推测，但笔者不想排除其所具有的说服力还在于诗本身的蕴藏及以诗表达的突兀性。无独有偶，且再读一下朱彝尊的《解佩令·自题词集》，其云：

> 十年磨剑，五陵结客，把平生涕泪都飘尽，老去填词一半，是空中传恨，几曾围燕钗蝉鬓？

---

① 谢灵运. 谢灵运集校注［M］. 顾绍柏，校注. 郑州：中州古籍出版社，1987.

不师秦七，不师黄九，倚新声玉田差近，落拓江湖，且分付歌筵红粉。料封侯、白头无分。

与李义山的《锦瑟》诗相比，朱竹垞显然按捺不住以词作序的愿望，全词均表现着以词使"序"的自觉或将"序"揉碎为词以出其所愿的心理。

笔者欣赏的"序"是一种神龙出没，没格式，有神韵；没路径，有形态。犹如蓝天上的一片白云，来去有影，去留无痕。"有时白云起，天际自舒展。"（李白语）仅是与蓝天相互衬托、相互掩映而现的一点风姿飘扬在正文之前。

且读一下苏轼的《书黄子思诗集序后》：

予尝论书，以谓钟、王之迹，萧散简远，妙在笔画之外。至唐颜、柳，始集古今笔法而尽发之。极书之变，天下翕然，以为宗师。而钟、王之法益微。至于诗亦然，苏、李之天成，曹、刘之自得，陶、谢之超然，盖亦至矣……李杜之后，诗人继作，虽间有远韵，而才不逮意。独韦应物、柳宗元发纤秾于简古，寄至味于澹泊，非余子所及也。①

再且读黄山谷《题意可诗后》：

宁律不谐而不使句弱，用字不工不使语俗。此庾开府之所长也。然有意于为诗也。至于渊明，则所谓不烦绳削而自合。虽然巧于斧斤者多疑其拙，窘于检阔者辄病其放。

孔子曰："宁武子其智可乃也，其愚不可及也。"渊明之拙与放，岂可为不知者道哉！道人曰：如我按指，海印发光，汝暂举心，尘劳先起。说者曰：若以法眼观，无俗不真；若以世眼观，无真不俗。渊明之诗，要当与一丘一壑者共之耳。②

毫无疑问，苏、黄师徒伴随着玄览陶潜、韦、柳的快意将他们的"序"发挥得去留无迹，是为序。

2016 年初夏于相山东麓

① 苏轼．苏轼文集·书黄子思诗集序后（卷六十七）［M］．孔凡礼，点校．北京：中华书局，1986．

② 黄庭坚．山谷题跋［M］．屠友祥，校注．上海：上海远东出版社，1999：46．

目　录

绪　　论

常州词派是清代中后期影响最大的一个词派，它之所以能够取代浙西派而振兴，主要是因其词学主张能切中时弊，能挽救当时词坛颓风。常州派词学思想发轫于张惠言，他以一种新的眼光对词体特征进行观察、思考，在各方面对常州词派均具有建设性贡献，其词论主张为其后继者们提供了基本理论框架，为其后继者对词评的深入研究打下了基础。

常州词派作为一个文学流派的实体，其在历史上的时间跨度上至乾、嘉之交，下至清末民初，在地理位置上不局限于常州一地，是以张惠言、周济的词学思想为基础，围绕词之美学特质进行理论探讨和创作实践的一个词学流派。[①] 张惠言在《词选序》里提出了"意内言外"说，这成为常州词派的宣言。他以一种新的眼光对词体特征进行观察、思考，对常州词派具有建设性贡献。这为其后继者们提供了常州词派词论的基本理论框架，为其后继者对词学的深入研究打下了基础。

常州词派自身在词坛上并非一成不变，而是处在一种动态的、变化的过程之中。这使得它在传承过程中能够不断吸纳各种合理因素，克服自身理论和创作中原本存在的不足之处，在拓展词的社会功能、情感内蕴以及题材范围的同时，更加深入地揭示出（指在理论方面）或传达出（指在创作方面）词体的特殊美感特质。

清代常州派词论家在词学理论上的成就主要有：常州派词人提出了意内言外说、寄托出入说、词史说、沉郁说、重拙大境界论等词论观点。其主盟词坛达百年之久，而其影响甚至残留于现代的词学界。张惠言的"低徊要眇，以喻其致"

---

① 迟宝东. 常州词派与晚清词风［M］. 天津：南开大学出版社，2008.

的审美主张及词的"幽约怨悱不能自言"、"意内言外"、比兴寄托说对词之内蕴的追求等都是常州派词学的特色，起到了提高词的地位的作用。他开拓了词的创作意境。

目前学界对常州词派清词评的研究现状是：整体上看是呈现出研究薄弱、分布不均衡、研究格局单调几方面的状况。一方面，现有研究专著或论文中很少有对常州词派的清词评进行完整意义上的专门研究的，如严迪昌《清词史》、方智范等《中国词学批评史》、吴宏一《清代词学四论》、孙克强《清代词学》、陈水云《清代词学发展史论》、朱惠国《论周济对常州词派的理论贡献》、杨柏岭《正变说与晚清词家的词学史观念》等著作虽然与常州词派相关的研究占不小比例，其中研究张惠言、周济的相对较多些，但他们关于清词的研究文字多是侧重于对清词、清词史方面的研究；叶嘉莹《常州词派比兴寄托之说的新检讨》及《对张惠言、周济二家词说的现代反思》、陈铭《论近代学人之词的基本特征》、方智范《论常州词派生成之文化动因》、沙先一《推尊词体与开拓词境：论清代的学人之词》、陈水云《明清词研究史》、孙克强《清代词学流派论》、严迪昌《清词史》等关于清词的研究多关注对清词的文化动因、词之美感、学人之词、词史、清词的研究成果、流派、地域、创作主体、民族、批判性意识、阶段性发展及渗透等不同角度切入，为我们研究常州词派指出了新的可行的方向，但其关于常州词派的清词评方面的论述仅仅是散见于一些词作中；迟宝东的《常州词派与晚清词风》以文化及历史为根基，对常州词派之渊源流变作出了详细阐述，是研究常州词派之论述的领域中的一篇集大成之作。① 他主要是从常州词派的形成、创作倾向、一统词坛的格局、词学思想及影响等方面来论述的，分类分章节分人来进行阐述，但也没单独分章节来探讨常州词派的清词评研究。另一方面，现有公开发表的关于常州词派的论文多集中在对张惠言、周济的词论成就研究及清末四大家的研究。如郑雅宁的《论常州派领袖张惠言的词论与词作》、纪玲妹和秦卫明的《论周济的词论对张惠言的发展》、孙克强的《晚清四大家词学集大成论》、谢桃坊的《中国词学史》、徐枫的《嘉道年间的常州派》，还有张惠言及常州派的选注本即赵伯陶编选的《张惠言及常州派词传》，等等，对同光以后的常州词派发展演变的研究则较少。

鉴于以上关于常州词派的研究现状，本书上编试图弄清以下几个方面的问题：一是清代常州派词论家的词学理论成就、清词评成就；二是在此理论成就形

---

① 叶嘉莹. 序［M］//迟宝东. 常州词派与晚清词风. 天津：南开大学出版社，2008.

成过程中，其对清代当代词评起到什么作用；三是这个作用在常州词派的不同人物身上的不同体现，清代词评在词学理论建构中的意义；四是通过常州词派的当代评与宋代词人的当代评的比较分析来凸显常州派词评家理论的成熟完善过程。

研究常州词派清词评的意义是：有助于更全面地认识近代社会的历史文化背景以及词人们所代表的特殊的士人阶层的精神面貌，具有词学理论方面的意义、文学史方面的意义及文化背景方面的意义等。

本书上编归纳了常州词派在理论与创作两方面的发展脉络及演变规律，分析了常州派后继者们对宋词评和清代当代词评成就的继承和革新之处。以"比兴"论词是常州派词论的核心，以是否具备"比兴"的标准来评词，从张惠言及其后继者们对常州派词论的不断完善中可以看出常州派词评的发展及理论思维演进的轨迹。本书下编主要是论述常州派对现代词学的影响，分六章来探讨常州派对现代词学的影响，主要是从不同词论角度、不同人对常州派词论研究来分析的。

本书上编重在阐述常州词派的清词评研究。上编主要分四章来阐述：一是常州词派的简述；二是常州词派的清代词评成就述略；三是常州词派的当代词评与宋代词人当代词评比较研究；四是常州词派清代词评在理论建构中的意义。

第一章，首先简述常州派词评的背景、人物、涉及流派、代表性词论著作及清词评概况。其次分析常州词派的理论成就（清代常州词派的成就主要体现在词学理论上，如意内言外说、寄托出入说、词史说、沉郁说、重拙大境界论等）、常州词派的形成过程及常州派词评特征等。

第二章是常州词派的清代词评成就述略。先分析张惠言本人对其当代词的关注及词评的建设性意见，其次分析常州词派理论的中坚人物周济对张惠言的追随和超越，再次分析庄棫、谭献、陈廷焯及清末四大家等对常州词派理论的继承、发展和完善以及他们对清词评关注各自的新特点。

第三章主要是把常州词派的当代词评与宋代词人的当代词评进行比较研究。概述两个时代对当代评的发展情况和成就，并对两个时代词论的完善方式作对比、分析，从而强调常州词派的词论是在对当代词作，尤其是对自己一派的关切中走向成熟的。

第四章阐述常州词派清代词评在理论建构中的意义。除了分析常州词派当代词评的历史条件及其与阳羡派、浙西派所面对的不同历史条件外，还侧重分析了在常州派理论中，常州派词人对自己时代的评论成就所起的重要作用。比如，他们肯定一些词人对词的尊体态度，肯定一些词人的意内言外的构思方法，肯定一些词人的沉郁、词心、境界的风格，肯定一些词人对词的情景关系的处理等，这些都对常州词派的理论建构具有重要意义。

本书下编主要是论述常州派对现代词学的影响，主要分六章来阐述。

第一章阐述了常州词派对词坛的影响。常州词派在清代嘉道年间顺应当时社会政治环境及词坛背景应运而生，其理论构成了中国传统词论的一部分。它对清代乃至现代词坛的诸多词人及其词论观点的提出均提供了理论的表述模式及学理意义上的帮助，对中国的词史也产生了影响。

第二章阐述了常州派"寄托"说自身演变与20世纪的回响。常州派词论提出"寄托"命题后，一直倍受关注，同时亦争讼不已。从词学理论发展的角度来看：如果说19世纪清代学人不断完善了命题的理论框架，那么，20世纪学人对之的回响铺陈着五代宋词研究的问题域。况周颐的"寄托"说在对词学的阐释中有拓展、有突破，刘永济的"寄托"说在扬弃中由创作转向鉴赏，詹安泰的"寄托"说在传承中有超越，缪钺的"寄托"说在吸收中有批判、有澄清，等等。在20世纪的学人中，王国维和缪钺的意义在于前仆后继地从"真""深"支点走出了"寄托"说。可以说上述讨论从不同层面深化了词学理论，提升了词学的理论品质，对中国现代词学产生了深远的影响。

第三章阐述了况周颐以"重、拙、大"论词的溯源、理论超越性与价值成形。在词学发展史上，"重、拙、大"作为一种创作的基本原则，其命题一经提出就引起了当下以及后世的关注与讨论，从况周颐、王鹏运、夏敬观到唐圭璋、张伯驹等，他们从"笔大"、"情至"、力重、"气格"、格调、气象、境界等多个视角对"重、拙、大"的词学理论内涵进行了深入的挖掘、拓展、关注与被关注、理解与提升、反思等，实现了"重、拙、大"理论的超越与价值成形，这些理论探讨和价值判断丰富和发展了我国的词学理论。

第四章阐述了常州派"沉郁"说之回响与传衍。作为常州派大家，陈廷焯的词学思维一直是被世人以"沉郁"说来解释接受的。"沉郁"说对常州派词论在词坛上的完善具有进一步的开拓意义。"沉郁"说的理论内涵的实际应用在清代乃至现代词学作品里都是被提倡的。如强调作品要反映现实的词家王鹏运、朱祖谋等，他们在词学观上继承常州派的传统，注重词的社会价值。再到现代词学家詹安泰等对词作的主张是分析其词要与词人所处的时代相结合，要知人论世，体现其强调作品的现实性等。这些都是陈廷焯所倡导的"沉郁"说在词史上的回响与传衍。

第五章阐述了常州派"词心"说之回响与传衍。"词心"作为一种重要的词学范畴，词学家们对其创作和理论实践都有所重视，此论词之说发扬了古代文论的传统，在词史上具有一定地位。近二十年来，有越来越多的人关注了"词心"的问题。

第六章阐述了"倚声填词"说在现代词学中的传衍。这一章主要阐述了龙榆生、詹安泰、刘永济、夏承焘、吴梅、周汝昌、吴世昌、彭玉平等对"倚声填词"问题的探讨，谈及"倚声填词"说的缘起、"倚声填词"的要求、词（填词）与词学的区别、填词的要求及其在实践中出现的问题等。这些探讨丰富了我国现代词学的研究。

第一章　常州词派简述

第一节　常州派词评家简述

一、常州派词评兴起背景、宗旨、传承因素、代表人物

（一）常州派词评兴起背景、宗旨

常州派是一个文学流派的实体。它兴起于嘉、道时期，崛起于清代浙西词派衰微之际，绵延至清末民初，虽说以地域而得名，但不局限于常州一地，是以张惠言、周济二家词学思想为基础，紧密配合时势特点，围绕词的美学特质进行理论探讨和创作实践的一个词学流派。① 常州派是嘉、道以来影响最大的词派，嘉庆以后词坛基本上是常州派的天下。它是适应当时的社会形势而产生的一个流派。面对当时浙西词派等创作脱离现实、了无生机、谨守格律、题材狭窄、意旨枯寂等状况以及词坛上充斥的淫词、鄙词、游词之风的情形（"淫词、鄙词、游词"三蔽的核心问题就是内容空洞、意格不高），加上鸦片战争、太平天国运动等引起的动荡的社会现实巨变呼唤着一种经世情怀，也促使词人用词记录下巨变中的时事人心和民生疾苦，将词的社会功能发挥到极致，直切时事成为词坛主要潮流，也即在晚清词坛出现了一种新的审美崇尚——比兴柔厚，在内容上就是提

---

① 迟宝东．常州词派与晚清词风［M］．天津：南开大学出版社，2008：3．

倡寄托。① 张惠言打起了反对浙西派的旗帜，批评了浙西派末流在流变过程中产生的"浮薄空疏"等弊端，在《词选序》中公开提出了自己的词学主张，② 常州派打着"雕琢曼词"的旗号，主张词应重意，抒写"贤人君子幽约怨悱之情"，必须继承风骚乐府的优良传统，讲究比兴寄托，讲究对词之内蕴的充实和深厚，讲究拓展词之情感表现范围等，这些都对改变当时词坛的不良风气起了一定的积极作用。这也是词学发展自身规律的必然要求。龙榆生在 1941 年所写的《论常州词派》一文中提到，在近一个半世纪的时间里，常州词派一直存在并对词坛产生着深广影响。

清嘉庆二年（1797），张惠言编选了一部强调"意内言外"、"比兴寄托"、推尊词体的新型选本——《词选》。《词选》的问世，在词学史上具有划时代的意义，标志着常州词派的兴起。在他的启发下，郑善长又编选了一本专录常州同人的词选附在张惠言《词选》之后，这部选本选录了嘉庆、道光年间词人 12 家 63 首。这部词选的编选得到了张惠言的认可，是张惠言借他人选词而立宗派的常州派词选，张惠言、张琦是这个词派的主盟者。后来，谭献编选了《箧中词》选本，此本选录不局限于常州派词，而是广录从清初至清季的历朝词，但他选录的标准却是常州派的"比兴寄托""意内言外"。此后直至我国现代新文化运动前，常州词派的理论基本上占据了近代词学界，词学著作空前繁荣。这是词学史上的极盛时期。

嘉庆二年（1797），张惠言与其弟张琦，同在安徽歙县经学家金榜家中设馆教授金氏子弟，编写了《词选》一书以作为填词的教材。张琦《重刻词选原序》中云："嘉庆二年，余与兄皋文先生同馆歙金氏，金氏诸生好填词。先兄以为词虽小道，失其传数百年。自宋之亡而正声绝，元之末而规矩隳。窔室不辟，门户卒迷。乃与余校录唐宋词四十四家，凡一百十六首，为二卷，以示金生，金生刊之。"③ 金应珪在刊印《词选》时作了《词选后序》，重申了张惠言的论词主张。

关于常州词派的宗旨，张惠言在《词选序》结尾云："义有幽隐，并为指发。几以塞其下流，导其渊源。无使风雅之士惩于鄙俗之音，不敢与诗赋之流同类而风诵之也。"④ 张惠言在《词选序》里提出了比兴寄托说，成为常州词派的理论依据。《词选序》中言论说明了词的文体功能和文体地位，足可与《诗经》、

① 陈水云. 中国古典诗学的还原与阐释［M］. 北京：中国社会科学出版社，2013：343.
② 张珂. 清代的常州词派与词人［J］. 苏州大学学报（哲学社会科学版），1985（2）：39.
③ 张琦. 重刻词选原序［G］//唐圭璋. 词话丛编（第 2 册）. 北京：中华书局，1986：1618.
④ 张惠言. 词选序［G］//唐圭璋. 词话丛编（第 2 册）. 北京：中华书局，1986：1617－1618.

《离骚》、汉赋等正统文学相近相通，以其独特的体式技巧表达出重大的政治内容。张惠言、谭献、陈廷焯等常州派词人将儒家的诗教作为其词论的理论基石。常州词派在推断词与诗骚的关系时，更加注意内在精神的传承。除张惠言在《词选序》中提出的理论外，周济接着提出词史说，陈廷焯提出"词也者，乐府之变调，风骚之流派也"①。以上诸家均指出了"风骚是诗词的源头，温柔敦厚则是诗词共同追求的风格境界，从而推出尊体价值"②。他们所提倡的复古、尊体、兴寄、意内言外、寄托等观念，都折射出鲜明的正统诗教色彩，体现了讽喻时政、批评现实的诗学精神。③

孙克强在其《清代词学流派论》一文中指出：由于流派在清代词学史上所起的作用，因而清代的词学理论有以往词论所不曾有的特点，清代主要的词论家如陈维崧、朱彝尊、张惠言等，都是词学流派的领袖人物。清代典型的重要词学理论主张都是词学流派的代表性理论主张。由于清代词学流派的重要作用，围绕流派而展开的批评和争议又特别引人注目。④

（二）常州词派词学思想的传承因素及其代表人物

师徒相授是一个学术流派或文学流派之所以能够产生的重要因素。在常州词派的形成过程中，师徒传承起到了重要作用。张惠言编《词选》的缘起就是为在金榜家坐馆时授课用的。其弟子金应珪的《词选后序》就是他接受张惠言词学思想影响的直接记录。又如周济《词辨自序》里就记述了他师从董晋卿的学词经历，及董晋卿师从其舅父张皋文、翰风兄弟为词等。师徒之间的传承还是嘉道时期常州派词学思想得以延续的重要途径。当然，友朋之间的交往切磋、文人群体的交流、浓厚的地域观念和乡土意识、常州学风、学术流派等多种途径的词学交流也是常州词派形成和发展的重要因素。在张惠言周围，团结着一个以师友关系为纽带的词人群体。他们的创作表现出较为一致的审美追求和艺术风貌。

叶恭绰《清名家词序》云："二张、周、谭尊其体，王、文、郑、朱续其绪。"⑤他认为凡在张惠言词学思想基础上衍生发展者，皆为常州词派的成员。常州派词人数量非常引人注目。据缪荃孙所编《国朝常州词录》云，从张惠言

---

① 陈廷焯. 白雨斋词话（卷五）[M]. 杜维沫，校点. 北京：人民文学出版社，1998：129.

② 高锋. 常州词派的尊体论 [J]. 淮阴师范学院学报（哲学社会科学版），2001，23（5）：685.

③ 高锋. 常州词派的尊体论 [J]. 淮阴师范学院学报（哲学社会科学版），2001，23（5）：685 - 686.

④ 孙克强. 清代词学流派论 [J]. 文艺理论研究，2002（1）.

⑤ 叶恭绰. 清名家词序 [M]//陈乃乾，辑. 清名家词. 上海：上海书店，1982.

同时到光绪二十二年（1896）间，可见词集者竟有二百八十三家之多。① 从上面常州派词人数量及常州词派在其出现后的一个半世纪的深远影响里，可见它在我国文学史上的意义。

一般认为，其代表人物有：张惠言、张琦、周济、董士锡、恽敬、丁履恒、钱季重、左辅、李兆洛、黄景仁、金应珪、金式应、金式玉、金应瑊、宋翔凤、郑善长、谭献、庄棫、冯煦、王鹏运、陈廷焯、郑文焯、朱祖谋、况周颐、徐珂等。

张惠言（乾隆二十六年至嘉庆七年，1761—1802），字皋文，号茗珂，江苏常州武进人。生于清乾隆二十六年（1761），与弟张琦（字翰风）苦读经书，受《易》学。嘉庆七年卒于官。著有《茗珂文》五卷、《茗珂词》一卷，还著有经学著作几部。嘉庆二年（1797），他与其弟张琦曾在安徽歙县设馆教授弟子，编《词选》二卷作为教材，收录唐宋词 44 家、词 116 首。嘉庆二年，张惠言编的《词选》问世，标志着常州词派的兴起，尤以《词选》的序言及其《词选》中对唐、宋词人作品的评价对后世产生了深远影响。张惠言的词评具体地贯彻了他的论词主张，在其本人的创作中也可见其词论主张。自此，清代词风为之一变，形成了词学的盛况。至周济《宋四家词选》的出现，对之加以修正、扩充，从此，常州词派形成，常州词派的理论也得以发扬光大。陈廷焯评张惠言云："然则复古之功，兴于茗柯，必也成于蒿庵乎？"② 张惠言之《词选序》因不同于以前诸序跋的个人称美之言，所以有了显著的不同。他对所选词家词作，多有抉幽探隐的评说，如此则在理论之外更有了实践的证明，这自然是张惠言超越前人之处。不过，也恰恰因为他对词作的评论有了具体的指说，遂使张惠言陷入了牵强附会之讥。但在词学史上，张惠言是针对词之整体而言提出的词论，而不是针对某个人某些作品而提出对词之此种特质加以正式论述的第一人。之后的常州派的寄托出入说、读者之用心何必不然说、沉郁说等词论或词作，均可见出他们的词与词学无不受到张惠言之说的影响。

董士锡（乾隆四十七年至道光十一年，1782—1831），字晋卿，也是江苏常州武进人，为张惠言的外甥，后又为张惠言女婿。从其舅父张惠言学词，是张惠言词学之嫡传，其词学思想基本同于张惠言。董士锡还工古文诗赋，有《齐物论斋集》。周济是通过董士锡而接受张惠言的词学主张的。但周济通过自己的探索后，又与张惠言和董士锡的词论见解有相异之处。周济与董士锡论词时，其观点是不断发展变

---

① 缪荃孙. 国朝常州词录［G］. 光绪二十二年刊本.
② 陈廷焯. 白雨斋词话（卷五）［M］. 杜维沫，校点. 北京：人民文学出版社，1998：114.

化的。在嘉庆十七年（1812），周济31岁时，为弟子讲词编著了《词辨》十卷，这标志着其词学观点的形成。道光十二年（1832），周济51岁时，完成了《宋四家词选》一书，这标志着其词学观点的成熟。从《词辨》到《宋四家词选》，周济的词学观点是有所发展的，但基本观点则是前后一致的。例如其词论中心"非寄托不入，专寄托不出"以及对重要词人的评价，前后意见都是一致的。

董士锡《周保绪词叙》中云："周子保绪，工于词，隐其志意，专于比兴，以寄其不欲明言之旨，故依喻深至，温良可风。"这段论述显然是对张惠言词学思想的发挥。但董士锡词学思想中也有对张惠言词学的改进之处，实为周济词学思想之先声。如董士锡表现出初步的"读者"意识，其词学思想中触及了词之创作技巧问题。蒋敦复《芬陀利室词话》（卷二）中就提到过董士锡曾主张"以无厚入有间"的词论。这种提法也见于周济《宋四家词选目录序论》。所以，我们说，董士锡不但接受并发展了张惠言的词学思想，而且还在张惠言与周济之间起到了过渡作用。周济受学于董士锡之法，所以实为张惠言词学思想的继承者。

周济和董士锡是道光年间常州派的两位中坚人物。董士锡论词秉承张惠言的比兴寄托说，强调词应反映士大夫的感激不平之音。董士锡论词以情为主，填词也以情为其胜长。周济对董士锡的创作成就给予了很高的评价。

周济（乾隆四十六年至道光十九年，1781—1839），字保绪，一字介存，号未斋，晚年号止庵，江苏常州宜兴县南荆溪人。他是常州派词人及重要词论家，精于理论建设，崇尚雅正，讲求寄托。官淮安府学教授。著有《味隽斋词》《词辨》《介存斋论词杂著》《晋略》，编有《宋四家词选》。他的词学思想主要体现在《介存斋论词杂著》《词辨》《宋四家词选》这三部著作中。他主张经世致用之学，其经济抱负未能实现，便寄托于词史、论词，因而其理论也自有特色。他的词论尤其体现了史学家高瞻远瞩的眼光和经世学家关注社会现实的意识，因而其理论大大超越了浙西词派和常州词派。他是常州词派杰出的理论家，其词论体现了史学家的眼光。他是继张惠言之后的常州词派理论的中坚力量。如果说张惠言是常州词派的开宗的话，周济则完成了常州词派的立派工作。张氏词学之传，得董氏父子，转益发扬光大。周止庵受法于晋卿，而持论益精，乃复恢张疆宇，而常州词派遂愈为世所崇尚。周止庵在《词辨自序》中自述其词学渊源：余甲子始识武进董晋卿。晋卿年少于我，而其词缠绵往复，穷高极深，异乎平时所仿效，心向慕不能已。晋卿为词，师其舅氏张皋文、翰风兄弟。二张辑《词选》而序之，以为词者，意内言外，变风骚人之遗。其叙文旨深词约，渊乎登古作者之堂，而进退之矣。晋卿虽师二张，所作实出其上。予遂受法晋卿，已而造诣日以异，论说亦互相短长。①

在董士锡和周济之后，追随常州词派的是蒋敦复（1808—1867）。他开始学词是从豪放派入手的，后来，其学词方向转向，在词学思想上向常州派靠拢。他说："独常州诸公，能瓣香周秦以上，窥唐人微旨。"（《芬陀利室词话》卷一）在常州诸公中，他最为佩服的是周济，他认为周济《存审轩词》"真得意内言外之旨"，周济曾推崇周邦彦为两宋集大成者。蒋敦复也说："清真《六丑》一词，精深华妙，后来作者，罕能继纵。"他认为周济的《长亭怨》咏新竹、《疏影》咏风竹等"比兴无端，言有尽而意无穷，与时辈咏物相去远矣"。他还特别注意同辈作者有比兴寄托的词。

庄棫（1830—1878），一名忠棫，字希祖，号中白，又号蒿庵，江苏丹徒人。有《中白词》一卷。在同光之际，他是常州词派后期的重要作家，是常州派的发扬光大者，他论词是承张惠言重比兴寄托思想的余绪。虽然他本人词学理论著述并不丰富，但他对陈廷焯的词学转变影响深远，是陈廷焯词学主张由浙西派转向常州词派的直接促成者。这从下面陈廷焯自己的论述中也可见一斑。

陈廷焯说："自丙子年（光绪二年），与希祖（即庄棫）先生遇后，旧作一概付丙，所存不过己卯后数十阕，大旨归于忠厚，不敢有背《风》《骚》之旨。过此以往，精益求精，思欲鼓吹蒿庵（庄棫词集名《蒿庵词》），共成茗珂复古之志。"② 陈廷焯称赞庄棫填词亦深得"比兴之旨"。陈廷焯评价庄棫云："余观其词，匪独一代之冠，实能超越三唐两宋，《风》《骚》、汉乐府相表里，自有词人以来，罕有其匹。"③ 在庄棫的影响下，陈廷焯成为这一时期常州词派不可缺少的重要力量。在同治、光绪之际，以庄棫、谭献为代表的常州词派影响了大江南北。

谭献（1832—1901），原名廷献，字涤生，后改字仲修，号复堂，浙江仁和人。清道光十二年（1832）生。同治六年（1867）举人。生平喜欢读书为学，锐意著述。他平生著述甚丰，计有文四卷、诗九卷、词二卷、金石跋三卷、日记六卷。谭献工骈体文，于词学用功尤深，为同、光年间著名词人，当时与丹徒庄棫齐名，号称"庄谭"。谭献是常州派的后劲，也讲"比兴寄托"，但不像张惠言那样刻板。谭献论词宗常州派的张惠言和周济，并加以发挥，较周济"有寄托

---

① 龙榆生．龙榆生词学论文集［C］．上海：上海古籍出版社，2009：425.
② 陈廷焯．白雨斋词话（卷五）［M］．杜维沫，校点．北京：人民文学出版社，1998：123.
③ 陈廷焯．白雨斋词话（卷五）［M］．杜维沫，校点．北京：人民文学出版社，1998：114.

入，无寄托出"之论更趋具体。他称赞常州词派，极力推尊词体。其在词学理论和创作两方面都有丰硕成果，如有《复堂类集》（二十一卷，包括文、诗、词、日记等），《复堂文续》（五卷），其中有《复堂词》（二卷），《复堂日记》，选有《复堂词录》十卷，选录清人词为《箧中词》六卷，续十卷，评点周济《词辨》（他对周济的《词辨》逐首品评，成《谭评〈词辨〉》）等。最能体现其词学成就并奠定其在词史地位的两部词选是《箧中集》（成于 1877 年）和《复堂词录》（成于 1882 年）。谭献词学思想散见于文集、日记以及《箧中词》《谭评〈词辨〉》的各项评语中。

同时，他又通过师徒相授的方式，使自己的词学思想延续下去，为门人徐珂点评《词辨》就是一例："及门徐仲可中翰，录《词辨》索予评泊，以示矩范……而折衷柔厚则同。仲可比类而观，思过半矣。"① 他还通过评改他人词集的方式来指点友朋后进之创作，进一步统一词学观念，规范词坛风气。《复堂日记》里对此多有记述。如评冯煦《蒙香室词》等。他被叶恭绰评价为："开近三十年之风尚"②，被龙榆生评价为："亦近代词坛之一大师也"③。这些均可见其在词坛上的贡献及影响。

后来，其弟子徐珂将其论词诸说凡见于文集、日记及《箧中集》和评《词辨》者辑为《复堂词话》一卷。徐珂论词追随其师谭献，他在其词中"哀时感事"，在体格上要求沉郁顿挫，这都是其常州派词学观的运用和发扬，同时，他对常州派的词学功绩予以极高的评价。在词学思想上，谭献完全继承了常州词派的理论。他说："予欲撰《箧中集》以衍张茗柯、周介存之学。"他对常州词派的创始人张惠言和张琦兄弟甚为推崇，以为词体之尊是他们的历史功绩。

道光年间，值常州派正盛之际，谢章铤（1820—1888）对浙西派、常州派都发表过独到的见解，其论词受张惠言思想的影响，主张词以立意协律为末。但他也认为常州词派论词重比兴寄托是正确的，然又不拘泥于此说，在词中去深求比兴寄托。他主张的一个基本观点就是主张抒写性情而反对声律和辞采的束缚。

冯煦（1843—1927），字梦华，号蒿庵，江苏金坛人。生于道光二十三年（1843）。工诗词骈文，尤以词名，所著《蒙香室》，谭献以为深入容若、竹垞

---

① 谭献. 复堂词话（词辨跋）[G] //唐圭璋. 词话丛编（第4册）. 北京：中华书局，1986：3988 -3989.

② 叶恭绰. 广箧中词（卷二）[M]. 民国二十四年铅印本：5.

③ 龙榆生. 近三百年名家词选 [M]. 上海：上海古籍出版社，1979：146.

之室。冯煦治学，不为门户之见，认为治经与治事并重，通贯经事，体用合一。他更倾向于主张致用，反对空谈性理，也反对支离琐碎的考据之学。著有《蒿庵类稿》三十二卷，续稿三卷，有《蒿庵词》两卷。他依据毛晋所刻《宋六十名家词》，再加精选，校其讹误，选录词十二卷为《宋六十一家词选》，成书于光绪十三年（1887），是当时很流行的词选本。近人从冯煦《宋六十一家词选》中辑录出论词之言而成《蒿庵论词》。《词选》前有"例言"，综论宋名家词，《蒿庵论词》即汇此"例言"而成。他是晚清词坛上较有影响的常州词派理论的继承者。冯煦论词很重视词的源流正变，他在词评中发挥了常州词评的理论，对刘熙载的词品说有所责难，能表示自己独立的见解。冯煦论词基本上吸收了周济的意见。周济以周邦彦为最高境界，冯煦也持同样的见解。冯煦对北宋词的推崇，表明了他所持的常州词派的观点。陈廷焯很看重冯煦在词学史上的意义。他在其《白雨斋词话》（卷五）中评价冯煦曰："然则复古之功兴于茗柯，必也成于蒿庵乎！"冯煦的词评有事实上的依据和理论上的推究，而尤有词史的观念，因而甚为现代词学家们所重视。

谭献和冯煦是晚清词坛出现的两位较有影响的词评家。近代词学家徐珂说："效常州派者，光绪朝有丹徒庄棫，仁和谭献，金坛冯煦诸家。"（《近代词话》）这三家都是常州词派的，其中谭献和冯煦不仅是词人，还是常州词派理论的继承者，以词评著称。谭献长于作品的鉴赏，冯煦长于对词家的评论。

陈廷焯（1853—1892），原名世焜，字耀先，一字亦峰，江苏镇江丹徒人，生于清咸丰三年（1853）。举光绪戊子科江南乡试。精通医学，工诗文，最长于词。一生以读书、著述、授徒为业。编有《云韶集》、大型词集《词则》（二十四卷）。著有《论坛丛话》和《白雨斋词话》（十卷，后删为八卷）。撰《词话》十卷，其主旨是：本诸《风》《骚》，正其情性，温厚以为体，沉郁以为用。他的词分为两个阶段：第一阶段完成《云韶集》和《词坛丛话》，形成初步的词学观点，受浙西词派影响颇大；第二阶段完成了《词则》和《白雨斋词话》，转向常州词派，词学观点趋于成熟。他是常州派理论家，他强调"寄托"，提倡"意在笔先，神余言外"。对于自己的论词主旨，他在《自序》里主张作词要"温厚以为体，沉郁以为用，引以千端，衷诸一是"①，表现出其很成熟的词学观点。他提出"沉郁"说，意将"沉郁"作为涵盖这种文体其文类特征之各个方面的基准性概念来加以强调。也就是说，陈廷焯所谓的"沉郁"，既包括词的审美体

---

① 陈廷焯．白雨斋词话（自序）［M］．杜维沫，校点．北京：人民文学出版社，1998：2.

性方面的含义，也包含词之情感内蕴、表现手法方面的意义，是其词学理论体系的高度浓缩和概括。

陈廷焯极力赞扬张惠言的历史功绩。他说"二张出而溯其源流，辨别真伪"，"复古中功，兴于茗柯"。这里明显可以看出他特别重视常州词派在清代词学复兴中的作用。他以为张惠言的《词选》超过了以前各种选本。陈廷焯词学理论的形成主要是受常州词派张惠言和冯煦的影响。他继承了常州词派理论，批判吸收了前人词论观点，在新的文化条件下发展了常州词派的理论，而且很有个人的特色。

郑文焯（1856—1918），字俊臣，号小坡，又号叔问，晚号大鹤山人，清代奉天人。少工词。南游十年，所学益进。以词人著称于世，是晚清四大词人之一。俞樾曾对其词给予颇高评价。著有《大鹤山人诗集》及词集《瘦碧词》《冷红词》《比竹余音》《苕雅余集》和词论《词源斠律》等。其大部分著作曾合刊为《大鹤山人全书》。

朱祖谋（1857—1931），原名朱孝臧，字藿生，号沤尹，又号彊村，浙江吴兴人。工倚声，为晚清四大词家之一，著作丰富。著有《彊村词》。受王鹏运影响、指教甚多。他将自己生平所学抱负，尽纳词中，颇有关系时事之作，如《鹧鸪天》《声声慢》等。

况周颐（1859—1926），初名周仪，后改为周颐，号蕙风。蕙风以文章名世，主要成就在词学。他以词学为专业，用功勤苦，致力 50 年。特长鉴赏，为清季词学一大批评家，与王鹏运齐名。况周颐著作颇丰，有词集九种，合刊为《第一生修梅花馆词》，后删定为《蕙风词》一卷。海宁陈乃乾为况氏校刻《蕙风丛书》，况氏著有《蕙风词话》五卷，在况周仪志略中，归安朱祖谋推《蕙风词话》一书为千年来之绝作。唐圭璋又从况氏著作中辑录出了《蕙风词话续编》二卷。况氏还编有《薇省词抄》十卷，《征璧集》，等等。其论词主"重、拙、大"，要求情真景真。其所著的《蕙风词话》五卷以其独特而精到的对作家作品的分析而被论者所引用。词学家龙榆生云："况周颐以词为专业，致力五十年，特精评品。所为词话，朱祖谋推为绝作云。"① 龙榆生在《清季四大词人》一文中还说："（况）周颐实为近代词学一大批评家，发微阐幽，宣诸奥蕴。"叶公绰说："半塘气势宏阔，笼罩一切，蔚为词宗；蕙风则寄兴渊微，沉思独往，足称巨匠；各有真价，固无庸为之轩轾也。"（《广箧中词》卷二）因王鹏运和况周颐

---

① 龙榆生. 近三百年名家词选［M］. 上海：上海古籍出版社，1979：188.

都是广西临桂人，其论词作词均在词坛独树一帜，故又被称为"临桂派"。然而，其词学却渊源于常州词派，实为常州派之绪余。况氏前辈黄苏的词学观点与治词方法，与张惠言非常接近，主"比兴寄托"，好牵强附会。况氏最初学词即以黄苏《蓼园词选》为词之先导，初学词即受常州派的影响。在学词过程中，况周颐形成了个人的审美观念，也积累了丰富的创作经验，并在此基础上创立了其词学理论。《蕙风词话》就是为指导作词和读词而著的。论词的创作是况周颐词学理论的重点，他继承了张惠言的寄托说、周济的"非寄托不入，专寄托不出"说、刘熙载的词品说和陈廷焯的沉郁说之后，提出了以"重、拙、大"论词的主张。

蔡嵩云认为，四大家承常州派而来，承常州派而扬其波。龙榆生先生说："而常州一脉，乃由江浙而远被岭南，晚近词家如王、朱、况、郑之辈，固皆治张（张惠言）、周（周济）之涂辙，而发扬光大，以自抒其身世之悲者也。"① 这里，明显是把晚清四大家视为常州词派之延续。

四大家顺应变乱时局的需要，继承自张惠言以来重比兴寄托的传统，在词学上发展了重写实纪事、曲传心史的理论，提出了重拙大理论，这是他们应对忧危时世的文化策略和思想武器。同时，他们力求在拈大题目的同时实现性灵与寄托的遇合，所谓"身世之感，通于性灵。即性灵，即寄托"，在理论方面产生了新变。尤其是以王鹏运为首所倡导的重拙大理论，得到蕙风的大力阐扬，为朱祖谋等一脉传承，直接影响了近现代词坛。

当然常州派成员还有很多，在此就不一一列举。总之，常州派成员多为词人兼学者的双重身份，他们将治学方法等与词学研究结合起来。谭献曾指出经学大师如惠栋、段玉裁、张惠言等"多为小词，其理可悟"，这体现出他较早注意到了清代词学与经学的关系。同时，随着社会环境的变化，常州词派成员以对清词的关注表现出由经学向经世致用之实学的转变。②

二、常州词派词评涉及的范围、涉及的流派

（一）常州词派词评的跨度长、涉及范围广

在跨度上是从清初到民国，既涉及自己派，也旁及其他流派词人。关于常州

① 龙榆生.彊村先生旧藏半塘老人丙丁戊己稿跋［M］//张正吾.王鹏运研究资料.桂林：漓江出版社，1996：256.
② 迟宝东.常州士风与嘉道词风——试论常州派词学思想形成的文化动因［J］.天津社会科学，2001（2）：93.

派涉及的范围从龙榆生《论常州词派》中所云可看出。如:"常州派继浙西派而兴,倡导于武进张皋文(惠言)、翰风(琦)兄弟,发扬于荆溪周止庵(济)氏,而极其致于清季临桂王半塘(鹏运)、归安朱彊村(祖谋),流风余沫,今尚未全衰歇。"① 又,"然在张氏兄弟之前,无常州词派之目。迨张氏《词选》刊行之后,户诵家弦,由常而歙,由江南而北被燕都……前后百数十年间,海内倚声家,莫不沾溉余馥,以飞声于当世,其不为常州所笼罩者盖鲜矣!"② 在近一个半世纪的时间内,常州词派一直存在并对词坛产生深远影响。从中可见常州词派影响的地域范围之广及时间跨度之长。从张惠言到周济,常州派词学思想显示出从简单框架到渐趋完善的演进之迹。③

关于常州词派,叶恭绰在《清名家词序》中云:"二张,周、谭尊其体,王、郑、朱续其绪。"④ 叶氏认为,凡在张惠言词学思想基础上衍生发展者,皆为常州词派的成员。

吴宏一在《常州派词学研究》中说,一个文学流派的形成应具备的要素之一是"有后人沿袭承风"。"沿袭承风"的后继之人正是构成一个文学流派的不可缺少的条件。⑤ 叶嘉莹等认为不能将流派的"影响"与词派本身划分开来,并云,晚清四大家等在词的写作方面更隐然,是常州词论之实践的作者。⑥

(二) 常州词派词评目标明确

常州词派词评涉及晚唐五代的温、韦(如张氏《词选》即以温、韦为极则,见朱庸《分春馆词话》卷一)、宋四家(如周济倡四家之说)、两宋其他诸多词家、清初浙西派词家等众多词家,涉及诗歌、经学(如张惠言是一个经学家,他对词的倡导最根本目的是为了经学理想。清季许多词家以传统治经态度来治词)、史学(如周济本身即是史学家,其词论体现了史学家的眼光。清季许多词作体现了清代的词史,反映了当时的社会现实)。涉及的流派有婉约派、豪放派、云间派、阳羡派、浙西派。如朱庸斋云:"清季,凡词学大家均合浙西、常州为一手,

① 龙榆生.论常州词派 [C] //龙榆生词学研究论文集.上海:上海古籍出版社,1997:387-388.
② 龙榆生.论常州词派 [C] //龙榆生词学研究论文集.上海:上海古籍出版社,1997:387-388.
③ 迟宝东.常州词派与晚清词风 [M].天津:南开大学出版社,2008:57.
④ 叶恭绰.清名家词序 [M] //陈乃乾,辑.清名家词.上海:上海书店,1982.
⑤ 吴宏一.常州词学研究 [M] //清代词学四论.台北:台湾联经出版事业公司,1990:73.
⑥ 叶嘉莹.常州词派比兴寄托之说的新检讨 [M] //叶嘉莹.清词丛论.石家庄:河北教育出版社,1997:174.

取长补短，无复明显分界矣。"①

从以上内容可以看出，常州派词评涉及范围从晚唐五代一直到清朝末年，范围广、跨度长，并且常州词派论词言必称比兴、寄托，从张惠言承传到董士卿、周济、谭献、陈廷焯、清季四大家等众多词评家，目标明确，影响深远。

三、常州派评论的代表性著作理论及关于清词评概况

（一）常州派的代表性理论著作概况

古人编选诗文选本，往往是为了推衍一种理论主张，并为自己的理论主张树立典范。利用选本宣扬词学理论，建立词的词学流派乃为清代词学流派的显著特色。② 龙榆生就曾支持这种说法。

"常州词派"的成就主要体现在其词学理论上。张惠言和张琦编写了《词选》。张惠言在《词选序》中阐述了常州派的词学理论，《词选序》被认为是张惠言词学理论的宣言，对常州词派的发展起了开山之基作用。陈廷焯云：皋文《词选》，精于竹垞《词综》十倍，去取虽不免稍刻，而轮扶大雅，卓乎不可磨灭，古今选本，以此为最。③ 周济在《词辨自序》里云："二张辑《词选》而序之，以为词者意内言外，变风、骚人之道。"歙县人郑善长编写了《词选·附录》，共收录十二家六十三首作品。根据郑氏所作序文，黄景仁、左辅、恽敬、钱季重、李兆洛、丁履恒、陆继辂七家作品乃据张惠言授意而选定。郑善长后来又增加了张氏兄弟、金应珹、金式玉等四家，并以自作附后。关于《词选·附录》的价值，如严迪昌所论，由于"《词选》影响至大，加之附选的作品数量虽少，却情辞俱佳，故而凡谈清词的都会提到他们"④。这说明《词选·附录》在清代词史中确实占有一席之地。因为它为我们了解嘉庆、道光时期常州词派创作的总体面貌提供了一个不可多得的窗口。

周济在张惠言的词学理论基础上进一步利用选本完善并发展了常州词派理论，其词学思想主要体现于《介存斋论词杂著》《词辨》及《宋四家词选》三部著作中。⑤ 他在《介存斋论词杂著》中提出了"词史"说，在《宋四家词选》

① 朱庸斋.分春馆词话（卷一）[M]//张璋，职承让，等.历代词话续编（下）.郑州：大象出版社，2005：1126.
② 孙克强.清代词学流派论[J].文艺理论研究，2002（1）：95.
③ 陈廷焯.白雨斋词话（卷五）[M].杜维沫，校点.北京：人民文学出版社，1998：127.
④ 严迪昌.清词史（第2版）[M].南京：江苏古籍出版社，2001：436.
⑤ 迟宝东.常州词派与晚清词风[M].天津：南开大学出版社，2008：57.

中提出"非寄托不入,专寄托不出"理论。《宋四家词选目录序论》是对《介存斋论词杂著》的承继和深化,从学词过程重新解释了张惠言的比兴寄托说,使常州词派理论得到进一步完善和丰富。周济在《词辨自序》里阐明了他对常州词派的词学见解,说明了怎样一步步从张惠言到董士锡,再由董士锡到周济的承继历程。其《词辨》和《宋四家词选》都是通过对词家词作的选评为读者指示学习作词的具体途径。在序论里,他提纲挈领地阐述了有关的词学理论问题,如词体观念、正变、比兴寄托及著名词家创作的得失等问题。这样由理论到作家作品的评论,较为系统地表述了常州词派的词学理论。因为周济论词的目的在于为学词者指示作词途径,这就构成了其整个理论倾向于解决作词中的实际问题,而这些问题确实是当时词坛上需要解决的问题。

无论是学词,还是论词,周济也是主张尊体的,但他却是从文学自身的客观意义来理解词体的社会功能,而不是对儒家政治教化说的重复。

冯煦著有《蒿庵论词》,又根据毛晋所刻《宋六十名家词》,选录词十二卷为《宋六十一家词选》,这是当时很流行的词选本。陈廷焯云:"近时冯梦华煦所刻乔笙巢《宋六十一家词选》,甚属精雅,议论亦多可采处。"①此词选中表现了他擅长词家批评的才能,在对词家的批评中具体发挥了周济的理论。

与张惠言、周济、冯煦以词选本来宣扬词学理论相比,谭献与他们有所不同。谭献是在批评浙西词派的《词综》《国朝词综》《词综补》等词选的基础上确立自己的学习典范的,那就是在清代很有影响的《箧中词》。谭献在以词选宣扬其理论时主要是选取清人词并针对清人词进行评点,他在《箧中词序》中即清楚说明编选此书目的是"广朱氏所未备。选言尤雅,以比兴为本,庶几大厥门庭",即《箧中词》一书是为了贯彻自己的词学理论主张,为了推阐常州派词学。在《箧中词》中,他对张惠言、周济等人的词学理论和创作实践都给予了很高的评价。

他对所入选词家和作品采取点面结合的方法,而不是平均分配。除了对浙西派、常州派重要词人给予较多篇幅外,特别对被他称为词人之词的清词三大家纳兰性德(25首)、项鸿祚(21首)、蒋春林(25首)给予更多的篇幅,并重点加以评论,而对其他一般词人,往往只是录其代表作,让读者了解一下。《箧中词》这个清词选本向读者展示了清代词坛的总体面貌和发展流变,成为后人阅读清词和研究清词的重要资料,并且编选者还对书中入选的词人词作及清代词坛的

---

① 陈廷焯.白雨斋词话(卷五)[M].杜维沫,校点.北京:人民文学出版社,1998:127.

状况进行了评论。

王国维《人间词话》中也谈及谭献对清词三大家等人的重视。如其云谭复堂《箧中词选》谓："蒋鹿潭（即：蒋春林）《水云楼词》与成容若、项莲生（即：纳兰性德、项鸿祚），二（原作'三'，依《箧中词》卷五改）百年间，分鼎三足。然《水云楼词》小令颇有境界，长调唯存气格。《忆云词》（即项鸿祚的《忆云词》）精实（即精致质实）有余，超逸不足（超脱俊秀不足），皆不足与容若比。然视皋文、止庵（周济）辈，则倜乎远矣（远远超出其上）。"①

谭献选录清人词为《箧中词》六卷、续三卷（《箧中集》选清人词作 1000 首，始自国初，迄于并世作者，即从顺、康到作者当时词人共 370 多人的词作，于光绪四年完成），评点周济的《词辨》，又选《复堂词录》十卷（此词集主要是选唐、宋、元、明词 1047 首）。其弟子徐珂将其论词诸说辑为《复堂词话》（此书由其论词之语辑录而成）。

谭献编选的《箧中词》推衍了张惠言、周济关于常州词派的理论主张，保持了他们二人所构建的词学思想框架，批评纠正浙西派末流日趋空虚浮滑的词风。陈廷焯在《白雨斋词话》中盛赞谭献词，其云："仁和谭献，字仲修，著有《复堂词》，品骨甚高，源委悉达。窥其胸中眼中，下笔时匪独不屑为陈、朱，尽有不甘为梦窗、玉田处。所传虽不多，自是高境。余尝谓近时词人，庄中白尚矣，蔑以加矣，次则谭仲修。"②

常州词派亦有几部重要理论著作。如陈廷焯编写了《云韶集》二十六卷、《词则》二十四卷，著有《词坛丛话》一卷、《白雨斋词话》八卷、《白雨斋词存》、《白雨斋诗钞》等。陈廷焯在《白雨斋词话》序中言："张氏《词选》，不得已为矫枉过正之举，规模虽隘，门墙自高，循是以寻，坠绪未远。而当世知之者鲜，好之者尤鲜矣。萧斋岑寂，撰《词话》十卷，本诸《风》《骚》，正其情性，温厚以为体，沉郁以为用，引以千端，衷诸一是。非好与古人为难，独成一家言，亦有所大不得已于中，为斯诣绵延一线。"③ 他强调"寄托"，提倡"意在笔先，神余言外"，主张作词要"温柔以为体，沉郁以为用"。他是借杜甫诗的沉郁风格来引领文坛的。他所撰著作反映了其治词所取得的成就，也体现了他的词学观和填词创作的历史变迁。他讲其词得力处归于"半有蒿庵一言"，在其

① 王国维. 人间词话 [M]. 滕咸惠，译评. 长春：吉林文史出版社，2004：107.
② 陈廷焯. 白雨斋词话（卷五）[M]. 杜维沫，校点. 北京：人民文学出版社，1998：110.
③ 陈廷焯. 白雨斋词话（自序）[M]. 杜维沫，校点. 北京：人民文学出版社，1998：1-2.

《白雨斋词话》卷五中，他对中白词赞赏道："余尝谓近时词人，庄中白尚矣，蔑以加矣，次则谭仲修。"① 从理论著作上讲，一个突出特点就是陈廷焯花了大量篇幅来评当代词。

况周颐精于词评，著有《蕙风词话》五卷（325 则）、续编二卷（136 则），是近代词坛上一部有较大影响的重要著作。他还编写了《玉梅词》《玉梅后词》《锦钱词》《蕙风词》《餐樱词》《二云词》等。陈乃乾在《清名家词》中介绍蕙风时说："其论词尤工，细入毫芒，发前人未发。"他从细密和富有创见两个方面给《蕙风词话》作了定评。蕙风的"重、拙、大"说有其创造性的阐释，有着独辟蹊径的探索。《蕙风词话》一经问世，立刻引起强烈反响，众口交誉，朱祖谋称之为"七百年来无此作"，可以想见《蕙风词话》在词坛上的地位。②

（二）在常州派的理论著作中，有大量篇幅评其当代词

在常州派的理论著作《白雨斋词话》《箧中词》《复堂词话》《蕙风词话》等中均有大量篇幅评其当代词。如陈廷焯的《白雨斋词话》中即有大量篇幅评清人清词。如其对皋文、竹垞、其年、樊榭等其人其词的评价，其中对樊榭词的评价就有 38 处，对其年的评价有 74 处，对竹垞及其词的评价有 46 处，等等。从其评价数量上也可见陈氏对其当代词人词作的重视。又如谭献，其对《箧中词》收录的近一千首词作进行了大量的点评，影响深远。谭献在《复堂词话》中对清人如皋文的评价有 6 处，对其年的评价有 4 处，对竹垞的评价有 5 处，对樊榭的评价有 7 处，况周颐的《蕙风词话》中也是有大量的对清人清词的评价。彊村还开以词论词的先河，在彊村《杂题诸家词集后望江南》二十五阕中，彊村由清初的屈翁山、王船山始，至同时代的陈述叔、况蕙风止，择取各阶段、各派别、不同成就的代表词家 30 人，逐一评说。虽不若词话之作的条分缕析，穷极精微，亦大体精粹。

（1）陈廷焯对清人清词评价

如：对皋文词的评价："皋文《水调歌头》五章，既沉郁，又疏快，最是高境。陈、朱虽工词，究曾到此地步否？不得以其非专门名家少之。如首章云：'难道春花开落，又是春风来去，便了却韶华。花外春来路，芳草不曾遮。'……热肠郁思，若断仍连，全自《风》《骚》变出。"③

---

① 陈廷焯．白雨斋词话（卷五）［M］．杜维沫，校点．北京：人民文学出版社，1998：110.
② 况周颐．蕙风词话辑注［M］．屈兴国，辑注．南昌：江西人民出版社，2000.
③ 陈廷焯．白雨斋词话（卷四）［M］．杜维沫，校点．北京：人民文学出版社，1998：101.

对其年词的评价:"其年感皇恩(晓凉杂忆)六章,皆追忆旧游之作,不言感慨,而感慨亦见。首章结句云:'三年浑一梦,扬州路。'四章结句云:'燕丹门下客,皆安在?'收束处一则大雅,一则沉雄。"①

对其年、竹垞等的评价:"其年、竹垞才力雄矣,而意境未厚。位存、湘云,韵味长矣,而气魄不大。词之为道,正未易言精也。"②

对厉鹗等的评价:"厉樊榭词,幽香冷艳,如万花谷中,杂以芳兰,在国朝词人中,可谓超然独绝者矣……大抵其年、锡鬯、太鸿三人,负其才力,皆欲于宋贤外别开天地,而不知宋贤范围,必不可越。陈、朱固非正声,樊榭亦属别调。"③ 等等。

(2) 谭献对其当代人及词的评价

谭献对当代词人皋文、其年、竹垞、迦陵等的词均有所评价。如:

谭献在《箧中词》(卷二)中赞美张惠言《水调歌头》五首曰:"胸襟学问,酝酿喷薄而出,赋手文心,开倚声家未有之境。"④ 这堪称是他对这五首词的精到之言。谭献称赞张惠言词的深层意蕴及其词所传达出的一种生意盎然的境界。

"其年、竹垞、樊榭、频伽,尚非上乘。近拟撰箧中词,上自《饮水》,下至《水云》。中间陈、朱、厉、郭、皋文、翰风、枚庵、稚圭、莲生诸家,千金一冶,殊呻共吟,以表填词正变,无取刻画二窗,皮傅姜、张也。"⑤

"锡鬯、其年出,而本朝词派始成。顾朱伤于碎,陈厌其率,流弊亦百年而渐变。锡鬯情深,其年笔重,固后人所难到。嘉庆以前,为二家牢笼者,十居七八。"⑥

"翰风与哲兄同撰《宛邻词选》,虽町畦未辟,而奥窔始开。其所自为,大雅遒逸,振北宋名家之绪。"⑦

"迦陵词气魄绝大,骨力绝遒,填词之富,古今无两。"⑧

"太鸿思力,可到清真,苦为玉田所累。填词至太鸿,真可分中仙、梦窗之

① 陈廷焯.白雨斋词话(卷三)[M].杜维沫,校点.北京:人民文学出版社,1998:74.
② 陈廷焯.白雨斋词话(卷四)[M].杜维沫,校点.北京:人民文学出版社,1998:95.
③ 陈廷焯.白雨斋词话(卷四)[M].杜维沫,校点.北京:人民文学出版社,1998:82.
④ 谭献.箧中词(卷二)[G].杭州:西泠印社出版社,2007.
⑤ 谭献.复堂词话:拟撰箧中词[G]//唐圭璋.词话丛编(第4册).北京:中华书局,1986:3996.
⑥ 谭献.复堂词话:箧中词[G]//唐圭璋.词话丛编(第4册).北京:中华书局,1986:4008.
⑦ 谭献.复堂词话:箧中词[G]//唐圭璋.词话丛编(第4册).北京:中华书局,1986:4009.
⑧ 陈廷焯.白雨斋词话(卷三)[M].杜维沫,校点.北京:人民文学出版社,1998:71.

席，世人争赏其饾饤窳弱之作，所谓微之识碔砆也。乐府补题，别有怀抱。后来巧构形似之言，渐忘古意，竹垞、樊榭不得辞其过。"①

对蒋春霖《水云楼词》评论道："文字无大小，必有正变，必有数家……为才人之词，宛邻、止庵一派，为学人之词，惟三家是词人之词，与朱、厉同工异曲……"②

不仅常州流派，大都取材南宋，婉约清超，拍肩捩袖。王侍郎词综成，肤语未濯，而名手以隐秀相尚者，不为所掩。吴人孙麟趾月坡，掉鞅词坛，往往有汐社遗风。分题唱和，不欲为筝琶俗响。尝举樊榭、蠡槎、枚庵、縠人、频伽、小竹、稚圭为七家词选五十五篇，以示揭橥。③

（3）况周颐《蕙风词话》有多处对竹垞、彊村等词人或词作的评价

如：竹垞《茶烟阁体物集》咏绣鞋云："'假饶无意与人看，又何用明金压绣。'语意深刻，令人无从置辩。"④

"皋文后，私淑有庄谭。感遇霜飞怜镜子，会心衣润费炉烟。妙不著言诠。（庄中白、谭复堂）穷途恨，斫地放歌哀。几许伤春家国泪，声家天挺杜陵才。辛苦贼中来。（蒋鹿潭）香一瓣，长为半塘翁……"⑤ 此中提到了庄、谭、蒋鹿潭、王鹏运等多个清代词人，并论及词。

（4）彊村以词来评其当代词人

如曹溶、陈维崧、彭孙遹、董以宁、徐釚、厉鹗、蒋士铨、张惠言、张琦、周济、董士锡、龚自珍、端木埰、冯煦、王鹏运、郑文卓、朱祖谋、况周颐、王国维等30人。列举部分如下：

评陈维崧云："中原走，黄叶称豪风。小令已青兕意，慢词千首尽其雄。哀乐不言中。"⑥

评张惠言云："疏凿手，直欲继风骚。虽有四农持异议，宛陵一选挽狂潮。

---

① 谭献. 复堂词话：箧中词［G］//唐圭璋. 词话丛编（第4册）. 北京：中华书局，1986：4008.

② 谭献. 复堂词话：箧中词［G］//唐圭璋. 词话丛编（第4册）. 北京：中华书局，1986：4013.

③ 谭献. 复堂词话：箧中词［G］//唐圭璋. 词话丛编（第4册）. 北京：中华书局，1986：4013.

④ 况周颐. 蕙风词话（卷五）［G］//屈兴国，辑注. 蕙风词话辑注. 南昌：江西人民出版社，2000：241.

⑤ 况周颐. 蕙风词话补编（卷三）［G］//屈兴国，辑注. 蕙风词话辑注. 南昌：江西人民出版社，2000：515.

⑥ 况周颐. 蕙风词话补编（卷三）［G］//屈兴国，辑注. 蕙风词话辑注. 南昌：江西人民出版社，2000：507.

尊体已崇高。"①

评周济云："长明盏，推阐四家评，信有传灯词辨在，姜张妙处亦天成。对垒始周生。"②

评董士锡云："贤宅相，衣钵渭阳来。不独宗周成定论，外言内意出心裁。为释止庵猜。"

评庄棫云："过京口，常念旧词流。天假以年论成就，直从南渡逼秦周。岂独复堂俦。"③

评朱祖谋云："思悲阁，亲炙忆当年。老去苏吴合一手，词兼重大妙于言。力取复天全。"④

（三）常州派清词研究情况所触及的深度

常州派清词研究情况触及了经学的传统思想。如，张惠言是学者，是治《易》大师，他的"尊体"词学观里渗透着浓厚的重古倾向。他首倡意内言外说，以经学入词，其对词的倡导最根本目的是为了经学理想，总体上是为了讲究比兴尊体，但其论词重在赏析。张惠言认为词之内蕴贵在传达出贤人君子不能明言之"感士不遇"与"忠爱之忱"的情意，这正是在常州派词人所推崇的温柔敦厚的诗教传统观影响下的产物⑤。这自然也与乾嘉之际常州词人的特定心态密切相关，这反映了他们的政治意识、备受挫折的心理态势及他们向诗教寻找精神归宿的特有情绪。至谭献时，谭献仍持"治经必求西汉诸儒微言大义，不屑屑章句"⑥（《清史稿·文苑三》）的传统。谭献还曾云：学常州词派"当学其立意深隽处"。陈廷焯云："撰《词话》八卷，本诸《风》《骚》，正其情性。"⑦仍可见出张氏倡导的常州派词的传统的延续。从清词发展历史看，张惠言强调词以立意为本，并将词之内蕴作上述界定，有利于提高词的地位，也有利于挽救乾、嘉词

① 况周颐. 蕙风词话补编（卷三）[G] //屈兴国，辑注. 蕙风词话辑注. 南昌：江西人民出版社，2000：508.

② 况周颐. 蕙风词话补编（卷三）[G] //屈兴国，辑注. 蕙风词话辑注. 南昌：江西人民出版社，2000：509.

③ 况周颐. 蕙风词话补编（卷三）[G] //屈兴国，辑注. 蕙风词话辑注. 南昌：江西人民出版社，2000：510.

④ 况周颐. 蕙风词话补编（卷三）[G] //屈兴国，辑注. 蕙风词话辑注. 南昌：江西人民出版社，2000：511.

⑤ 迟宝东. 常州士风与嘉道词风——试论常州派词学思想形成的文化动因 [J]. 天津社会科学，2001（2）：93.

⑥ 清史稿·文苑三 [G]. 北京：中华书局，1975.

⑦ 陈廷焯. 白雨斋词话（自序）[M]. 杜维沫，校点. 北京：人民文学出版社，1998：2.

坛普遍存在的意旨枯寂的形式主义颓风，使清词在嘉庆以后重又走上健康发展的道路。他在这方面虽有功绩，但他并没有提出词旨内蕴应更为紧密联系广阔现实生活的要求，而只是界定于一己之感的小范围内。但此点到周济时，得到了一定程度的修正与完善。

张惠言在词学创作方面的主张是在传统文学观念中"比""兴"作用的基础上生发而来的，而且，他在论述过程中曾直接运用了"比""兴"的术语。常州派论词言必称"比兴""寄托"，强调词的思想内容充实，使词的反映现实、作用于社会人生的功能发挥到极致。如张惠言的"意内言外说"，周济的"寄托出入说"，谭献的"比兴柔厚说"。陈廷焯《白雨斋词话》中云："夫人心不能无所感，有感不能无所寄，寄托不厚，感人不深，厚而不郁，感其所感，不能感其所不感。伊古词章，不外比兴。"① 郑文焯的"清空寄托说"（详见下段）等均重视词之比兴寄托。常州派由董晋卿、周济达到鼎盛，经谭献、庄棫、陈廷焯以及王鹏运、况周颐等晚清四大家的承传，影响了几乎整个清后期。② 蒋兆兰《词说》云："清季词蔚然称盛，大抵宗二张止庵之说。"常州词派的影响甚至在二十世纪依然可见。③

郑文焯提出的"清空寄托"说，即是将寄托与词学史上的另一范畴"清空"相融通，强调寄托的浑化无迹，既有继承常州词派诸前贤"比兴寄托"说的成分，更有自己的体悟和发明。④ 他是借张炎的"清空"的范畴表现比兴寄托的境界。

孙克强先生在《郑文焯词学述论》里说："郑文焯在词学批评方面继承了常州派词学，而又对之有所发展，主张清空寄托。郑文焯所处的晚清词坛，深受常州派词学思想影响。包括郑文焯在内的晚清四大家词学思想的主导是继承张惠言、周济、端木埰所形成的常州派词统又加以发展的。晚清四大家在继承常州词派的比兴寄托、意内言外的词学主旨上是高度一致的。"⑤

常州派词人还通过选词、校词、刻词等一系列出版活动，在促使常州词派之传播更加快捷的同时，也在事实上真正提高了词之地位，使词之一道，日益成为

① 陈廷焯. 白雨斋词话（自序）[M]. 杜维沫，校点. 北京：人民文学出版社，1998：1.
② 孙克强. 清代词学流派论 [J]. 文艺理论研究，2002（1）：92.
③ 唐圭璋. 唐宋词简释 [M]. 上海：上海古籍出版社，1981.
④ 孙克强. 郑文焯词学述论 [J]. 兰州大学学报（社会科学版），2010，38（3）：37.
⑤ 孙克强. 郑文焯词学述论 [J]. 兰州大学学报（社会科学版），2010，38（3）：36.

专门研究领域，^① 从而扩大了常州派词的影响，如谭献、陈廷焯等的选词等。

第二节　常州派词论形成及内容简述

一、常州词派主要理论成就

清代常州词派的成就主要体现在词学理论上，其在词学理论上的成就主要有：他们提出了比兴寄托说、寄托出入说、词史说、沉郁说、重拙大境界论等，体现了他们词学思想上主张的词的衷爱之忧、感慨盛衰、社会功能等。

自张惠言《词选序》中提出以意内言外论词，立足于儒家的正统观念，认为词应"与诗赋之流同类而风诵之"，其后继者不断完善此派词学理论，尤其是周济，他在张惠言词论主张的基础上提出了更具体、更系统的词论观点，他富有创造性地提出了"有寄托入，无寄托出"的见解及"空实"说与"浑厚"说，成为常州词派理论的中坚人物。

以"比兴"论词是常州派词论的核心，从张惠言及其后继者们对常州派词论的不断完善中可以看出常州派词论的发展及理论思维演进的轨迹。

（一）意内言外说

张惠言首倡意内言外说。张惠言在《〈词选〉目录叙》中根据词的特点对词作了意内言外的界说："词者，盖出于唐之诗人，采乐府之音，以制新律，因系其词，故曰'词'。传曰：意内而言外谓之'词'。其缘情造端兴于微言，以相感动极命。风谣里巷，男女哀乐，以道贤人君子幽约怨悱不能自言之情，低徊要眇以喻其致。盖诗之比兴变风之义，骚人之歌，则近之矣。"^② "缘情造端"指词作者在创作时，其内心中有了一种情意的感发。"兴"有感发兴起之意，"兴于微言"指词作者的情意由"微言"感发而来，这超越了传统观念中的感发，拓展了传统观念中引起感发的媒介的范围。"幽约怨悱不能自言之情，低徊要眇以喻其致"点明词在表现形式上应具有细致精微之美，而在表意上则应以幽微深隐富含言外之意蕴者为美。"变风之义，骚人之歌"更强调作者在创作时要具有一种寄托言外之深意的用心。

① 迟宝东. 常州士风与嘉道词风——试论常州派词学思想形成的文化动因［J］. 天津社会科学，2001（2）：170.

② 张惠言.《词选》目录叙［G］//张璋，等. 历代词话（下）. 郑州：大象出版社，2002：1269.

张惠言引用了汉代文字学家许慎《说文解字》中"词"的释义"意内而言外谓之词"。其引用古训来解释别有其深意。他的本意在于说明：创作主体内在的"意"不是直接表达出来的，当于表达形式（语言）之外去求得，即言外之意。词的意内言外与诗的直接感发不同，词的内蕴要有深隐性，忌刻露。这应是张惠言比兴寄托说的基本出发点。他由此沿用古代儒家的诗教说以进一步说明词体的特点和功能，以达到"尊体"的目的。

"风雅"一直以来被认为是我国古代的文学传统。张惠言将词体纳入《风》《骚》传统以推崇，这在政治意义上有助于维护封建统治者的政治利益，必然受到封建统治阶级及许多文人的支持。在张惠言词论的影响下，近代词学家渐渐改变了近代词体观念，认真地从理论上探讨了词的社会意义和艺术价值，因而大大推动了词学的发展。因此，张惠言的比兴寄托说的客观意义是远远大于其理论自身的价值的。

再看意内言外说中的尊体论。清代词人在尊体过程中多以对词体来源的探究、宋词衍变脉络的认识作为理论依据，并在总结前人经验的基础上，完善词学理论去推尊词体。从文体角度看，清人将词之源追溯到《诗三百》。张惠言论词时注重发掘词的微言大义，提倡比兴寄托，① 起到了"尊体"的作用。

所谓"尊词体"，就是强调词这种文学体裁在文学史上与诗的平等地位，认为词是儒家诗教所肯定的"风骚乐府之遗"，不是"诗之余"。此主张的目的是提高词的地位，扩大词的门径。近人吴梅在《词学通论》中评论曰"《箧中词》二集搜罗富有，议论正大"，收录了三百七十多位词人的作品近一千篇。其中，从张惠言《〈词选〉目录叙》中"词者，盖出于唐之诗人，采乐府之音，以制新律，因系其词，故曰'词'。传曰：意内而言外谓之'词'。其缘情造端兴于微言，以相感动极命。……盖诗之比兴变风之义，骚人之歌，则近之矣。"② 可见，张惠言论词采乐府之音，并采纳了传中所言的意内言外之说，论词主张首重立"意"，追求词的内在意蕴，主张词要兴于微言，挖掘词的微言大义即儒家诗教观点在词学创作中的移植。张惠言对词之内蕴的强调，来源于《诗》《骚》的美刺传统。这一理论与"尊体"主张密切相关，有利于提高词的地位。

周济也主张"尊体"，但他却从文学自身的客观社会意义来理解词体的社会功能。周济的"尊体"，完全摒弃了为封建统治阶级服务的诗教说。他从个人出

---

① 谢桃坊. 评常州词派的理论［J］. 学术月刊，1990（11）：60.
② 张惠言.《词选》目录叙［G］//张璋，等. 历代词话（下）. 郑州：大象出版社，2002：1269.

发联系清代中期衰乱的社会现实生活，要求词体把握现实历史内容，表现时代精神。这正反映了鸦片战争前夕中国士人的社会忧患意识和历史责任感。因而，我们说，周济的词体观念比张惠言的进步得多，能得到中国近代词学界的热烈响应。

如他评价王沂孙词时说："中仙最多故国之感，故著力不多，天分高绝，所谓意能尊体也。"① 他还认为"尊体"是对具体作品而言的，只要创作主体立意高远深厚就可能起到尊体的作用。

再看意内言外说。就词来说，比兴寄托说是处于不断变化完善中的。常州派词学思想发轫于张惠言。张惠言首开以意内言外说词、讲求词中微言大义的先河，所举之词多为唐五代至北宋时期的词，因这一时期的词合乎意内言外之旨。

郑文焯概括了常州词派对北宋词的认识："北宋词之深美，其高健在骨，空灵在神。而意内言外，仍出以幽窈咏叹之情。故耆卿、美成，并以苍浑造端，莫究其托谕之旨。卒令人读之，歌哭出地，如怨如慕，可兴可观。有触之当前即是者，正以委曲形容所得感人深也。"② 常州派的以意内言外、托喻比兴论北宋词是针对浙派的空疏而言的。张惠言在《词选序》里提出了"比兴寄托"说，成为常州词派的宣言。提倡寄托则是强调词在艺术表现方法上有自己的规律和特点，词应是"意内言外"，必须"低徊要眇以喻其致"。其序言和词评对词坛产生了很大影响，但也有其局限和缺陷。在对作品具体分析时又都勉强地去寻找它们的政治寓意，易于歪曲作者的本意或歪曲了作品的客观意义，因而难为词学界接受。

周济反对以主观方式来改铸宋代词人的面目。他是从另一角度出发来谈词的寄托问题，将词的寄托问题纳入学词的过程来理解，而且只将它视为学词入门的阶梯。周济在张惠言"意内言外"论词的基础上又提出"寄托说"这一实践性更强的理论。这点，他在《介存斋论词杂著》《词辨》里谈学词途径时就说过。其《介存斋论词杂著》云："初学词，求有寄托，有寄托则表里相宜，斐然成章。既成格调，求无寄托，无寄托则指事类情，仁者见仁，知者见知。"③ 周济还通过比较两宋词的审美风格的不同来为他的理论寻找依托，他认为："北宋词，

---

① 周济. 介存斋论词杂著［G］//张璋，等. 历代词话（下）. 郑州：大象出版社，2002：1489.

② 郑文焯. 大鹤山人词话附录［G］//唐圭璋. 词话丛编（第5册·第2版）. 北京：中华书局，1986：4342.

③ 周济. 介存斋论词杂著［G］//张璋，等. 历代词话（下卷）. 郑州：大象出版社，2002：1487.

下者在南宋下，以其不能空，且不知寄托也；高者在南宋上，以其能实，且能无寄托也。南宋则下不上犯北宋拙率之病，高不到北宋浑涵之诣。"① 他以北宋词的境界为高，以作为其指示学词途径的理论根据。但他在两宋词优劣评价的基础上所建立的学词途径之说，也难免有其局限性。学词途径应是广阔的、多元的。但他的关于两宋词的评价有利于克服浙西派和常州派的门户之见，便于修正常州词派的理论，有利于常州派的发展。

周济承张惠言所说的"词非寄托不入"，又纠其偏执而发展为"初学词求有寄托，有寄托则表里相宜，斐然成章。既成格调，求无寄托，无寄托则指事类情，仁者见仁，知者见知"②。以有所寄托为高，而无所寄托自抒性灵者也高。此无寄托就是况周颐所谓的"即性灵，即寄托"所本，语异而旨同，这里便可看出寄托论的发展完善过程。

周济的所谓"无寄托"，并非没有寄托，而是将寄托化入词中，不让读者从表面迹象求知。这种"无"是从"有"提升而来，又高于"有"的境界。在周济看来，只有北宋词能体现"无寄托"这种境界，也易于帮助他完成常州词派"比兴寄托"理论的建构。周济论词，克服了专主寄托的偏向，他在评论作品时能较为确切地认识作品的意义和对作品艺术进行深入的分析。北宋浑涵自然的词风给张惠言和周济的"比兴寄托说"留下了更多的阐释空间，而被常州词派所瓣香。

张惠言和周济的词学思想都与他们所处的时代、所处的社会有着密切的联系，他们不是单纯的词人，他们往往从其所生活的社会来反观词学。张惠言是乾嘉时期的经学家，后来在经学上治《周易》，讲究微言大义，对乾、嘉后期的社会腐败很忧虑。张惠言所编《词选》就是为了纠正当时词坛的淫词、鄙词、游词的弊端，树立复古尊古旗帜，而这些依赖他提出的比兴寄托理论。但张氏的比兴寄托理论还在传统诗的比兴寄托修辞理论的框架内，是从诗中移植到词中运用的。到了周济，他不是经学家，而是史学家。他生活于道光时期，此时社会已不同于乾、嘉时期，社会矛盾尖锐，所以他从学词过程来重新解释了张惠言的比兴寄托说，使常州派词学理论得到了进一步完善和丰富，并把这一理论提高到了创作论高度，他在《介存斋论词杂著》中明确提出了"从有寄托入，以无寄托出"的主张，并且提出了"词史"说，他对词中寄托的情感内容作了深入、形象的

① 周济. 介存斋论词杂著［G］//张璋，等. 历代词话（下卷）. 郑州：大象出版社，2002：1487.
② 周济. 介存斋论词杂著［G］//唐圭璋. 词话丛编（第2册）. 北京：中华书局，1986：1630.

阐述，对词学理论建设做出了较大贡献。同时，周济的词论体现了其史学家高瞻远瞩的眼光和经世学家关注社会现实的意识。他对词学理论的建构做出了较大贡献，开创了古代词学的比兴寄托创作论，这引起了其后继者的共鸣与思考。

谭献在常州词派代表人物周济的"见仁见知（智）"说基础上进一步发挥而提出了"作者之心未必然，而读者之用心何必不然"的理论。很明显，这是对周济"非寄托不入，专寄托不出"的理论观点的继承和发展。他认为周济的"出入说"不仅是词学创作的最高原则，而且也是千古词章的最高境界。他在批评王昶《国朝词综》弃取标准失当时说："予欲撰《箧中词》，以衍张茗柯（惠言），周介存（济）之学。"① 他在词学思想上倾向于张惠言等的词学理论主张。

庄棫和谭献论词都标榜"比兴柔厚"，推崇王沂孙的中忱之旨。他俩并称庄谭。叶恭绰先生在《广箧中词》中说："仲修先生承常州派之风尚。论清词者，当在不祧之列。"这段话不仅分析了谭献对晚清词学发展的贡献，还指出了他在近代词学史上占有承前启后、继往开来的地位。

庄棫的词学理论观点不多见，唯有一篇《叙复堂词》略有申说，其所有观点在陈廷焯的《白雨斋词话》里都有所表现。庄棫托志托意的说法以及他对比兴的体悟，在陈廷焯的《白雨斋词话》中都留下了深深的烙印，并构成陈廷焯词的"沉郁"说的基本内容。陈廷焯在继承前人词论基础上，将词之创作区分为有心寄托和无心流露两大类型。这一创作思路打破了词之创作一定要有寄托的固有观念。这打破了张惠言讲究词作必寄托及周济等人认为的把词局限于寄托道路上的理路。但他毕竟奉周济的"寄托出入"说为"千古文章之能事"，并没有明确提出反对寄托一统词坛的词学理论。这便把寄托说的词论成果又向前推进（完善）了一步，也证明陈廷焯的这一理论认识具有重要开拓意义。后来以王鹏运为首的清季词人直接用词抒写历史感慨的创作实绩以及况周颐对"即性灵即寄托"的理论总结，应该说都与陈廷焯此词学主张存在某种渊源关系。

冯煦在十二卷的《宋六十一家词选》中表现了他长于词家批评的才能，在批评中具体发挥了周济的理论。冯煦和谭献都是治今文学的。

（二）"沉郁"说

作为常州词派大家，陈廷焯的词学思维一直是被世人以"沉郁"说来解释接受的。"沉郁"是其词论的核心。陈廷焯将常州词派的理论又向前推进一步。

---

① 谭献.清词一千首（箧中词）（前言）[G].杭州：西泠印社，2007.

他主要是发扬常州词派的说法，并将常州词派的理论推向新的高峰。他提出了"沉郁"说，仅《白雨斋词话》中"沉郁"一词就出现了80多处。"沉郁"说在当时词坛自树一帜，推进了常州词派理论的发展。他把"沉郁"表述为："作词之法，首贵沉郁，沉则不浮，郁则不薄。"① 又说："所谓沉郁者，意在笔先，神余言外。"② "沉郁"说在当时推进了常州词派理论的发展，也是他进行词学批评实践的首要标准。他在《白雨斋词话》中说："若词则舍沉郁之外，更无以为词。"③ 他所提倡的词中"寄托"，并没有限定"寄托"的范围。陈廷焯的"比兴"和"沉郁"是密切相关的，他认为比兴寄托能使词旨深厚，主张词要以"比兴"的表现手法来造成"沉郁"的效果，是其重视词的艺术特点的表现。陈廷焯主张之"兴"似乎必须建立在"比"的基础上，因为只有作者之"托意"极深极厚，方才有资格谈"兴"。陈廷焯对"比""兴"的讨论，既涵盖了张惠言的"近于比兴"的表现方法的意思，也涵盖了周济"非寄托不入，专寄托不出"的创作思想，也是对他自己有关词中情意与形象关系理论主张的一种必要补充。④

陈廷焯重视创作时主体是否有真实的感受，是否深厚沉郁。陈廷焯并不以为有了比兴寄托便是词的高境，而是强调情感的沉郁为词中的高境。他为学词者指示的途径是："入门之始，先辨雅俗；雅俗既分，归诸忠厚，既得忠厚，再求沉郁；沉郁之中，运以顿挫，方是词中最上乘。"⑤ 这与他一再说明的有感—寄托—深厚的创作构思过程是一致的，将"沉郁"视为终极的要求和标准。他强调"沉郁"是以温厚为基础、骨架和核心的。《白雨斋词话》从各个方面论证"沉郁"的重要性，涉及的范围广，自唐五代至清代的词人，都有所品评。他主张作词贵在"有所感、有所寄托"，反对无病呻吟，也反对"一直说去、不留余地"。陈廷焯的词论注重词的社会意义，是经世致用思想在词学中的反映。

"沉郁"说并非他一朝所得，在他早期著述中已有评述，如他在评论辛弃疾的《浪淘沙·山寺夜作》中说："沉郁顿挫中，自觉眉飞色舞。"（见《云韶集》卷五）其评价清真的《兰陵王·柳》时说："又沉郁又劲直，有独往独来之概。"（见《云韶集》卷四）

---

① 陈廷焯. 白雨斋词话（卷一）［M］. 杜维沫，校点. 北京：人民文学出版社，1998：4.
② 陈廷焯. 白雨斋词话（卷一）［M］. 杜维沫，校点. 北京：人民文学出版社，1998：5.
③ 陈廷焯. 白雨斋词话（卷一）［M］. 杜维沫，校点. 北京：人民文学出版社，1998：4.
④ 迟宝东. 常州词派与晚清词风［M］. 天津：南开大学出版社，2008：204.
⑤ 陈廷焯. 白雨斋词话（卷七）［M］. 杜维沫，校点. 北京：人民文学出版社，1998：186.

"沉郁顿挫"意指文章深沉蕴藉,抑扬顿挫,原是杜甫的《进雕赋表》中所语。

陈廷焯在青年时代最喜好杜甫诗歌,故借用此语论词来解释他自己的独特见解:"所谓沉郁者,意在笔先,神余言外。写怨夫思妇之怀,寓孽子孤臣之感。……"陈廷焯曾说:"情有所感,不能无所寄;意在所郁,不能无所泄。"所谓"沉郁",即意的深沉郁结,此"意"是一种个人或个人关于社会的忧患意识,要求将它含蓄地表达出来,纯是自我真实性情的流露。陈廷焯特别强调沉郁是词的生命和最高境界。

另外,他还通过对部分词人词作的具体作品品评,以词作有无沉郁作为标准来评词家的成就,显示出他对"沉郁"词说的感悟,如评清真的《六丑·蔷薇谢后作》云:"如泣如诉,语极呜咽,而笔力沉雄……反复低徊,词中之圣也。"评辛弃疾词《摸鱼儿》(更能消几番风雨)云:"词意殊怨。然姿态飞动,极沉郁顿挫之致。起处'更能消'三字,是从千回百转后倒折出来,真是有力如虎。"① 又如评辛弃疾词云:"辛稼轩,词中之龙也,气魄极雄大,意境却极沉郁。"② 评方回词云:"方回词极沉郁,而笔势却又飞舞。"此中可见他的评语已比较接近后来的"沉郁"说了,从中可看到其"沉郁"说的演变。后来,陈廷焯受庄械指点,并由张惠言的导源《风》《骚》,采择比兴,进而形成他的"沉郁"词说。以沉郁论词,陈廷焯认为古今词人最能充分达到沉郁高境的应是王沂孙。陈廷焯以他为最高典范,这很适合当时士人的社会文化心理。以沉郁论词在晚清的社会条件下,能够激励人们关心国家和民族的命运,改变人们的词为艳科的观念,真正能起到尊体的作用。以沉郁论词能将思想性和艺术性统一起来,它既强调主体的思想品格和作品的内容,又要求相应的、含蓄的、寄意深厚的表现方式,因而在理论上摆脱了二元的困境。以沉郁论词的渊源虽然来自儒家的政治教化说及常州词派的比兴寄托说,但却又是对它们的超越,因为这个理论更接近文学本位,更注意文学与个人性情的关系。所以,陈廷焯以沉郁论词比清代其他词学家更有理论的深度和理论的统一性,在具体评论作家作品时都很有说服力,使人们可以感受到评论者所特有的时代意识。

此外,陈廷焯还通过编词选来凸显他的词学观念,从他早年所编的《云韶集》,到晚年所编的《词则》的不同理念,可看出陈廷焯词史意识的逐步成熟,

① 陈廷焯.白雨斋词话(卷一)[M].杜维沫,校点.北京:人民文学出版社,1998:23.
② 陈廷焯.白雨斋词话(卷一)[M].杜维沫,校点.北京:人民文学出版社,1998:20.

也可看出他从浙西派到常州派的不同理念的转变。

（三）重、拙、大境界论

况周颐的"沉著"说、"表现"说，以"重、拙、大"作为评词标准，独树一帜，实为常州词派的绪余。他指出"沉著"说的内核为"厚"，并谈到作词之魄力乃来自于"厚"。他以其独特而精到的对作家作品的分析，不断为论者所引用。蕙风自述其创作道路上"得力于沤尹（朱祖谋），与得力于半塘（王鹏运）同"（《餐樱词·自序》）。王鹏运的重拙大说、朱祖谋的严守律说，都构成了《蕙风词话》的重要内容。这也是他赖以建树理论体系的表现说。《蕙风词话》卷一开宗明义说："词之为道，智者之事，酌剂乎阴阳，陶写乎性情。"① 他认为词作是词人性情的自然流露，是词人的自我表现，主张追求真正的自我。而表现自我就牵涉到每一个作者所独具的天分、学力、性情、襟抱、禀赋不同，因而成就各异。其中，天分、学力重在学；性情、襟抱重在养，即常说的学养②。学养在词中具体表现为五要：厚、雅、重、拙、大，而薄、俗、轻、巧、纤是蕙风所列的五戒。蕙风称颂那些真实流露作者心态的词，那些表现作者心灵历程的词，而不是体现时代精神的词史类的作品。在词话中，蕙风取舍词作的标准是"词心"——真挚之情。《蕙风词话》的理论体系所包含的词心、词境、词体、词笔等都有前人不可企及的独特而新颖的见解。蕙风的表现理论决定了他不去追寻社会原因，而是内求于自己，这是他的不足之处，病根出在他对词学认识的不正确。

从上述四个方面可见，常州词派的理论自产生后，不断得到修正和发展，并发扬光大，成为清末一个时代的文学特征。

二、常州派理论的形成过程

张惠言《词选》中入选唐五代两宋词四十四家一百十六首。被张惠言具体"指发"出"幽隐"之义者共十二家四十首，占全部入选词的四分之一左右。这些入选的词体现了张惠言自己在《词选》中对词之内蕴的限定，也与其政教之用为旨归的治经思维模式相吻合，这反映出张惠言作为评选者的主观意识和思想倾向。

---

① 况周颐. 蕙风词话辑注［M］. 屈兴国，辑注. 南昌：江西人民出版社，2000：3.
② 况周颐. 蕙风词话辑注［M］. 屈兴国，辑注. 南昌：江西人民出版社，2000：3.

（一）　常州派理论是在评论五代宋词过程中发展的

首先，温庭筠词在宋代影响并不大，宋人以来温词没有引起重视不在于温词的技巧，而在于温词的表现之情，仅止于迷茫，而融不进宋代人思辨的氛围。

其次，常州派在评论五代、北宋词过程中强调温词有寄托。《词选》中选入温词十八首，个人入选词数目最多。常州派词评家对温词较重视，并引起争议，其争议焦点在于温词有无寄托。他们认为温庭筠词有寄托，能引发言外之意。例如，张惠言论词认为温庭筠词《菩萨蛮》有寄托，其云："温《菩萨蛮》，此感士不遇也，篇法仿佛《长门赋》。而用节节逆叙，此章从梦晓后，领起'懒起'二字，含后文情事，'照花'四句，离骚初服之意。"① 他的这一观点受到常州派词评家周济、陈廷焯等的赞同，却受到清末刘熙载、王国维的反对。刘熙载指出，常州词派的比兴寄托增加了词作的情思厚度，原不为过，但也出现了只从"比"或"有寄托"层面狭隘运用的问题，在实现"意"能尊体的过程中，手法未免单一机械，情思未免固陋俗滥。

周济也看重温词，但又不拘泥于张惠言说法。他在《介存斋论词杂著》中评价温飞卿词云："《花间》极有浑厚气象，如飞卿则神理超越，不复可以迹象求矣。"② 周济对张惠言的词学观进行了修正和发展，修正之一是周济不独尊温庭筠，而是比较明确地肯定从温词到张炎词，是"殊体而并胜""别态而同妍"。周济对周邦彦和吴文英词的推崇是他对张惠言等人词论的修正。修正之二是他对词的内容拓宽，从《介存斋论词杂著》可看到：他讲词的内容不能局限于"离别怀思，感士不遇"的模式，并提出了词的重大社会功能问题。他试图从理论上来总结词的创作经验，为初学词者指示一条正确的途径。因而他的理论核心是创作论。

另外，周济在《宋四家词选目录序论》中所列王、辛、吴、周四家为典范，还以周邦彦为集大成者，为最高的艺术规范，这虽有一定局限性，但却很有理论特色和时代特色。尤其是其理论深度、艺术分析、宏观认识，都大大超过了前人。正是由于他首先着眼于"意"，他对传统词学观的狭隘的表现功能做出了积极努力。周济举这四家为典范，有突破"南北宋"及"正变"的界线和藩篱的意义，属创辟之举，是近代词学史上第一个最有成就的词学理论家。周济的词论

---

① 唐圭璋．词话丛编（第 2 册）［G］．北京：中华书局，1986：1609.
② 周济．介存斋论词杂著［G］//张璋，等．历代词话（下）．郑州：大象出版社，2002：1487.

有很丰富的"学词途径"的具体论述和对历代词人的风格辨析，给后人许多参考。其中，他的关于"寄托"和"有无"的词论富有创见性。他从学词过程来重新解释了张惠言的比兴寄托说。周济在对张惠言词论的修正中不断发展、完善着常州派词评理论，使常州词派的理论得到完善和丰富，这对近代词学极盛局面的形成有着积极的作用。

由上面从张惠言到周济对五代北宋词的评论可看出，常州派理论在评论五代北宋词的过程中向前发展着、完善着。

再看下面关于谭献、陈廷焯对五代、北宋词的评价。谭献的词评也讲究寄托，但他解析作品的寄托时，只言有寄托，至于寄托所指，并不明确指出，而是留给读者自己去思考、判断。如他以冯延巳的《蝶恋花》四阕为例说："金山碧水，一片空濛，此正周氏所谓'有寄托入，无寄托出'也。"可看到，作者并没明确讲寄托所指。

再看陈廷焯在评价五代、北宋过程中如何述说"沉郁"说的。陈廷焯在指出"沉郁"含义时即举了温飞卿词的例子："所谓沉郁者，意在笔先，神余言外。写怨夫思妇之怀，寓孽子孤臣之感。凡交情之冷淡，身世之飘零，皆可于一草一木发之。而发之又必若隐若见（通'现'），欲露不露，反复缠绵，终不许一语道破。匪独体格之高，亦见性情之厚。飞卿词，如'懒起画蛾眉，弄妆梳洗迟'。无限伤心，溢于言表。"[1]

再看陈廷焯在比较唐五代、北宋词过程中进一步阐释他的"沉郁"说理论，例子如下：

唐五代词，不可及处正在沉郁。宋词不尽沉郁，然如子野、少游、美成、白石、碧山、梅溪诸家，未有不沉郁者；即东坡、方回、稼轩、梦窗、玉田等，似不必尽以沉郁胜，然其佳处，亦未有不沉郁者。词中所贵，尚未可以知耶？[2]

《白雨斋词话》卷一还指出："词至美成，乃有大宗，前收苏、秦之终，后开姜、史之始。自有词人以来，不得不推为巨擘。后之为词者，亦难出其范围。然其妙处，亦不外沉郁顿挫。顿挫则有姿态，沉郁则极深厚。既有姿态，又极深厚，词中三昧亦尽于此矣。今之谈词者，亦知尊美成。然知其佳，而不知其所以佳。正坐不解沉郁顿挫之妙。"[3]

---

[1] 陈廷焯. 白雨斋词话（卷一）[M]. 杜维沫，校点. 北京：人民文学出版社，1998：5-6.

[2] 陈廷焯. 白雨斋词话（卷一）[M]. 杜维沫，校点. 北京：人民文学出版社，1998：4-5.

[3] 陈廷焯. 白雨斋词话（卷一）[M]. 杜维沫，校点. 北京：人民文学出版社，1998：16.

以上几条可看出陈廷焯在评五代、北宋时词过程中以"沉郁"来论词，通过评论五代、北宋词发展了他的沉郁说，推出诗骚传统，以风骚精神立意，以比兴手法进行创作，以大雅作为审美取向等。但后人认为陈氏所定的门槛偏高，同时，陈氏在"《风》《骚》为诗词之源"的体系中来研究词史，分析了词之得失，使其过多注重词人"意"上的以小见大，过多强调风骚之义，这样容易使词的创作和欣赏陷入模式化，也会限制他对词的多样化风格的认可。

总之，常州词派之张惠言、周济、谭献、陈廷焯等在评论五代宋词的过程中全面发展了自己的词学理论。

（二）常州派理论是在比较南北宋词的过程中丰富的

从某种意义上说，宋词对风格的不同定义，其实质就是清人各种词学理论衍变与论争的体现。清代学人对作品风格认知的变化影响着对宋代词人的评价。清代的阳羡派、浙西派仅仅是简单地与宋人相比，指出自己词派的足与不足。阳羡派的词论因时代等多种因素影响还未达到成熟阶段，浙西派宗南宋词之精微，宗姜、张之清空骚雅，而常州派则宗晚唐北宋词，围绕一个明确深刻的目的而展开创作、理论。除了汲取阳羡派与浙西派之所长，还有一个特点就是，常州派以评论、比较南北宋词为平台使其派词论一步步走向成熟与完善，并最终使清词成为一个时代文学批评的成就。总之，常州派词学理论是在比较南北宋词的过程中丰富的。

试举例看一下，如周济《介存斋论词杂著》云："两宋词各有盛衰，北宋盛于文士，而衰于乐工，南宋盛于乐工而衰于文士。"[1]

又云："诗有史，词亦有史，庶乎自树一帜矣。……初学词求空，空则灵气往来。既成格调求实，实则精力弥满。初学词求有寄托，有寄托则表里相宜，斐然成章。既成格调，求无寄托，无寄托则指事类情，仁者见仁，知者见知。北宋词，下者在南宋下，以其不能空，且不知寄托也；高者在南宋上，以其能实，且能无寄托也。南宋则下不上犯北宋拙率之病，高不到北宋浑涵之诣。"[2]

周济在《宋四家词选目录序论》中所列王、辛、吴、周四家为典范。

从上例中可看出，周济论词理论体系中所说的"词史"说和"有寄托入，无寄托出"理论，以有所寄托为高，而无所寄托自抒性灵者也高。此无寄托就是况周颐所谓的"即性灵，即寄托"，语异而旨同，这里便可看出寄托论也是在比

---

① 周济．介存斋论词杂著［G］//张璋，等．历代词话（下）．郑州：大象出版社，2002：1486．
② 周济．介存斋论词杂著［G］//张璋，等．历代词话（下）．郑州：大象出版社，2002：1487．

较南北宋词的过程中通过评说南北宋词而不断丰富完善的。

常州派理论在比较南北宋词过程中的丰富在陈廷焯的词论里也可看到。如陈廷焯在《词坛丛话》中讲："北宋词，诗中之风也；南宋词，诗中之雅也。不可偏废，世人亦何必妄为轩轾。"又云："北宋有俚词，间有伉语；南宋则一归纯正，此北宋不及南宋处。"① 他在《白雨斋词话》卷二中论南宋词家："南宋词家白石、碧山，纯乎纯者也。梅溪、梦窗、玉田辈，大纯而小疵，能雅不能虚，能清不能厚也。"② 在《白雨斋词话》卷六中论两宋词家胜处："周秦词以理法胜。姜张词以骨韵胜，碧山词以意境胜。要皆负绝世才，而又以沉郁出之，所以卓绝千古也。至陈、朱，则全以才气胜矣。"③ 以上几处可见陈廷焯在比较南北宋词的过程中强调词的纯雅、厚重、沉郁的风格，丰富了他的沉郁说。

又，《白雨斋词话》卷六云："两宋词家各有独至处，流派虽分，本原则一。惟方外之葛长庚，闺中之李易安，别于周、秦、姜、史、苏、辛外，独树一帜。而亦无害其为佳，可谓难矣。然毕竟不及诸贤之深厚，终是托根浅也。"④

《白雨斋词话》卷三还说北宋南宋不可偏废："国初多宗北宋，竹垞独取南宋，分虎、符曾佐之，而风气一变。然北宋南宋，不可偏废。南宋白石、梅溪、梦窗、碧山、玉田辈，固是高绝，北宋如东坡、少游、方回、美成诸公，亦岂易及耶？况周、秦两家，实为南宋导其先路，数典忘祖，其谓之何？"⑤

从以上几条陈廷焯所言南北宋词的评论可见，他对两宋词的评价和认知贯穿并完善了他的沉郁说、本原论的全过程。他也是从评论南北宋词入手修正了浙西派过于偏激的提法的，应该说这是他后期词学立场转变的一个契机。

再看王国维《人间词话》里也有许多关于评论五代词、两宋词的句子：

如其中写道：金应珪《词选后序》，分词为"淫词""鄙词""游词"三种。词之弊尽是矣。五代北宋之词，其失也淫。辛、刘之词，其失也鄙。姜、张之词，其失也游。⑥

唐、五代之词，有句而无篇（即：虽然有警句，却没有全篇结构细密的作品）。南宋名家之词，有篇而无句（即：虽然有全篇结构细密的作品，却没有警

---

① 周济.介存斋论词杂著［G］//张璋，等.历代词话（下）.郑州：大象出版社，2002：1691.
② 陈廷焯.白雨斋词话（卷二）［M］.杜维沫，校点.北京：人民文学出版社，1998：40.
③ 陈廷焯.白雨斋词话（卷六）［M］.杜维沫，校点.北京：人民文学出版社，1998：149.
④ 陈廷焯.白雨斋词话（卷六）［M］.杜维沫，校点.北京：人民文学出版社，1998：149.
⑤ 陈廷焯.白雨斋词话（卷三）［M］.杜维沫，校点.北京：人民文学出版社，1998：59.
⑥ 王国维.人间词话［M］.滕咸惠，译评.长春：吉林文史出版社，2004：125.

句）。有篇有句，唯李后主降宋后之作，及永叔、子瞻、少游、美成、稼轩数人而已。①

词家时代之说，盛于国初。竹垞谓：词至北宋而大，至南宋而深。后此词人，群奉其说。然其中亦非无具眼者。周保绪曰：“南宋下不犯北宋拙率之病，高不到北宋浑涵之诣。”又曰：“北宋词多就景叙情，故珠圆玉润，四照玲珑。至稼轩、白石，一变而为即事叙景，使深者反浅，曲者反直。”潘四农德舆曰：“词滥觞于唐，畅于五代，而意格之闳深曲挚，则莫盛于北宋。词之有北宋，犹诗之有盛唐。至南宋则稍衰矣。”刘融斋熙载曰：“北宋词用密亦疏、用隐亦亮、用沈亦快、用细亦阔、用精亦浑。南宋只是掉转过来。”可知此事自有公论。虽止庵词颇浅薄，潘、刘尤甚。然其推尊北宋，则与明季、云间诸公，同一卓识也。②

近人之词，如《复堂词》（即：谭献词）之深婉，《彊村词》（即：朱孝臧词）之隐秀，皆在半塘老人（即：王鹏运）上。彊村学梦窗而情味较梦窗反胜。盖有临川、庐陵之高华，而济以白石之疏越者（吸收了姜夔疏散淡远的长处）。学人之词，斯为极则。然古人自然神妙处，尚未见及（王国维：《人间词话》）。

上面几段文字点出了王国维在评词时也是建立在对五代、两宋词的点评中的。同时，他也兼评了清代人对两宋词的不同见解及清代词人词作高低。

（三）常州派理论是在批判、吸收清代其他词派理论的基础上完善的

常州派除了在评论五代宋词时完善自己的理论，在比较南北宋词时更进一步丰富自己的理论，还注意在批判、吸收清代其他词派理论的基础上不断完善自身的理论，对清代云间词派、阳羡词派、浙西词派等词评上的优点均有所汲取，而结果则完善了自己的理论。

清代常州词派与云间词派、阳羡词派、浙西词派共同营造了清代学人当代评的格局，常州词派又是在吸收清代其他词派成就的基础上而逐步完善的。

比如，常州词派在批判云间派的同时，汲取了云间派强调词的风骚之旨及词的自然浑厚的特色。以陈子龙为代表的云间词派为改变词坛颓靡的局面，要求端正词人的创作态度，强调词的风骚之旨，明确提出学习南唐北宋的主张，推崇情景交融、辞意并茂、自然流畅、高澹浑厚的特色。

阳羡派代表陈维崧否定词乃小道的观点及其要求词有存经存史的功能等提高

---

① 王国维. 人间词话［M］. 滕咸惠，译评. 长春: 吉林文史出版社，2004: 119.
② 王国维. 人间词话［M］. 滕咸惠，译评. 长春: 吉林文史出版社，2004: 108.

词的地位的看法都对常州派的周济等有影响。同时，阳羡派要求词能承担起"存经存史"的功能，把词的地位提高到和经、史一样的地位了。可以说，阳羡派词论是清初最具有新意、最有自觉性和鲜明性的一家理论主张，也是清代最早自成体系的一种词学观。①

常州派在批判浙西派的同时，亦汲取了浙西派推崇雅正的理论及推尊词体的主张。这些从上面常州派的理论里均可见到。以朱彝尊为旗帜开创的浙西词派是清代前中期最有势力的文学流派。朱彝尊论词重南宋，标榜醇雅的词风，改变了词坛柔靡的风气。朱彝尊极力推举《乐府雅词》②和《绝妙好词》两部符合自己审美取向的宋代雅词选本作为武器，来标举纯雅，斥《草堂》之俗。其《乐府雅词跋》云："词以雅为尚"，朱彝尊《词综》云："世人言词，必称北宋，然词至南宋始极其工，至宋季而始极其变。姜尧章氏最为杰出。"论词主张重格律形式而轻视内容。浙西派独取南宋，以姜夔、张炎为师。

总之，常州派张扬意内言外的词学主张，不断完善比兴寄托说，追求淳厚之美，提出词史说、沉郁说等均使常州派影响进一步扩大到清代文坛，成为清末一个时代的文学特征。

三、常州派词评特征

常州词派是与不同时期特定的文化背景、社会思潮、文化心态密切联系在一起的，反映了词人们所代表的特殊的士人阶层的精神面貌，具有积极意义。③

（一）有力地配合了当时的社会思潮

处于特定历史时期的常州派词人，他们具有积极的政治参与意识，这点自然与前代士人明显不同。前代士人远避政治，而嘉、道时期的常州派词人却前所未有地将自己的前途和国家的命运结合起来。社会危机促使他们思考一些紧迫问题，而统治政策的松动，也为他们的思考提供了必要的外部条件。他们不满于当时的世风，敢于揭露吏治腐败的事实。常州词派的出现有力地配合了清代的社会思潮，如乾嘉学风和清代鸿儒思想等。乾、嘉时期，由于国家危机的加剧，继之复古主义氛围的全面笼罩，张惠言从儒家传统文学思想的武库中寻找理论武器，

① 严迪昌.清词史（第2版）[M].南京：江苏古籍出版社，2001：191.
② 朱彝尊.乐府雅词跋[M]//曾慥，辑.乐府雅词.沈阳：辽宁教育出版社，1997.
③ 迟宝东.常州词派与晚清词风[M].天津：南开大学出版社，2008：5.

以倡导词学的"有为而作"来反对那些漠视作品思想内容的无病呻吟之作,① 起到了振兴词学、起衰救弊的作用。同时,他们以钻研经籍为精神寄托来逃避文字狱,常州词派的文化品性,正是得之于乾嘉经学。谭献较早注意到了清代词学与乾嘉经学之间的联系,他将清词创作分成"才人之词""词人之词"和"学人之词",张惠言、周济等词人被归为"学人之词"的代表。确实,常州词派诞生于乾嘉经学的学术氛围之中,其代表词人多兼为经学家,长期受经学的思维模式和研究方法之浸润熏染,故其创作心理、词作格调、批评观点及释词方法,都显示出与经学相关的文化品性。② 张惠言、周济的词论受乾、嘉复古之风影响,呈现出复古的特征。而周济提出的"词史"说与当时危机日重的时代背景有关,也与周济本人的生平经历、学术思想有关……周济重视词中寄托当以反映时代历史背景为主的一个因素。正是基于对时代特征的敏锐感应和准确把握,再加上他深研经史,讲求实用的学术思想,周济才提出了"词史"的理论主张。③

另外,两次鸦片战争冲击了中国传统文化,使传统文化面临西学东渐的挑战,在传统士大夫看来,这会导致儒家传统文化的危机,而这也引起了传统士大夫对中国文化进行反思。而到同、光时期,特殊的社会局势为传统士大夫对中国文化反思提供了适宜的环境。再加上同治三年倭仁等的"选派翰林十数员,将四书五经,择其切要之言,衍为讲义,敷陈推阐"④,以供皇帝御览。政府的这种举措深化了传统士大夫的文化价值取向,使得对传统文化的反思成为一种全社会的文化自救运动。⑤

(二) 全面地融合了传统文化

在上述的社会思潮和社会环境的影响下,常州词派融合了传统文化。此时,词坛上的谭献、庄棫等学者兼词人表现出了他们集儒家文化大成的特色。一方面,他们推崇诗教,敦厚人品。常州派词人意识到了《风》《骚》以下的一脉相承的温柔敦厚精神,意识到了诗教与整个封建体制存亡的关系。谭献谈道:"诗也者,根柢于王政,端绪乎人心……折衷诗教,匪用爱憎。"⑥ 提倡诗教的词人给词赋予了调和治乱盛衰的特殊功能。另一方面,常州词派的庄棫、谭献、陈廷

---

① 黄志浩. 论常州词派理论之流变 [J]. 广东民族学院学报, 1997, 41 (3): 34 – 35.
② 方智范. 论常州词派生成之文化动因 [J]. 社会科学战线, 1996 (4): 178 – 179.
③ 迟宝东. 常州词派与晚清词风 [M]. 天津: 南开大学出版社, 2008: 63.
④ 清实录·穆宗实录 (三, 卷一○二, 同治三年五月上) [G]. 北京: 中华书局, 1987: 250.
⑤ 迟宝东. 常州词派与晚清词风 [M]. 天津: 南开大学出版社, 2008: 155.
⑥ 谭献. 唐诗录叙 [G] // 复堂文 (卷一). 杭州: 浙江古籍出版社, 2012: 14.

焯等人对仕宦冷漠，无意官场，有心为师。他们将自己作为儒家文化的传承者加以看待，刻苦治学、著书立说、整理前人研究成果、校书、刻书、讲学育才等，切实地在尽力传承着儒家文化。这些词人的表现也代表了在传统文化反思的潮流中、中西文化碰撞格局中士人阶层的特殊心态。这样的心态与思想，必然对其词学观念产生影响。刘熙载提出了词"所贵于情者，为得其正也"之说、谭献提出了"折衷敦厚"说、陈廷焯提出了"推本《风》《骚》"说等都与此特定阶段的历史背景相关。

晚清学者刘熙载还提出"厚而清"的艺术理念，既是浙、常词学旨趣的整合，也是"李杜"诗歌艺术的整合。刘熙载《词曲概》云："词人之要，不外厚而清。厚，包诸所有；清，空诸所有也。"① 刘熙载汲取了浙西派的"格"的"清"、常州派的"意"的"厚"等词学精神，也改正了浙西派的意的"薄"、常州派的"格"的"俗"等过失，从而整合了浙西派、常州派词旨而提出了"厚而清"的词说。刘熙载虽不专主寄托，但他认为寄托可使词达到妙境。他在其《词概》中说："词之妙，莫妙于以不言言之。非不言也，寄言也。如寄深于浅，寄厚于轻，寄劲于婉，寄直于曲，寄实于虚，寄正于余，皆是。"又曾说道："描头画角，是词之低品。盖词有全体，宜无失其全，词有内蕴，宜无失其蕴。"② 从中可见，刘熙载对词之特殊美感的讨论、对常州派的周济提出的词的比兴寄托创作理论引起了共鸣与思考。

清代词人们在思想上发生转变且渐趋于一致的词学环境为常州词派的再度崛起并迅速统一词坛提供了重要的前提因素。③

（三）自始至终贯穿于词学理论繁荣的全过程

常州派词学思想发轫于张惠言，他以一种新的眼光对词体特征进行观察、思考，对常州词派具有建设性贡献。他为其后继者们提供了基本理论框架，为其后继者对词学理论的深入研究打下了基础。

张惠言所倡导的比兴论，是要把汉代诗论中关于"王道衰，礼仪废，政教失"等一整套关于政治伦理的东西作为其理论内涵④，引入词学领域，从而抬高了词的地位，实现了尊体的目的。他从两汉传统的文论里寻找其理论依据，对词

---

① 刘熙载.艺概笺注·词曲概 [M].贵阳：贵州人民出版社，1986：354.
② 刘熙载.词概 [G] //唐圭璋.词话丛编（第4册）.北京：中华书局，1986：3707.
③ 迟宝东.常州词派与晚清词风 [M].天津：南开大学出版社，2008：160.
④ 黄志浩.论常州词派理论之流变 [J].广东民族学院学报，1997，41（3）：35.

的内容加以规范，从而表现出儒家传统文学观的复归。但张惠言以治经的思路来论词，不免笃信古义，拘泥于上古经典的表述方式，从经典成说中寻找理论根据，未能越出"尊圣贤、从古昔"的藩篱。张惠言词学思想的本质，是用儒家诗教思想规范词体，以恢复风雅传统来纠正词风的卑下与游离，实质类似于文学史上多次出现的"复古"思想。①

以"比兴"论词是常州派词论的核心，从张惠言及其后继者们对常州派词论的不断完善可以看出常州派词论的发展及理论成熟的过程。

同时，常州词派的许多代表人物，如张惠言、董士锡、谭献、陈廷焯等，都有着既精于理论建设，又兼善创作实践的双重身份。这点在陈廷焯《白雨斋词话》卷八中也有论及："未有工于作词，而不长于论词者。"这也为我们探讨理论与创作交互影响的关系提供了很好的范例。

（四）词评的保存形式多种多样

清词评的保存形式多种多样。如词话著作、序跋、词选及"论词绝句"中就保存有不少清词评，常州派词人还通过选词、校词、刻词等一系列出版活动，使词评的保存和传播更久远。如《宋四家词选序论》《词选序》《词选后序》《词选·附录》《词辨自序》《词辨序》《存审轩词自序》《介存斋论词杂著》《箧中词序》《箧中词续》《复堂词话》《复堂词录叙》《复堂谕子书·一》《复堂词录》《白雨斋词话》《白雨斋词话跋》《人间词话》《词概》《词学通论》《词综·发凡》，等等。另外，在常州派一代代的传承者或其他词派清词家的文字中和交往的日记、书信往来、笔谈、评改他人词集的方式中等也保存了大量的词评材料。如《复堂日记》《词学季刊》，等等。

唐圭璋编《词话丛编》收历代词话 85 部，其中嘉庆、道光以后（不包括 1911 年以后）所写词话就约 40 部，约占全书总数的 50%。词集序跋更是不计其数，一般词集皆有序或跋，有的还有多篇，有的还有题词或题诗。论词绝句比较有影响的也多达几百首。这些词话大多是记载了"当代"词坛轶事的。如宋翔凤的清词评论。宋翔凤本是张惠言的弟子，论词推衍张惠言的意内言外说，随着阅历的丰富，其论词超越了常州派的观点。最能代表他论词成就的是《双研斋词钞序》。又如，缪荃孙在《留云借月龛填词图解题词》中也注意张扬常州词学，特别是对晚清时期的常州派有所好评。他还搜罗编纂了《国朝常州词录》一书，

---

① 郑雅宁. 论常州派领袖张惠言的词论与词作 [J]. 商洛师范专科学校学报，2005，19（2）：75.

里面有好多序跋、诗词话的品题品藻之话，可说是常州派词人的史料汇编。这部词选在理论上的价值就是一篇《国朝常州词录序》，序文描写了清代常州词发展史。它奠定了缪荃孙在清代词学批评史上的重要地位。另外，"论词绝句"也是清词评的一种重要方式，如宋翔凤《论词绝句二十首》、谭莹《论词绝句》（可称得上是一部简明的韵文体的清词史）等都值得重视，保存了不少词评资料。

以上种种多样化的词学活动都有利于词评的传播与保存，从而使常州派词评影响日益深入人心。以上种种丰富的词学成果也可见这些词人治学态度之认真，清季许多词家都以传统治经态度来治词，将词作为学术的一种形式。也正是因常州派词评治词研究成果的丰富，所以，凡言词者无不以常州派为圭臬。可以说，词学研究的学术化也同样是众多词评得以保存下来的一个不可忽视的重要原因。

第二章　常州词派的清代词评成就述略

常州词派的成就主要体现在词学理论上，自张惠言《词选序》中提出以意内言外论词，立足于儒家的正统观念，认为词应"与诗赋之流同类而风诵之"①以后，其后继者不断完善此派词学理论，尤其是周济，他的《介存斋论词杂著》，在张惠言的词论基础上大畅其绪，成为常州词派继张惠言之后的词学理论中坚之人。以"比兴"论词是常州派词论的核心，从张惠言及其后继者们对常州派词论的不断完善可以看出常州派词论的发展及理论思维演进的轨迹。

第一节　常州词派的创始人张惠言：意内言外谓之词

一、意内言外说提出背景

嘉、道时期，浙西派末流以醇雅掩饰其饾饤之状，词坛蹈虚空泛、意旨枯寂的词风现状愈下，再加上常州词人那备受挫折的心态及其向诗教寻求精神归宿的情绪等因素影响，张惠言鉴于浙西词派追求"清空"之境、专注词语精工而陷于饾饤琐屑的弊病，而针对当时词坛提出了词应以立意为本的主张。

同时，因张惠言是经学家，研究经学，在其《茗柯文选》中的《迁改格序》一文中，他将治经者的思维进行主观发挥而衍生出意内言外的内涵，这种思想与他所代表的乾隆末、嘉庆初常州词人的普遍心态是一致的，因而也必将在常州词派词学思想中得以体现。而当他以其独特治经思维来审视词体时，就为传统词学研究提供了许多新的启示，也使得常州派词学思想具有了不同于其他词派的

---

① 张惠言. 词选序［G］//唐圭璋. 词话丛编（第2册）. 北京：中华书局，1986：1618.

特色。

二、理论及理论所及的清人清词

张惠言论词理论所及清人清词首先是针对浙西词派的：一方面，他汲取了浙西派针砭时弊推崇雅正的理论及推尊词体的主张；另一方面，他也批判了浙西派末流的琐屑和空疏。如：嘉庆二年，张氏弟子金应珪所作的《词选后序》中说："《词选》二卷，吾师张皋文、翰风两先生之所录也。夫楚谣汉赋，既殊风雅，齐歌唐律，亦乖苏李。"① 接着还说张氏论词要求都是为反对浙西词派末流的淫词、游词、鄙词而发的，并详细说了淫词、游词、鄙词之词坛弊病的具体情况。张氏针对当代词坛上出现的淫词、游词、鄙词的弊病而在其《词选序》里提出"意内言外谓之词"。"意"即"贤人君子幽约怨悱不能自言之情"，是一种情意；"言"是指"微言"，即"极命风谣里巷男女哀乐"之呈现。而"微言"要通于大义，即要求词合乎变风和楚骚之比兴义，指一种形式上精致细微而意境上富于深隐幽微之意蕴的语言特质。而张氏的《水调歌头》五首则恰在创作的实践方面把其儒学修养与对词之美感的体悟相结合，表现出一种"要眇深微"的特色。此处可看出，张氏主张词也像诗一样具有美刺社会现实、对社会民生发表自己意见的现实主义传统。他依据这个界定来观察词史，打着复古主义的旗帜，以唐人词为准的，推崇温庭筠和秦观，奉温庭筠为圭臬。在此观念指导下，编写出了一部词旨鲜明的词选本《词选》（《词选》中温庭筠词入选最多，凡十八首。因温庭筠词能够引发言外之联想），意在以《风》《骚》为旨趣，扭转当时词坛风气，革新词坛风貌。

张惠言在《词选序》里阐明的词学主张成为常州词派的理论纲领，对常州词派的理论建构具有建设性意义。他以儒家"诗教"转而论词，作为自己词学立论的基础。他的论词要求是要尊词体、崇比兴（以比兴寄托手法来实现尊词体的主张，而意内言外是比兴寄托的特征）、区正变（对词史上重要词人作出评价，区分词之正变与变调，并以雅正为区分标准，推崇温庭筠"深美闳约"的风格）。金应珪在《词选后序》里说，这些观点都是为反对浙西词派末流的淫词、游词、鄙词而发的。

张惠言所谓的"诗之比兴，变风之义，骚人之歌"的比附所指正是与"感士不遇"和"忠爱之忧"的情感内容相关。此处也从侧面说明张惠言对词之内

---

① 金应珪. 词选后序 [G] //唐圭璋. 词话丛编（第2册）. 北京：中华书局，1986：1618.

蕴的强调来源于《诗》《骚》的美刺传统，同时也传达出了这种情感内容的表达方法。

张惠言的词评具体地贯彻了其论词核心。张惠言的词学思想主要见于其《词选序》《词选》中对唐宋词人作品的评介以及其本人的具体创作中。《词选》共有他的评语三十余则，体现了其比兴寄托说。这些评语对其作品"义有幽隐，并为指发"，阐发了它们的"微言大义"。虽然，张惠言以比兴寄托、妄自穿凿附会来寻求作品的政治寓言有其不足的一面，但他从经学的观点出发，以儒家政治教化说对词体重新作了评价，使之跻身于正统文学而毫无愧色，确实起到了尊体的作用。

张惠言的词论影响所及清人有董士锡、潘祖荫、周济、陈廷焯、谭献等。

陈廷焯曾评价《词选》云："张氏（惠言）《词选》，可称精当，识见之超，有过于竹垞十倍者，古今选本，以此为最。但唐五代两宋词，仅取百十六首，未免太隘。"① 可见他对张惠言的《词选》的评价很高，认为它是古今词选中最好的一部词选，但同时指出此《词选》的选词范围太窄，数量太少。

《词选》的出现及影响对当时词坛具有实践指导意义。后来宗法《词选》的，有周济的《宋四家词选》、冯煦的《宋六十一家词选》、陈廷焯的《词则》等，他们从不同方面发展了常州派词学，这些词话著作是张惠言词学思想的延伸，对常州派词学起了推波助澜的作用，对清代词学的发展产生了较大影响。

周济在其《词辨自序》里赞张氏的《词选序》："其叙文旨深词约，渊乎登古作者之堂，而进退之矣。"②

在《词辨自序》里，周济写出他师从张氏外甥董晋卿及其与晋卿的学词情形，写了他初不喜清真而后遂笃好清真的变化；初喜竹山，后薄竹山；终不好少游，因少游词多庸格……又云："夫人感物而动，与之所托，未必咸本庄雅。要在讽诵绌绎，归诸中正，辞不害志，人不废言。"③

董士锡在《同门祭张先生文》中曾赞曰："先生之教，不专于文，曰行曰德，维本是惇。"

潘祖荫刊《周济宋四家词选序》中云："近世论词，张氏《词选》称极善。止庵《词辨》，亦惩时俗倡狂雕琢之习。与董晋卿辈同期复古，意仍张氏，言不

---

① 陈廷焯. 白雨斋词话（卷一）［M］. 杜维沫，校点. 北京：人民文学出版社，1998：5.
② 周济. 词辨自序［G］//唐圭璋. 词话丛编（第2册）. 北京：中华书局，1986：1637.
③ 周济. 词辨自序［G］//唐圭璋. 词话丛编（第2册）. 北京：中华书局，1986：1637.

苟同。……止庵负经济伟略，复寄情于艺事，进退古人，妙具心得，忠爱之作，尤深流连。"①

谭献在其《复堂词话》中云："当其学立意深隽处"②。他认识到了清词在嘉庆后走上了比较健康的发展之路。

其次，张惠言所提出的词论是针对云间派、阳羡派等的。如：他在批判云间派的同时，汲取了云间派注重词的风骚之旨和词之自然浑厚的特色。张氏认同云间派学习南唐北宋词的主张，认同阳羡派提出的词之尊体地位，阳羡派认为词之能存经存史的功能对常州词派的周济影响很大。

再次是对自己追随者对自己词论的呼应，如：张惠言关注身边人，其词论对自己身边人的影响，如董士锡词《金缕曲·偕黄古游虞山饮中赋赠》："耐人生、半作东流水。况又是，斜阳里。"

董士锡词《浪淘沙慢·江楼晚望》："又城楼、鼓角迢遥，侵客枕，三更白发星星长。"可见，董士锡词里也充满了对人生的感慨。

张惠言的词论对其追随者的呼应、影响及其追随者对张氏词论的呼应。如：周济词《摸鱼儿》："怎般哽咽。是暗里流光，雨催风送，含泪共君说。"

周济词《长亭怨慢》："待说与东皇、年华愁问。"也含有对时光流逝的感慨。

谭献《蝶恋花》六章，陈廷焯评其曰"美人香草，寓意甚远"。如《蝶恋花》首章云："楼外啼莺依碧树。一片天风，吹折柔条去。玉枕醒来追梦语。中门便是长亭路。"陈廷焯评："凄警特绝。"下云："惨绿衣裳年几许。争禁风日争禁雨。"陈廷焯评曰"幽愁忧思，极哀怨之致"。陈廷焯对第六章的下阕评价道"顿挫沉郁，可以泣鬼神矣"。③

谭献《青门引》云："人去阑干静。杨柳晚风初定。芳春此后莫重来，一分春少，减却一分病。"透过一层说，更深，即相见争如不见意。下云："离亭薄酒终须醒。落日罗衣冷。绕楼几曲流水，不曾留得桃花影。"陈廷焯《白雨斋词话》卷五评曰"此词凄婉而深厚，纯乎骚雅"。

庄棫《蝶恋花》四章，首章云："城上斜阳依绿树。门外斑骓，过了偏相顾。玉勒珠鞭何处住。回头不觉天将暮。"陈氏《白雨斋词话》卷五评曰："所谓托志帏房，眷怀身世者。……'回头'七字，感慨无限。"陈氏对首章的下阕

① 潘祖荫.周济宋四家词选序［G］//唐圭璋.词话丛编（第2册）.北京：中华书局，1986：1658.

② 谭献.复堂词话：箧中词［G］//唐圭璋.词话丛编（第4册）.北京：中华书局，1986：4009.

③ 陈廷焯.白雨斋词话（卷五）［M］.杜维沫，校点.北京：人民文学出版社，1998：111.

评曰"声情酸楚，却又哀而不伤"。

庄棫《凤凰台上忆吹箫》云："瓜渚烟消，芜城月冷，何年重与清游。……春回也，怎能教人，忘了闲愁。"陈廷焯评曰"纯是变化风骚"，等等。以上所选张氏词论所及清词中的一些词均可见受到张氏词论之影响。

三、评价

首先，张惠言论词的理论表现出他对其当代词的关注、扶持。他在《词选序》中所提出的词论观点一方面是汲取了浙西派推崇雅正的理论及推尊词体的主张，一方面是批浙西派洗明代淫曼之陋，而流为江湖，[①] 为反对浙西词派末流的淫词、游词、鄙词而发，他针对浙西派末流的词坛现状，针对当代词坛上出现的淫词、游词、鄙词的弊病，力挽朱、厉、吴、郭佻染饾饤之失，而在其《词选序》里提出"意内言外谓之词"。

其次，张惠言的词论具有开山作用。常州派词学思想发轫于张惠言，他以一种新的眼光对词体特征进行观察、思考，对常州词派具有建设性贡献。他为其后继者们提供了基本理论框架，为其后继者对词学的深入研究打下了基础。其《词选》被作为常州词派词学思想的开山之作。张惠言的"低徊要眇，以喻其致"的审美主张及词的"幽约怨悱不能自言"、以"意内言外"、比兴寄托来论词的对词之内蕴的追求等都是常州派词学的特色，起到了提高词的地位的作用。他将词人的细致精微的感受和儒家修养微妙地结合起来，开拓了词的创作意境。张惠言所追求的对词之美感特质的探讨是常州词派最富理论价值之处，因而成为常州派词学的主要特色。他的后继者沿此词之美感特质方向继续探讨。

《复堂词话》中评曰："翰风与哲兄（即：张惠言）同撰《宛邻词选》，虽町畦未辟，而奥荄始开。其所自为，大雅遒逸，振北宋名家之绪。其子仲远序同声集云'嘉庆以来，名家均从此出'。信非虚语。周止齐益穷正变，潘四农又持异论。要之倚声之学，由二张而始尊耳。"[②]

又，"常州词派，不善学之，入于平纯廓落，当求其用意深隽处"[③]。"周氏撰定《词辨》《宋四家词筏》（即《宋四家词选》），推明张氏之旨，而广大之，

① 谭献.复堂词话：复堂日记［G］//唐圭璋.词话丛编（第4册）.北京：中华书局，1986：3999.
② 谭献.复堂词话：箧中词［G］//唐圭璋.词话丛编（第4册）.北京：中华书局，1986：4009.
③ 谭献.复堂词话：箧中词［G］//唐圭璋.词话丛编（第4册）.北京：中华书局，1986：4009.

此道遂与于著作之林，与诗赋文笔同其正变。止庵自为词，精密纯正，与茗柯把臂入林。"①

第二节　常州词派的重要词论家周济的创作论：
非寄托不入，专寄托不出

一、"寄托出入说" 提出的缘由

继张惠言之后，常州词派的重要词论家是周济。周济十六岁开始学词，经过三十多年的探索和实践，形成了一套较为系统完整的创作理论，为后人开启了学词途径，这就是他提出的"寄托出入说"和"有无寄托说"。周济发展并完善了张惠言的寄托说，从多方面充实并修正了张惠言的词论框架而提出了"寄托出入说"，把张惠言的寄托理论向前推进了一大步。周济所生活的时代危机四伏，他本人多年来漂泊各地，目睹了社会动乱及民生疾苦，再加上他深受经世致世思想影响，其本身又是一位史学家等，这些综合因素促使他提出了"词史"说。这又是对张惠言词之比兴寄托内蕴说的发展。他认为：那种反映盛衰兴亡之感的"由衷之言"，反映寄托内容的作品，具有重要的历史意义，堪称"词史"。

他对张惠言词学理论上关于词的感知、体认层面等的不足进行了一定程度的完善与修正，他在张惠言的词论主张的基础上提出了更具体、更系统的词论观点，成为常州词派的中坚人物。

二、理论及理论所及清人清词

（一）理论及其成就

（1）周济提出的"有无寄托说"（即"有寄托""无寄托"之说）和"非寄托不入，专寄托不出"的理论给常州词派增添了理论上的光辉。从《介存斋论词杂著》到完成《宋四家词选》，可看出周济论词理论的深入与发展，周济对关于学词途径的理解更成熟了，他将寄托问题置于具体的学词途径来处理。

"有寄托""无寄托"的词，都是以寄情于境为内涵。能够由表意通向本意称得上是"有寄托"之作，初学词者当追求"有寄托"。"无寄托"之词并非降低词的内涵标准，而是指将词人的特定寄托转化为具有广泛涵盖性和包容性的意

---

① 谭献 . 复堂词话：箧中词 [G] // 唐圭璋 . 词话丛编（第 4 册）. 北京：中华书局，1986：4010.

念，并将此种意念融入丰厚、饱满、经得起多种角度考究的艺术形象之中。这样的词会给人以更多启发，从而使读者产生多种多样的读词感受。

"有寄托""无寄托"的词之间确有高、低之分，雅、俗之别。因此，周济以"有寄托"作为对"初学者"的要求，以"无寄托"作为对"既成格调者"的标准。从"有寄托"到情境浑涵的"无寄托"的升华和飞跃，并不是由于词的内容由情到理的转换，而是由于词人在艺术上的精进和成熟。周济认为从"有寄托"到"无寄托"的创作方式应该通过作者自身艺术修养的提高来实现。

"有寄托"与"无寄托"的词的差别何在？我们根据词论家的意见，作一个不完全的概括如下：后者较前者寄托更厚，词法更精，音律更协，情味更长，入人更深，感人更迷，等等。寄情于境，是词的创作的普遍规律。情境浑涵，却有程度的不同。我们不可能用一把尺子去衡量作品情境浑涵度的高低疏密，却可感受到不同的作品情境浑涵度的不同。哪怕是在同属于"无寄托"的名作里，这种感觉也是既模糊而又清晰的。

"有无寄托说"的论述见周济《介存斋论词杂著》，此书刊行时间为嘉庆十七年（1812），到道光十二年（1832）时，周济编成了《宋四家词选》一书，在此书的《宋四家词选目录序论》里，周济将艺术构思与运笔方法融为一体，提出了著名的"寄托出入说"：

> 夫词非寄托不入，专寄托不出。一物一事，引而伸之，触类旁通。驱心若游丝之罥飞英，含毫如郢斤之斫蝇翼，以无厚入有间。既习已，意感偶生，假类毕达，阅载千百，謦郊弗违，斯入矣；赋情独深，逐境必寤，酝酿日久，冥发妄中。虽铺叙平淡，摩缋浅近，而万感横集，五中无主……抑可谓能出矣。……问途碧山，历梦窗、稼轩，以还清真之浑化。余所望于世之为词人者，盖如此。

从理论的探讨和创作的经验上来说，周济以为词若无寄托便不能入门，若专主寄托则永远陷于初级阶段。周济论词，克服了专主寄托的偏向，所以在评论作品时能较为确切地认识作品的意义并对作品艺术进行深入的分析。

虽说是从词的角度总结创作和欣赏的规律，却对整个文学创作都具有普遍意义。"寄托"，为什么如此重要？这是抒情的本质和要求所决定的。情，本是无影无形、阒然无声、不可衡量、不可方物的存在，当它一旦触物以兴，便出现了形之于外的要求和冲动。

"寄托"，简单地说，就是寄情托兴于境。它是抒情文学创作规律最简明的概括。因此，许多评论家对周济的"寄托"说给予最高的评价。陈匪石云：周济"《词辨》所附之《论词杂著》,《宋四家词选》之叙与论及眉评,皆指示作词之法,并评论两宋各家之得失,示人以入手之门,及深造之道。清季王半塘为一代宗匠,即有得于周氏之途径者。其非寄托不入,专寄托不出二语,尤为不二之法门"①。谭献云:"以有寄托入,以无寄托出,千古辞章之能事尽,岂独填词为然。"② 在谭献看来,"寄托",不只是填词的"不二法门",还是所有抒情文学的普遍规律。

在中国文学史上,抒情文学特别发达,经验丰富,它采用的抒情方法也比象征和类比更加多样精致,如人们常提到的"赋""比""兴""融"和它们的交相为用,等等。周济把它们概括地称之为"寄托"。如何在抒情文学作品里实现寄托?试看常州词派领袖张惠言的一首名作《木兰花慢·杨花》:"尽飘零尽了,何人解、当花看?正风避重帘,雨回深幕,云护轻幡。寻他一春伴侣,只断红、相识夕阳间。未忍无声委地,将低重又飞还。   疏狂情性,算凄凉、耐得到春阑。便月地和梅,花天伴雪,合称清寒。收将十分春恨,做一天、愁影绕云山。看取青青池畔,泪痕点点凝斑。"

这首词苍凉悲壮,哀而不伤,被认为是以物写情的传世名作。它的妙处何在呢?刘熙载在《词概》中说:"词之妙,莫妙于以不言言之,非不言也,寄言也。"③ 又云:"昔人词,咏古咏物,隐然只是咏怀,盖其中有我在也。"④《木兰花慢·杨花》词之妙,即妙在"寄言",妙在通过杨花飘零的描绘,寄托了张惠言一生追求、失望、游移不定、历经坎坷的情怀。套用克罗齐的话来说,张惠言通过对杨花生命历程的描绘,为自己的一世境遇作演示。寄托,简单地说,就是寄情托兴于境。它是抒情文学创作规律最简明的概括。因此,许多评论家对周济的"寄托"说给予了最高的评价。

周济的"寄托"说,除了阐明"寄托"在创作中的作用,也描述了"寄托"对读者欣赏的影响。其文曰:"读其篇者,临渊窥鱼,意为鲂鲤,中宵惊电,罔识东西。赤子随母笑啼,乡人缘剧喜怒,抑可谓能出矣。"⑤

这里描述读者的欣赏过程。读者的欣赏,是为了获得作品的情味。一旦感受

① 陈匪石．声执：卷下［G］//唐圭璋．词话丛编（第5册）．北京：中华书局,1986：4965.
② 谭献．复堂词话［G］//唐圭璋．词话丛编（第4册）．北京：中华书局,1986：3998.
③ 刘熙载．词概［G］//唐圭璋．词话丛编（第4册）．北京：中华书局,1986：3707.
④ 刘熙载．词概［G］//唐圭璋．词话丛编（第4册）．北京：中华书局,1986：3704.
⑤ 周济．宋四家词选目录序论［G］//唐圭璋．词话丛编（第2册）．北京：中华书局,1986：1643.

到这种情味，则有如"中宵惊电，罔识东西"，与作者产生强烈的共鸣。共鸣，是作者和读者喜怒哀乐的相发，是心灵琴弦的共振，并不是感情的完全相同。读者对作品的欣赏，加入了读者主观方面的因素。而作品之所以能够吸引读者的欣赏，还取决于作者在作品中寄托的情感的厚度和深度以及情境浑涵的高度和密度。最能吸引读者欣赏和产生强烈美感作用的作品，指的是寄托遥深、情境浑涵，虽寄情无限而又状似无寄托的作品。所以，周济又说："既成格调，求无寄托。无寄托则指事类情，仁者见仁，知者见知。"①周济的"寄托"说，把作者的创作和读者的欣赏统一起来，并阐明它们之间的实质联系。这在理论上是一个创举，在文艺思想发展史上是一个飞跃。

作者的感情因寄托而入，经寄托而出，这是一个"能入""能出"的创作过程。读者的美感因入读作品而起，缘作品而发，被周济称为"抑可谓能出矣"，这是一个"能入""能出"的欣赏过程。作者、读者双向的"能入""能出"，把创作、欣赏统一起来，构成整个文学进程，这是周济的一个伟大发现，在世界文艺思想上是没有先例的。②

（2）周济提出的"词史说"。由于周济对时代特征的敏锐感应和准确把握，他把眼光投向社会现实，加上他深研经史、讲求实用的学术思想，周济提出了"词史说"。他说："见事多，识理透，可以为后人论世之资。"所谓"后人论世之资"就是词中所写者是词人当时所身处的时代局势。也因此，词才有了"史"的价值，可以为后人认识、理解词人所生活的时代，并提供可借鉴的资料。

周济的"词史说"比张惠言的词论叙述更具体明确，所言情感范围较张惠言广阔，他更强调词要从多角度、多侧面反映不同人对时代大势的不同感受。同时，周济所主张的情感比张惠言提出的更具有现实感。

总之，周济的词论出发点是发展、完善常州派词论。他从两个方面发展了常州词派的理论：一是周济主张词应反映时代的兴衰，词也有史，不应只是抒发个人情感，这是对张惠言词之内蕴要求的发展，发展了张惠言对词之内蕴所作的界定；二是周济提出"寄托出入说"，其出发点是发展张惠言的以比兴论词的理论在词中的实际运用，使常州词派的词学理论得到进一步完善。也因此，龙榆生对此评价说："二张引其端，而止庵拓其境。"③

---

① 周济. 介存斋论词杂著 [G] //唐圭璋. 词话丛编（第2册）. 北京：中华书局，1986：1630.
② 王文生. 论周济的"寄托"说 [J]. 文艺研究，2008（3）：47-55.
③ 龙榆生. 论常州词派 [C] //龙榆生词学研究论文集. 上海：上海古籍出版社，1997：391.

周济也主张词应尊其体，但他对词的内容的阐述与张惠言的有所变化，周济说："感慨所寄，不过盛衰，或绸缪未雨，或太息厝薪，或已溺已饥，或独清独醒，随其人之性情学问境地，莫不有由衷之言。见事多，识理透，可为后人论世之资。诗有史，词亦有史，庶乎自树一帜矣。若乃离别怀思，感事不遇，陈陈相因，唾沈互拾，便思高揖温、韦，不亦耻乎。"① 其"寄"从创作目的着眼，要求词要有感而发，发而有所寄托。他将张惠言的经学观扭曲了的比兴寄托说，恢复到文学的基础上来，富有创造性地提出了"有寄托入，无寄托出"的见解，要求词的创作既要有所寄托，又能喻不专指、义不强附。从周济所述，可见他对推尊词体内容上所包孕内容更广，并且更多是从大的时代盛衰、社会政治内容方面而不是局限于个人感慨来谈词。这对常州词派在词坛上的地位起到了巩固作用，为常州词派在词坛上的影响奠定了基础。

如周济词《徵招·冰钲》："边筮吹老天山雪，踆乌乍栖庭树。露重卸金盘，听商音凄苦。儿童骄自诩。便闲把、棘门军聚。数点敲残，千家寒月，隔墙砧杵。　　何处是灵津，流渐结、冲冲马蹄难驻。待约鹳鹅齐沸，春池蛙鼓。熏风知几度。向瑶谢、换将荷柱。漫凝想，鹤氅风姿，有顾荣挥羽。"此词再现了当时社会战乱、备战、悲凉氛围等情形及渴望和谐、人与自然合一的悠然状态，再现了当时的历史现实，反映了他的"词也有史"的主张。谭献评价此词云："掷笔空际，伟岸深警，如读杜诗。"②

其次，周济的词论对常州词派的建构意义是其重视词的文学特性和艺术创作鉴赏的规律，比张惠言的词论更少经学色彩，而更讲究经世学家关注社会现实的方面。在反对浙西派理论、指导当时创作方面有明确的针对性。这些观点都体现在了他的词选《词辨》《宋四家词选》和论词专著《介存斋论词杂著》当中。

（二）理论所及清人清词

周济作为常州词派代表，表现出对张惠言、董士锡的追随及其对前辈的超越。如其所提出的词论观点涉及的清人清词主要有：

（1）"皋文曰：'飞卿之词，深美闳约。'信然。飞卿酝酿最深，故其言不怒不慑，备刚柔之气。针缕之密，南宋人始露痕迹。《花间》极有浑厚气象，如飞卿则神理超越，不复可以迹象求矣。然细绎之，正字字有脉络。"③ 这里，可见

① 周济.介存斋论词杂著［G］//张璋，等.历代词话（下）.郑州：大象出版社，2002：1487.
② 谭献.清词一千首（箧中词）［G］.罗仲鼎，校点.杭州：西泠印社出版社，2007：111.
③ 周济.介存斋论词杂著［G］//唐圭璋.词话丛编（第2册）.北京：中华书局，1986：1631.

张惠言最佩服飞卿词，周济也是，并对张氏词论有传神理解。

（2）"皋文曰：'延巳为人专蔽固嫉，而其言忠爱缠绵，此其君所以深信而不疑也。'"①

（3）"晋卿曰：'少游正以平易近人，故用力者终不能到。'"②

（4）周济《词辨自序》中涉及的清人有：张惠言、张翰风、董士锡等，主要讲了他们的师承关系及词的论说上的互相切磋、短长，其与董士锡之间的关于词人及其词的认识、变化等。如：

"晋卿为词，师其舅氏张皋文、翰风兄弟。二张辑《词选》而序之，以为词者，意内而言外，变风骚人之遗。其叙文旨深词约，渊乎登古作者之堂，而进退之矣。晋卿虽师二张，所作实出其上。予遂受法晋卿，已而造诣日以异，论说亦互相短长。晋卿初好玉田，余曰：'玉田意尽于言，不足好。'余不喜清真，而晋卿推其沉著拗怒，比之少陵。牴牾者一年，晋卿益厌玉田，而余遂笃好清真。既予以少游多庸格，韦浅钝者所易讬。……弟子田生端，学为词，因欲次第古人之作，辨其是非，与二张、董氏各存岸略，庶几他日有所观省。……夫人感物而动，兴之所讬，未必咸本庄雅。要在讽诵绌绎，归诸中正，辞不害志，人不废言。虽乖缪庸劣，纤微委琐，苟可驰喻比类，翼声究实，吾皆乐取，无苛责焉。后世之乐去诗远矣，词最近之。是故入人为深，感人为速。往往流连反覆，有平矜释躁、惩忿窒欲、敦薄宽鄙之功……"③

（5）潘曾玮在《潘曾玮刊词辨序》中云：

"介存自序，以为曾受法于董晋卿，亦学于张氏者。介存之词，贰于晋卿。而其辨说，多主张氏之言，久欲刻而未果。其所选与张氏略有出入，要其大旨，固深恶夫昌狂雕琢之习而不反，而亟思有以厘定之，是固张氏之意也。"④

从上面两段引文可看出，潘曾玮指出"周济其辨说，多主张氏之言"，也表明了周、张词学的一脉相承。周济还是一位勇于自立的创新者。他并不以仅仅接受和解释张惠言和董士锡二家词学主张为满足，而是"辨其是非，与二张、董氏各存岸略，庶几他日有所观省"，"言不苟同"，并且以自己的创作之见，从各个方面充实并修正了张惠言所提出的理论框架。

① 周济.介存斋论词杂著［G］//唐圭璋.词话丛编（第2册）.北京：中华书局，1986：1631.
② 周济.介存斋论词杂著［G］//唐圭璋.词话丛编（第2册）.北京：中华书局，1986：1631.
③ 周济.词辨自序［G］//唐圭璋.词话丛编（第2册）.北京：中华书局，1986：1637.
④ 潘曾玮.潘曾玮刊词辨序［G］//唐圭璋.词话丛编（第2册）.北京：中华书局，1986：1638.

（6）潘祖荫在《潘祖荫刊周济宋四家词选序》中云：

"近世论词，张氏《词选》称极善。止庵《词辨》，亦惩时俗倡狂雕琢之习。与董晋卿辈同期复古，意仍张氏，言不苟同。季玉叔父尝序而刊之。此卷晚出，抉择益精。止庵负经济伟略，复寄情于艺事，进退古人，妙具心得，忠爱之作，尤深流连。"① 从此论述中，可见词坛上对常州词派的赞许态度。

（7）把感情寄托于物境之中。这也就是陈廷焯说的"夫人心不能无所感，有感不能无所寄"。陈廷焯在《白雨斋词话自序》中云："夫人心不能无所感，有感不能无所寄，寄托不厚，感人不深，厚而不郁，感其所感，不能感其所不感。伊古词章，不外比兴，谷风阴雨，犹自期以同心……后人之感，感于文不若感于诗，感于诗不若感于词。诗有韵，文无韵。词可按节寻声，诗不能尽被弦管……故其情长，其味永，其为言也哀以思，其感人也深以婉。"②

三、评价

周济的词论跟张惠言的相比有了一些新的发展。他是常州词派的有效传承者、推进者，他的词论传承于张惠言并超越了张惠言。张惠言只是强调了词对一个文人个人之情的表白，周济则更看重情乃时代盛衰之果，词之情更多是由于盛衰现实，随其人之性情学问境界而出由衷之音。张惠言的词学到周济，其内容才算真正被扩大，推明张氏之旨而广大之。在词论上，表现为对张惠言寄托说的扩充，使张惠言的比兴寄托得以创造发挥。他服膺张惠言的"意外言内"说在于他越来越感到张氏之说最能深刻地把握词的特性。据他理解，言外者指词的内涵如何寄托于言外，然对"意内"来说，言外者仅是平台，是隐喻，是深刻的描述传达。"言外"者，其目的是为了向世人传达"意内"。"意"是感慨，是关于时代盛衰之感慨，并体现于以意内反观其人。"意"带有情感品味。周济主张"词只以唱叹出之，无剑拔弩张之习气"，应当以"无厚入有间"，这正好是对"意内言外"的创造构思。

他对张惠言词学的成就还在于破与立。所谓"破"指破除浙西派的醇雅和清空，"立"指他提出的"尊体"说。

---

① 潘祖荫. 潘祖荫刊周济宋四家词选序［G］//唐圭璋. 词话丛编（第2册）. 北京：中华书局，1986：1658.

② 陈廷焯. 白雨斋词话（自序）［M］//白雨斋词话. 杜维沫，校点. 北京：人民文学出版社，1998：1.

首先，周济比张惠言叙述得更为具体明确，其批评实践也显示出与张惠言的不同。其词论对词坛的意义是：周济不但对寄托的内容进行了描述，而且还将表达个人离别一类的词作专门批评，以显示自己提出的理论与张氏的不同。周济云："若乃离别怀思，感士不遇，陈陈相因，唾沈互拾，便思高揖温、韦，不亦耻乎。"① 周济不再以探求作者之志为旨归，而是标举读者的阅读感受，追求作品的言外之味。如其评王沂孙云："唯圭角太分明，反复读之，有水清无鱼之恨"（周济《宋四家词选目录序论》），评白石云"白石号为宗工，然亦有俗滥处……寒酸处……补凑处……敷衍处……不可不知"。②

其次，周济所言的情感范围要比张惠言的广泛。张惠言的侧重于儒家传统思想的复归，多指向词人自身。而周济的则在词的反映时代兴衰上更强调多角度、多侧面地反映不同人时代兴衰的感受，如其《介存斋论词杂著》"词亦有史"条云：

感慨所寄，不过盛衰，或绸缪未雨，或太息厝薪，或已溺已饥，或独清独醒，随其人之性情学问境地，莫不有由衷之言。见事多，识理透，可为后人论世之资。诗有史，词亦有史，庶乎自树一帜矣。若乃离别怀思，感士不遇，陈陈相因，唾沈互拾，便思高揖温、韦，不亦耻乎。③

这里提到的"感慨""盛衰"包括对时代的感慨和时代的盛衰，点出了周济对词的内容的解释，可见出周济对词的情感内容的表达涉及范围更广。此所谓盛衰史指词中人情物态随其人之性情境界以感慨而主体化，依人之性情而传达出。换言之，后人所谓领略词有词史实质上是领略先贤关于因社会盛衰作用而发生的情感的流程。

再次，周济所主张的情感相比较张惠言的词而言更具有现实感。张惠言更主张儒家传统思想的回归，其词论对时代兴衰表现不浓，而周济的词论更广地关注现实社会。其云："见事多，识理透，可为后人论世之资。诗有史，词亦有史，庶乎自树一帜矣。"④ 此处点出了词人所处的时代局势，指出词具有"史"的价值，可为后人提供理解词人所处时代的资料。

---

① 周济．介存斋论词杂著 [G] //唐圭璋．词话丛编（第 2 册）．北京：中华书局，1986：1630.
② 周济．宋四家词选目录序论 [G] //唐圭璋．词话丛编（第 2 册）．北京：中华书局，1986：1644.
③ 周济．介存斋论词杂著 [G] //唐圭璋．词话丛编（第 2 册）．北京：中华书局，1986：1630.
④ 周济．介存斋论词杂著 [G] //唐圭璋．词话丛编（第 2 册）．北京：中华书局，1986：1630.

第四，周济富有创造性地提出了"有寄托入，无寄托出"的见解。从"有寄托"之词到"无寄托"之词，实为词的创作艺术的一次飞跃，他使接受者从作品中体味出不同含义，[①] 即周济云"仁者见仁，知者见知"，这样接受者可以有广阔的再创造的发挥余地了。周济的寄托出入说注重接受主体的鉴赏思想，指出读者之联想未必即为作者之用心，这解决了张氏指发幽隐之鉴赏原则过于牵强比附的不足，实现了常州词派理论上的一大超越。周济较早地论述读者的作用并在理论上取得了重大突破，这也是其超越张惠言之处。

第五，周济还提出了"空实"说与"浑厚"说。由于张惠言将接受者的审美感受牵强比附为作者的创作意图，便使其指发幽隐的鉴赏原则与其"低徊要眇"的审美追求之间出现了矛盾之处。而周济则不然，周济肯定了接受者的主观作用，而且还将接受者的联想作为优秀文本的艺术价值得以体现的标志之一，这就使鉴赏思想与其审美追求统一起来。[②] 一个能让作者借以寄托、让读者借以发挥自由联想的空间，即为周济的"空实"说。如其《介存斋词话杂著》云学词途径："初学词求空，空则灵气往来。既成格调求实，实则精力弥满。"[③] 周济是将"空实"说的词学主张作为对创作的具体要求来谈的。其又云："北宋词，下者在南宋下，以其不能空，且不知寄托也。高者在南宋上，以其能实，且能无寄托也。"[④] 周济运用"空""实"两个审美范畴，以南宋为参照物，较好地说明了北宋词的艺术特征。"空"是周济为避免初学者拘泥比附而提出的较低的审美要求，"实"则是他对词之审美所追寻的高目标。[⑤] 而周济又将词应达到的理想审美效果称为"浑厚""浑涵"或"浑化"。如其云：

"清真浑厚，正于钩勒处见。他人一钩勒便刻削，清真愈钩勒愈浑厚。"[⑥]

"问涂碧山，历梦窗、稼轩，以还清真之浑化，余所望于世之为词人者，盖如此。"[⑦]

"南宋则下不犯北宋拙率之病，高不到北宋浑涵之诣。"[⑧]

---

① 迟宝东. 常州词派与晚清词风［M］. 天津：南开大学出版社，2008：70.
② 迟宝东. 常州词派与晚清词风［M］. 天津：南开大学出版社，2008：73.
③ 周济. 介存斋论词杂著［G］//唐圭璋. 词话丛编（第2册）. 北京：中华书局，1986：1630.
④ 周济. 介存斋论词杂著［G］//唐圭璋. 词话丛编（第2册）. 北京：中华书局，1986：1630.
⑤ 迟宝东. 常州词派与晚清词风［M］. 天津：南开大学出版社，2008：75.
⑥ 周济. 宋四家词选目录序论［G］//唐圭璋. 词话丛编（第2册）. 北京：中华书局，1986：1643.
⑦ 周济. 宋四家词选目录序论［G］/唐圭璋. 词话丛编（第2册）. 北京：中华书局，1986：1643.
⑧ 周济. 介存斋论词杂著［G］//唐圭璋. 词话丛编（第2册）. 北京：中华书局，1986：1630.

从以上五点可见，周济对张惠言词论的发展与超越，对张惠言词学的寄托有了理论上的进一步完善与发展，进而提出"有寄托入，无寄托出"的见解；同时周济比张惠言词论更关注现实性，强调词史的价值，提高了词的审美目标等。谭献在其词集《复堂词话》里明确指出："周氏撰定《词辨》《宋四家词筏》，推明张氏之旨，而广大之……与茗柯把臂入林。"① 也印证了周济对张氏词论的推衍与发展。周济词论对清词评在这些理论建设中的意义有不可低估的作用，对其当代评的理论和创作均有影响。

第三节　常州词派后劲：庄棫、谭献、陈廷焯及清末四大家词评

一、庄棫、谭献、陈廷焯

（一）常州派传承者词论传承的来龙去脉

从嘉、道至同、光时期，词坛经过半个世纪的积淀，历史与现实的各种因素叠加在一起，为常州词派的接受与传播提供了广泛的文化氛围。而常州词派的后继者们如庄棫、谭献、陈廷焯、冯煦等人恰在此时活跃于词坛上。他们同气相求，彼此呼应，使得词风为之一变。他们共同担负着其传扬常州词派的使命，他们顺应当时的时代潮流而形成的词学思想，追随张惠言"微言大义"的治学思想。

庄棫"深思笃学，博览穷经。……通张惠言、焦循之学。又好读《纬》，以为微言大义，非《纬》不能"②。而谭献治学道路则经历过重大转变。而此转变得益于他二十五岁游历京师时与庄棫的密切交往。其《答林实君书》云："献以小学治经，适得其末，而又不详密，三十以后，差有窥于微言大义，遂弃前日记诵之所得。"③ "与忠棫（即庄棫）订交京师广慧寺中……夜阑秉烛，相与论《易》。"④ 谭献《复堂日记》中云："庄中白尝以常州学派自我，谐笑之言，而予且愧不敢当也。"其中可见庄棫、谭献对常州词派的推崇。谭献词学的变化正

① 谭献. 复堂词话：箧中词［G］//唐圭璋. 词话丛编（第4册）. 北京：中华书局，1986：4010.
② 谭献. 庄棫传［M］//续丹徒县志（卷十三）. 南京：江苏古籍出版社，1991：652.
③ 谭献. 答林实君书［M］//复堂文（卷二）. 清光绪十五年刻本：8.
④ 谭献. 周易通义叙［M］//复堂文（卷一）. 清光绪十五年刻本：10.

是受了张惠言、庄棫、周济等人影响，才最终成为词坛宗主的。谭献编纂《箧中词》的目的即："以衍张茗柯、周介存之学。"①

谭献词风承继常州词派，在理论和创作上对常州词派的门庭又有所发展。在谭献的影响下，常州词评词人阵营壮大了许多。非但如此，谭献还是一位承上启下的关键人物，他对清季四大家中的王鹏运、况周颐等人都曾有过直接或间接的影响。

仲修之言曰："吾少志比兴，未尽于诗而尽于词。"又曰："吾所知者比已耳，兴则未逮。河中之水，吾讵能识所谓哉。"从上面两句陈廷焯所引仲修之言可看出："即其词以证其言，亦殊非欺人语。"②

另外，庄棫对陈廷焯词学思想的影响也颇大。他是陈廷焯词学主张转向常州派的直接促成者。从下面陈廷焯自己的论述中也可见一斑。陈氏早年追随浙派，其《云韶集序》云："以竹垞太史《词综》为准……一以雅正为宗。"③ 但在他得遇庄棫后，其词学观念与创作实践都发生了重大转变，其云："丙子年（光绪二年）与希祖（即庄棫）先生遇后，旧作一概付丙，所存不过己卯后数十阕，大旨归于忠厚，不敢有背风骚之旨。过此以往，精益求精，思欲鼓吹蒿庵（庄棫词集名《蒿庵集》），共成茗柯复古之志。"④ 陈廷焯称赞庄棫填词亦深得"比兴之旨"。陈廷焯评价庄棫云："余观其词，匪独一代之冠，实能超越三唐两宋，《风》《骚》、汉乐府相表里，自有词人以来，罕有其匹。"⑤

从上可见，陈廷焯已成为常州词派理论的忠实信奉者和积极鼓吹者，成为常州词派不可或缺的重要力量。

庄棫、谭献、陈廷焯三人互为犄角，声气相求，形成一个引人注目的词学中心，为后来常州词派在晚清一统词坛立下了大功。

庄棫、谭献、陈廷焯等及清末四大家，他们相继对常州词派词论加以补充、发挥，企图补救其理论上的偏胜。他们在创作方面主张广取博采，冶南北宋为一炉。

（二）理论及理论所及清人及成就

1. 庄棫

其本人的理论著述虽不丰富，但这并不影响他对他人词学观念的影响。他的

① 谭献. 复堂词话：复堂日记［G］//唐圭璋. 词话丛编（第4册）. 北京：中华书局，1986：3999.
② 陈廷焯. 白雨斋词话（卷五）［M］. 杜维沫，校点. 北京：人民文学出版社，1998：113.
③ 陈廷焯. 云韶集序［G］//屈兴国，注. 白雨斋词话足本校注. 济南：齐鲁书社，1983：806.
④ 陈廷焯. 白雨斋词话（卷五）［M］. 杜维沫，校点. 北京：人民文学出版社，1998：123.
⑤ 陈廷焯. 白雨斋词话（卷五）［M］. 杜维沫，校点. 北京：人民文学出版社，1998：114.

词学观对陈廷焯的词学观影响巨大，这点从陈廷焯的《白雨斋词话》里可看到。如陈廷焯云，"中白先生叙复堂词有云：'夫义可相附，义即不深。喻可专指，喻即不广。托志帷房，卷怀君国，温、韦以下，有迹可寻。然而自宋及今，几九百载，少游、美成而外，合者鲜矣。又或用意太深，词为义掩，虽多比、兴之旨，未发缥缈之音。近世作者，竹垞撷其华，而未芟其芜。茗柯泝其原，而未竟其委。'又曰：'自古词章，皆关比、兴，斯义不明，体制遂舛。狂呼叫嚣，以为慷慨。矫其弊者，流为平庸。风时之义，亦云渺矣。'先生此论，实具冠古之识，并非大言欺人"①。

又，蒿庵《相见欢》云："春愁直上遥山，绣帘闲。赢得娥眉宫样月儿弯。云和雨、烟和雾，一般般。可恨红尘，遮得断人间。"次章云："深林几处啼鹃，梦如烟。直到梦难寻处倍缠绵。蝶自舞，莺自语，总凄然。明月空庭如水对华年。"陈廷焯评价庄棫此词云："二词用意用笔，超越古今，能将骚雅真消息，吸入笔端，更不可以时代限也。"②

陈廷焯云：蒿庵《菩萨蛮》诸词，全祖飞卿，而去其秾丽之态，略带本色，境地甚高。如庄词："人人都说江南好，今生只合江南老。水调怨扬州，月明花满楼。"又："懒起学浓妆。偷闲绣凤凰。"③……陈氏说此词"和平温厚，感人自深。温、韦的一千年来，此调久不弹矣，不谓于蒿庵见之，岂非快事"④。

陈廷焯谓蒿庵《青门引》云："'梦里流莺啭，唤起春人都倦。研笺莫漫去题红，雨丝风片，帘幕晚阴卷。碧云冉冉遥山展，去也无人管。便寻画箧螺黛，可堪路隔天涯远。'怨深愁重，欲言难言，极沉郁之致。"⑤ 此处可见陈廷焯欣赏庄棫词的沉郁特征。

陈廷焯云："《蒿庵词》名不显，匪独不及陈、朱诸公，亦不逮杨荔裳、郭频伽辈犹争传于一时也。然世无不显之宝，文人学业，特患其不精，不患其无知己，曲高和寡，于我奚病焉。"⑥

2. 谭献

谭献的词学思想散见于文集、日记以及《箧中集》《谭评〈词辨〉》等中，

---

① 陈廷焯. 白雨斋词话（卷五）[M]. 杜维沫，校点. 北京：人民文学出版社，1998：115.
② 陈廷焯. 白雨斋词话（卷五）[M]. 杜维沫，校点. 北京：人民文学出版社，1998：117－118.
③ 陈廷焯. 白雨斋词话（卷五）[M]. 杜维沫，校点. 北京：人民文学出版社，1998：118.
④ 陈廷焯. 白雨斋词话（卷五）[M]. 杜维沫，校点. 北京：人民文学出版社，1998：118.
⑤ 陈廷焯. 白雨斋词话（卷五）[M]. 杜维沫，校点. 北京：人民文学出版社，1998：121.
⑥ 陈廷焯. 白雨斋词话（卷五）[M]. 杜维沫，校点. 北京：人民文学出版社，1998：122.

且多为感悟式的评点之语，所以难免存在过于简单粗略之不足。《箧中词》标志其词学观念的成熟。其词学思想与张惠言、周济一脉相承，保持了由他们二人所建构的词学理论框架。另一方面，他又说其词学理论的出发点是"衍张茗柯、周介存之学"①（《复堂日记·丙子》），从而成为常州词派至近代词史中承上启下的关键人物。

（1）谭献的词论观点有：他在汲取张惠言、周济词学思想的基础上提出了"柔厚"说。如：

他在《词辨跋》中云："予固心知周氏之意，而持论小异。大抵周氏所谓变，亦余所谓正也。而折衷柔厚则同。"②

"予录《箧中词》终以中白，非徒齐名之标榜，同声之喁于，亦以比兴柔厚之旨相赠处者二十年。"③

"读《绝妙好词笺》，南宋乐府，清词妙句，略尽于此，高于唐人选唐诗矣。……南宋人词，情语不如景语，二融法使才，高者亦有合于柔厚之旨。"④（《复堂日记·庚午》）

"南宋词敝琐屑饾饤。朱、厉二家，学之者流为寒气。枚庵高朗，频伽清疏，浙派为之一变。而郭词则疏俊，少年尤喜之。予初事倚声，颇以频伽名隽，乐于风咏。继而微窥柔厚之旨，乃觉频伽之薄。"⑤

所谓"柔厚"，即儒家温柔敦厚的诗教原则。"柔厚"本是中国古代文学中一个由来已久的诗学术语，谭献在此借用这一术语，既有其继承传统含义的一面，更表现出结合新的时代背景，对其固有内涵的某一层面含义加以强调的倾向。此间也可见其对词所持的标准。谭献在《明诗》一文中所说的"以忧生念乱之时，寓温厚和平之教"⑥为底色的"柔厚"说，是其理解的新历史语境中之"柔厚"说的最好注脚。所谓"柔厚之旨"，实与"繁猥""琐屑""饾饤""薄"等相对。他还运用"忠厚""婉笃""怨而不怒"等属同一意义范畴的语词来多方面阐明其包含了时代精神的"柔厚说"。"柔厚之旨"是谭献在当时的历史语

---

① 谭献．复堂词话：复堂日记［G］//唐圭璋．词话丛编（第4册）．北京：中华书局，1986：3999．

② 谭献．复堂词话：词辨跋［G］//唐圭璋．词话丛编（第4册）．北京：中华书局，1986：3989．

③ 谭献．箧中词（今集卷五）［M］．罗仲鼎，校点．杭州：西泠印社出版社，2007：214．

④ 谭献．复堂词话：复堂日记［G］//唐圭璋．词话丛编（第4册）．北京：中华书局，1986：3997．

⑤ 谭献．箧中词（今集卷三）［M］．罗仲鼎，校点．杭州：西泠印社出版社，2007：91-92．

⑥ 谭献．明诗［M］//复堂文（卷一）．光绪十五年刻本：5．

境下对词之内蕴的追求的理想目标。再者，谭献论词之语中多次提及"柔厚之旨"，且将其作为他与庄棫二十年学术友情之联系纽带与主要标志，可见谭献特别标举这一词学主张的郑重用意。再看他对"柔厚之旨"这一词学主张的运用：他在论词过程中更注重世变的影响。也就是说，词人情感只有既出于对国家衰亡的深切关怀，又符合儒家诗教精神，这才是谭献对词之情感内蕴的真正追求。

不论是其评当代词人还是宋代词人，谭献都运用其提出的"柔厚"说来做注解。如其评晏几道的词《临江仙》（梦后楼台高锁）云"所谓柔厚在此"。评韦庄的词《菩萨蛮》云"项庄舞剑，怨而不怒之义"。评宋徽舆的词《蝶恋花》（宝枕轻风秋梦薄）云"悱恻忠厚"。评庄棫的词《菩萨蛮》云"语语温厚"。评陈澧的词《甘州》云"柔厚衷于诗教"。评薛时雨的词《木兰花慢》（问春风来处）云"温厚得诗教"，等等。

再者，谭献明确表现出师法周济的倾向，如他在评"王润《三姝媚》（遥岚嵌缺）曾云：'句法章法，不队（坠）止庵周氏师传'"[1]，即可说明他的词学思想渊源。他不但欣赏周济的"寄托出入说"，认为其"以有寄托入，以无寄托出，千古辞章之能事，岂独填词为然"[2]，而且在具体批评实践中，也确实运用周济此一理论主张作为其衡量一篇词作优劣与否的标准。比如其评周之琦《思佳客》（帕上新题）即曾云："唐人佳境，寄托遥深，《珠玉》《六一》之遗音也。"评宗山《一尊红》（映斜阳）亦曾云："一味本色语，为有寄托，为无寄托？乐府上乘。"皆表明谭献已深入领会周济"寄托出入说"的理论精髓。

谭献对词学更为突出的贡献是：他在领会周济"寄托出入说"词论创作论的基础上，又继续补充完善，提出了"潜气内转"说和"一波三折"说（此二主张相互补充），对无心于寄托的创作有一定启发。"潜气内转"是对作者情感在词中的表现形态所作的总体要求，"一波三折"是对其"潜气内转"中"转"这一层面的着意强调。其理论所指又延及对词之外在章法的要求，是对"潜气内转"说的重要补充。"一波"指词的整个情感流程，而"三折"则指其间的多次转折。谭献对于作者的情感应"潜"于"内"的词学主张，将理论的聚焦点重新复归于情感本位，从而在一定程度上克服了周济创作所主张的那种拘泥死板的缺陷。而他对词中情感与外在章法皆应曲折多姿的强调，则对于无论是有心以寄托为词者，还是直抒感慨者，都具有重要意义。此为谭献有功于词学之处。

---

① 谭献．箧中词（今集续卷三）［M］．罗仲鼎，校点．杭州：西泠印社出版社，2007：318.
② 谭献．复堂词话：复堂日记［M］．石家庄：河北教育出版社，2001：65.

谭献在对历代词家进行品评的过程中，曾多次谈到"潜气内转"说和"一波三折"这一创作思想。如其评辛弃疾《水龙吟·登建康赏心亭》云"裂竹之声，何尝不潜气内转"，评朱彝尊《百字令》（横街南巷）云"有潜气内转之妙"，等等。谭献将"潜气内转"作为创作主张加以提倡，要求作者将"柔厚"之情隐藏于词的深处，即"潜气"；这种深潜于词后的情感要在以"柔厚"之情为主线的情况下融入与其相对的多种情感质素，以达到特殊艺术效果，即所谓"内转"。如其评严元照《定风波》（一寸光阴）曾云"深情以浅语出之，使人低徊不尽"，着眼于对词中情感的表达方法进行立论，可谓是对"潜气内转"之说的具体阐释和发挥。如评项鸿祚词曾云："荡气回肠，一波三折……殆欲前无古人。"又如其评庄棫《壶中天慢》（行云何处）曾云"屈曲洞达，一转一深"（说的正是转折手法对深化词中情感所具有的重大作用）。等等。

谭献对张惠言、周济之寄托说进行改造深化，对其词论缺陷给予一定改造，提出新的理论主张。他在周济"以有寄托入，以无寄托出"的创作理论、重视接受主体鉴赏的基础上，还提出了"作者之用心未必然，而读者之用心何必不然"说，即从阅读的角度强调了寄托，谭献在周济重视接受主体之鉴赏思想的基础上，对读者接受过程所作的进一步思考。这也使张惠言、周济的比兴寄托说更趋于完善，丰富和发展了常州词派的接受理论，化解了张惠言词说附会之讥的困境。① 他赋予读者之再创造问题以独立的理论意义，并对之进行论述，进一步完善了常州词派的理论成果，使张惠言的以比兴说词和周济的"以有寄托入，以无寄托出"趋于圆通合理。

常州词派对读者地位、作用的认知是从不明晰到逐渐明晰的发展过程。张惠言将自己作为读者以自由联想所获得的阅读感受，强指为作者的创作意图，带有明显的武断性，周济的鉴赏思想虽然实现了从作者到读者的突破，但他没有明确提出"读者"的概念，只是在论词的艺术特征和创作问题时，才对读者积极参与作品意义之再创造的重要性有所涉及。而谭献的读者接受思想无疑更为深刻，较周济讲得更具体、清晰、透彻。其高明之处在于他赋予读者之再创造问题以独立的理论意义，并对之进行了简明而深刻的论述，还把此理论切实运用到批评实践中去，从而使其词学主张更具有说服力。如谭献评苏轼《卜算子·孤鸿》云："皋文《词选》以《考槃》为比，其言非河汉也。此也鄙人所谓'作者未必然，读者何必不然'。"谭献的此种说法并非是对张惠言的说词方式所进行的简单回

---

① 谭新红. 词学研究［M］. 北京：中国社会科学出版社，2013：103.

护，而是经历了由追寻作者意图到尊重读者感受的重大转变。它是对接受过程中读者之特殊意义的重新肯定。可见，谭献在继承前人理论成果的基础上，所总结出的这一与现代接受美学理论要义相通的重要词学主张，确实将常州词派的鉴赏思想推进到了一个新阶段，其地位和价值不可低估。即便这样，但其此点词学主张也还是有一定局限与不足。如谭献对词之意旨的认识仍未脱离"温柔敦厚"的藩篱，带有明显的政治色彩。同时，其词学思想中对于读者作用的认识仍处于较初级的阶段，尚缺乏科学界定。所以，我们说，对于谭献词学思想，既要肯定其理论主张对词学及词学史的贡献，也要客观地认识到其理论中之不足。

（2）谭献词论所及清人及成就有：所论及词人有况周颐、朱彝尊、陈其年、厉樊榭、二张、周济、庄棫、蒋春霖、纳兰性德、项鸿祚等。

谭献论及其"柔厚"说的例子，如其评庄棫《菩萨蛮》（六铢衣薄迷香雾）中云"语语温厚"①。评陈澧《甘州》（渐斜阳）中云"柔厚衷于诗教"② 等。

谭献论及其"潜气内转"说的例子，如其评朱彝尊《百字令》（横街南巷）中云："有潜气内转之妙"③。

陈廷焯所举仲修词《青门引》云："人去阑干静，杨柳晚风初定。芳春此后莫重来，一分春少，减却一分病。离亭薄酒终须醒，落日罗衣冷。绕楼几曲流水，不曾留得桃花影。"陈氏评价云："透过一层说，更深，即'相见争如不见'意。"并云："此词凄婉而深厚，纯乎骚雅。"④ 又《昭君怨》云："烟雨江楼春尽，盼断归人音信。依旧画堂空，卷帘风。约略薰香闲坐，遥忆翠眉深锁。鬓影忍重看，再来难。"陈氏评价此词"深婉沉笃，亦不减温、韦语"⑤。

庄中白叙《复堂词》云："仲修年近三十，大江以南，兵甲未息，仲修不一见其所长，而家国身世之感，未能或释，触物有怀，盖风之旨也。"⑥ 陈廷焯对之评价云："盖有合风人之旨，已是难能可贵。"⑦

叶恭绰在《广箧中词》（卷二）中云："仲修先生承常州派之绪，力尊词体，上溯风、骚，词之门庭，缘是益廓，遂开近三十年之风尚，论清词者，当在不祧

---

① 谭献. 箧中词（今集卷五）［M］. 罗仲鼎，校点. 杭州：西泠印社出版社，2007：213.
② 谭献. 箧中词（今集续卷二）［M］. 罗仲鼎，校点. 杭州：西泠印社出版社，2007：298.
③ 谭献. 箧中词（今集卷二）［M］. 罗仲鼎，校点. 杭州：西泠印社出版社，2007：46.
④ 陈廷焯. 白雨斋词话（卷五）［M］. 杜维沫，校点. 北京：人民文学出版社，1998：112.
⑤ 陈廷焯. 白雨斋词话（卷五）［M］. 杜维沫，校点. 北京：人民文学出版社，1998：112.
⑥ 陈廷焯. 白雨斋词话（卷五）［M］. 杜维沫，校点. 北京：人民文学出版社，1998：114.
⑦ 陈廷焯. 白雨斋词话（卷五）［M］. 杜维沫，校点. 北京：人民文学出版社，1998：112.

之列。"①作为对谭献词风的概括,的确是确论。

在各种词的样式中,谭献的长调稍逊,而小词精绝,格高语隽,够琅琅可讽。如上边提到的《青门引》(人去栏杆静),又如《临江仙·和子珍》(芭蕉不展丁香结)等,皆凄婉深厚,纯乎骚雅。

谭献在《箧中词》(卷二)中赞美张惠言《水调歌头》曰:"胸襟学问,酝酿喷薄而出,赋手文心,开倚声家未有之境。"

谭献在《箧中词》中云:"宛邻、止庵一派,为学人之词,惟三家(即蒋春霖、纳兰性德、项鸿祚)是词人之词。"在《复堂日记》中又云:"阅蒋春霖《水云楼词》,婉约深至,时造虚浑,要为第一流矣。阅项莲生《忆云词》,篇旨清峻,托体甚高,一扫浙中喘腻破碎之习。……"可见,他对蒋春霖、纳兰性德、项鸿祚三家词的思想意蕴、性情之真、词风婉约雅正等的喜爱。②

3. 陈廷焯

(1) 陈廷焯的词论观点

他以词学理论专著的形式来阐述其词学思想,无论是在内容上还是深度上,都取得了此前同类著作所从未有过的成绩。因此,其词学思想值得深入探讨。陈廷焯认为:作词之法,首贵沉郁。其论词的出发点是以"沉郁"说论词。他有意将"沉郁"作为涵盖词这种文体其文类特征之各个方面的基准概念来加以强调。即,陈廷焯的"沉郁"说,既包括词之审美性方面的东西,也包含词之情感内蕴、表现方法的意义,是其词学理论体系的高度浓缩与概括。③其词学理论主要见于《白雨斋词话》中。"沉郁"说对常州词派在词坛上的完善具有进一步的开拓意义。

陈廷焯在其《白雨斋词话·自序》里明确点明他写此词话的目的,表明他洞悉本原、追求沉郁的论词观点,其云:"撰《词话》十卷(后删为八卷),本诸《风》《骚》,正其情性,温厚以为体,沉郁以为用,引以千端,衷诸一是。"④

陈氏在《白雨斋词话》的引言中还说:"国初诸老,多究心于倚声:取材宏富,则朱氏(彝尊)《词综》,持法精严,则万氏(树)《词律》,他如彭氏(孙遹)《词藻》《金粟词话》,及《西河词话》(毛奇龄)、《词苑丛谈》(徐釚)等类,或讲声律,或极艳雅,或肆辩难,各有可观。顾于此中真消息,皆未能洞悉

---

① 龙榆生. 近三百年名家词选 [G]. 上海:上海古籍出版社,1979:146.
② 谭新红. 词学研究 [M]. 北京:中国社会科学出版社,2013:106.
③ 迟宝东. 常州词派与晚清词风 [M]. 天津:南开大学出版社,2008:192.
④ 陈廷焯. 白雨斋词话(自序)[M]. 杜维沫,校点. 北京:人民文学出版社,1998:2.

本原，直揭三昧。余窃不自量，撰为此编，尽扫陈言，独标真谛。"① 从以上文字可看到，陈廷焯对清代的以上几部词话所具备的共性与个性特征做了简述，并指出这些词话都未能洞悉本原，直揭三昧，同时，他要亮出他的词话观点，尽扫陈言，独标真谛。而在此引言里，陈氏已言明他对词之本原的关注。关于本原，陈氏也强调词的本原的重要性，其云："学古人词，贵得其本原，舍本求末，终无是处。其年学稼轩，非稼轩也；竹垞学玉田，非玉田也；樊榭取径于《楚骚》，非《楚骚》也，均不容不辨。"② 在《白雨斋词话》卷四中他又补充道："本原何在，沉郁之谓也，不本诸《风》《骚》，焉得沉郁。"③

> 国朝词家，多犯此病。故骤览之，居然姜、史复生。深求之，皆姜、史之糟粕。惟陈迦陵儿吼熊啼，悍然不顾，虽非正声，不得谓非豪杰士。④

作为常州派后劲，陈廷焯亦很重视词之立意。他所主张之"意"有自己的特色，一要以"温厚和平"为根本精神（从其词话的自序里可见，从上段所述其对本原的强调可知），二要以身世家国之感为现实内容，三是要出于作者的性情之真，而这三点共同构成了"沉郁"之情的理论内涵。沉郁说渗透到了清人的词学成就里。

陈廷焯在论说词之"沉郁"时还强调词要以"沉郁顿挫"为表现手法。

《白雨斋词话》中含有"沉郁"的句子有80多处，其中带有"沉郁顿挫"的是17处。下面分类来列举《白雨斋词话》中关于带有沉郁、沉郁顿挫的部分句子。如：

① 关于"沉郁"的含义

"沉郁"的含义："所谓沉郁者，意在笔先，神余言外。写怨夫思妇之怀，寓孽子孤臣之感。凡交情之冷淡，身世之飘零，皆可于一草一木发之。而发之又必若隐若见，欲露不露，反复缠绵，终不许一语道破。匪独体格之高，亦见性情之厚。飞卿词，如'懒起画蛾眉，弄妆梳洗迟'。无限伤心，溢于言表。又'春梦正关情，镜中蝉鬓轻'。凄凉哀怨，真有欲言难言之苦。"⑤

在这里，陈氏继承了张惠言"意在笔先"的观点，要求词的创作必须以词人深厚之情感积淀为基础。这既与常州词派注重立意的传统一脉相承，又与陈氏

① 陈廷焯. 白雨斋词话（卷一）[M]. 杜维沫，校点. 北京：人民文学出版社，1998：3.
② 陈廷焯. 白雨斋词话（卷一）[M]. 杜维沫，校点. 北京：人民文学出版社，1998：4.
③ 陈廷焯. 白雨斋词话（卷四）[M]. 杜维沫，校点. 北京：人民文学出版社，1998：89-90.
④ 陈廷焯. 白雨斋词话（卷四）[M]. 杜维沫，校点. 北京：人民文学出版社，1998：89-90.
⑤ 陈廷焯. 白雨斋词话（卷一）[M]. 杜维沫，校点. 北京：人民文学出版社，1998：5-6.

自己对于词中情感出自词人真实性情的主张相契合。神余言外，即要求词人的深厚情感应隐藏于词所叙写的表层现象背后，以隐性的形态表达出来，所谓"终不许一语道破"是也。这是对词中情意与形象之间的关系的总体要求。"寓"是寄寓、喻托之意；"发"是兴发、感发之意。可见，一方面，一种创作路径是作者有心寄托的创作；另一方面，创作过程中，作者事先不存在任何寄托的意念，但其无心选取的那些形象却暗含着作者潜意识中的情感，也就是无心流露的情感。

② 以沉郁标准来论当代词

如：渔洋小令，能以风韵胜，仍是做七绝惯技耳。然自是大雅，但少沉郁顿挫之致。昔人谓渔洋词为诗掩抑，又过矣。①

迦陵词沉雄俊爽，论其气魄，古今无敌手。若能加以浑厚沉郁，便可突过苏、辛，独步千古。②

其年词极壮浪，所少者沉郁。余最爱其《月华清》后半阕云："如今光景难寻，似晴丝偏脆，水烟终化。……被泪痕占满，银笺桃帕。"淋漓飞舞中，仍不失为雅正，于宋人中，逼近美成。③

又如评皋文《水调歌头》五章，陈氏认为其既沉郁，又疏快，最是高境。陈、朱虽工词，究曾到此地步否？不得以其非专门名家少之。如首章云："难道春花开落，又是春风来去，便了却韶华。花外春来路，芳草不曾遮。"（卷四，第 101 页）

仲修《临江仙》："燕飞偏是落花时"，此仲修《临江仙》词语也。观此七字，是何等沉郁。（卷五，第 112 页）

迦陵雄劲之气，竹垞清隽之思，樊榭幽艳之笔，得其一节，亦足自豪。若兼有众长，加以沉郁，本诸忠厚，便是词中圣境。

诗之高境在沉郁，其次即直截痛快，亦不失为闪乘。词则舍沉郁之外，即金氏所谓俚词鄙词游词，更无次乘也。（非沉郁无以见深厚，唐、宋诸名家不可及者，正在此）（卷八，第 209 页）

唐五代词，不可及处正在沉郁。宋词不尽沉郁，然如子野、少游、真成、白石、碧山、梅溪诸家，未有不沉郁者……（卷一，第 4 页）

---

① 陈廷焯. 白雨斋词话（卷三）[M]. 杜维沫，校点. 北京：人民文学出版社，1998：61.
② 陈廷焯. 白雨斋词话（卷三）[M]. 杜维沫，校点. 北京：人民文学出版社，1998：72.
③ 陈廷焯. 白雨斋词话（卷三）[M]. 杜维沫，校点. 北京：人民文学出版社，1998：73.（后有多条引《白雨斋词话》的仅注卷数和页码）

③ 关于词之沉郁顿挫：沉郁顿挫是词之沉郁的表现手法

温厚和平，诗词一本也。然为诗者，既得其本，而措词则以平远雍穆为正，沉郁顿挫为变，特变而不失其正，即于平远雍穆中，亦不可无沉郁顿挫也。词则以温厚和平为本，而措语即以沉郁顿挫为正，更不必以平远雍穆为贵。（卷八，第211页）

词至美成，乃有大宗，前收苏、秦之终，后开姜、史之始。……然其妙处，亦不外沉郁顿挫。顿挫则有姿态，沉郁则极深厚。既有姿态，又极深厚，词中三昧，亦尽于此矣。今之谈词者，亦知尊美成。（卷一，第16页）

碧山词品最高：诗有诗品，词有词品。碧山词，性情和厚，学力精深。怨慕幽思，本诸忠厚，而运以顿挫之姿，沉郁之笔；论其词品，已臻绝顶，古今不可无一，不能有二。白石词，雅矣正矣，沉郁顿挫矣。（卷二，第40页）

王碧山词，感时伤世，出之缠绵忠爱，被陈氏赞誉为："品最高，味最厚，意境最深，力量最重……词人有此，庶几无憾。"（卷二，第40页）

"温厚和平，诗教之正，亦词之根本也。然必须沉郁顿挫出之，方是佳境；否则不失之浅露，即难免平庸。"（卷七，第181页）可见，陈氏用沉郁一词来讨论词的创作问题。

幽深窈曲，瑰玮奇肆，《楚词》之末也；沉郁顿挫，忠厚缠绵，《楚词》之本也。舍其本而求其末，遂托名于灵均，吾所不取。（卷七，第182页）

"碧山有大段不可及处，在恳挚中寓温雅；蒿庵有大段不可及处，在怨悱中寓忠厚；而出以沉郁顿挫则一也。皆古今绝特之诣。"（卷八，第211-212页）可见，他所推崇的碧山等人词，因其最能体现其"温厚和平"之道德规范的是其所云"作词贵于悲郁中见忠厚"中体现的悲怨和忠爱的情思。

（2）陈廷焯词学理论所及清人及成就

陈廷焯的词学理论所及清人清词特多。

首先列举他在《白雨斋词话》《历代词总评》《白雨斋词话辑要》中所论及的清人清词中部分例子。如：

陈廷焯在其《白雨斋词话》评清初陈维崧云："迦陵词气魄绝大，骨力绝遒，填词之富，古今无两。只是一发无余，不及稼轩之浑厚沉郁。然在国初诸老中，不得不推为大手笔。"（卷三，第71-72页）此处强调了陈维崧词气与骨之丰的一面，陈维崧为清词的中兴奠定了基础，但同时指出其词太直白，不及稼轩之浑厚沉郁。这里陈廷焯又是用其沉郁说的理论来评价陈维崧的词，并说："迦陵词不患不能沉，患在不能郁。不郁则不深，不深则不厚。发扬蹈厉，而无余蕴，究属粗才。”（卷三，第72页）所谓“不郁”，“无余蕴”，主要是因陈维崧采用以文为词的手法，在词中过多地使用散文的写法而削弱了词中意象的作用，背离了词要“清空”的原则而流于“质实”。这是作词的大忌，所以其作品缺乏回味的余地，被陈廷焯批评为一发无余。如其年诸短调，波澜壮阔，气象万千，是何神勇。如《点绛唇》云：“悲风吼。临洺驿口。黄叶中原走。”《醉太平》云：“估船运租，江楼醉呼。西风流落丹徒。想刘家寄奴。”（卷三，第73页）陈廷焯评说其年词：“平叙中峰峦忽起，力量最雄。板桥、心余辈，极力腾踔，终不能望其项背。”（卷三，第73页）

又如陈氏以其沉郁说来评仲修《蝶恋花》六章：“美人香草，寓意甚远。”如其中的第三章云：“一握鬟云梳复裹。半庭残日匆匆过。”即“屈子好修之意，而语更深婉。……”六章下云：“六曲屏前携素手。戏说八襟，真遣分襟骤。书札平安知信否。梦中颜色浑非旧。”相思刻骨，寤寐潜通，顿挫沉郁，可以泣鬼神矣。（卷五，第111页）

仲修《临江仙》：“燕飞偏是落花时”，陈氏评曰：“此仲修《临江仙》词语也。观此七字，是何等沉郁。”（卷五，第112页）

陈廷焯《历代词总评》中涉及的关于清词评论的句子，如：

《云韶集》序中云：“词也者，所以补诗之阙，而非诗之余也。……至国初诸老，才力宏厚，直逼两宋，而圣于词者，莫如其年、竹垞。……以竹垞太史《词综》为准，一洗《花间》《草堂》之习。”①

《云韶集》卷一四云：国朝（清）词“词创于六朝，成于三唐，广于五代，盛于两宋，衰于元，亡于明，而复于我国朝也。国朝之诗可称中兴，词则轶三唐、两宋而等而上之。国初如梅村、棠村、南溪、渔洋……奕山诸家，各具旗鼓，互有短长。而圣于词者，莫如其年、竹垞两家，譬之于诗，一时李、杜，分道扬镳，各有千古，词至是蔑以加矣。朱、陈外，首推樊榭，而南香、石牧并重于时。……位存起而囊括之，信为当时第一作手，此词之又盛也。……而《铜弦》以魄力争雄，竹屿以风流制胜；自璞函出，直逼朱、陈，分镳樊榭；芝田、晴波、蠡槎、苹渔，起而羽翼之，此词之复盛也。乾、嘉以还，谷人一时独步，而蓉裳……诸君，古风虽远，亦不在元人下。故论词以两宋为宗，而断推国朝为

① 陈廷焯．历代词总评［G］//张璋，等．历代词话（下）．郑州：大象出版社，2002：1706.

极盛也。"①

　　陈廷焯《白雨斋词话辑要》中关于清人清词的例子，具体如下：

　　① 撰写《词话》的缘由

　　"自序：倚声之学，……夫人心不能无所感，有感不能无所寄；寄托不厚，感人不深；厚而不郁，感其所感，不能感其所不感。……后人之感，感于文不若感于诗，感于诗不若感于词。诗有韵，文无韵，词可按节寻声，诗不能尽被弦管。……张氏《词选》，不得已为矫枉过正之举，规模虽隘，门墙自高，循是以寻，坠绪未远。而当世知之者鲜，好之者尤鲜矣。萧斋岑寂，撰《词话》八卷，本诸《风》《骚》，正其情性，温厚以为体，沉郁以为用，引以千端，衷诸一是。"②

　　"国朝诸老，多究心于倚声。取材宏富，则朱氏（彝尊）《词综》；持法精研，则万氏（树）《词律》。他如彭氏（孙遹）《词藻》……或讲声律，或极艳雅，或肆辩难，各有可观。顾于此中真消息，皆未能洞悉本原，直揭三昧。"③

　　② 评竹垞其人其词

　　"国初多宗北宋，竹垞独取南宋，分虎、符曾佐之，而风气一变。然北宋、南宋，不可偏废。……数典忘祖，其谓之何？"④

　　"竹垞词，疏中有密，独出冠时，微少沉厚之意。……师玉田而不师其沉郁，是买椟还珠也。"⑤

　　③ 评迦陵（其年）词

　　"迦陵词，不患不能沉，患在不能郁。不郁则不深，不深则不厚。发扬蹈厉，而无余蕴，究属粗才。"⑥

　　"其年词极其壮浪，所少者沉郁。……或问其年、竹垞，一时两雄，不知置之宋人中，可匹谁氏？……自词有陈、朱，而古意全失矣。"⑦

---

　　① 陈廷焯. 历代词总评 [G] //张璋，等. 历代词话（下）. 郑州：大象出版社，2002：1708 - 1709.
　　② 陈廷焯. 白雨斋词话辑要 [G] //张璋，等. 历代词话（下）. 郑州：大象出版社，2002：1710.
　　③ 陈廷焯. 白雨斋词话辑要 [G] //张璋，等. 历代词话（下）. 郑州：大象出版社，2002：1711.
　　④ 陈廷焯. 白雨斋词话辑要 [G] //张璋，等. 历代词话（下）. 郑州：大象出版社，2002：1725.
　　⑤ 陈廷焯. 白雨斋词话辑要 [G] //张璋，等. 历代词话（下）. 郑州：大象出版社，2002：1728.
　　⑥ 陈廷焯. 白雨斋词话辑要 [G] //张璋，等. 历代词话（下）. 郑州：大象出版社，2002：1729.
　　⑦ 陈廷焯. 白雨斋词话辑要 [G] //张璋，等. 历代词话（下）. 郑州：大象出版社，2002：1729 - 1730.

"其年词沉雄悲壮，是本来力量如此。又加以身世之感，故涉笔便作惊雷怒涛。"此处可见，陈廷焯对能反映出世变阴影、感时伤世的词是较重视的。

④ 通过多位词人比较来评清人清词

"国初词家，断以迦陵为巨擘，后人每好扬朱而抑陈，以为竹垞独得南宋真脉。呜呼，彼岂真知有南宋哉！庸耳俗目，不值一笑也。"①

"学古人词，贵得其本原，舍本求末，终无是处。其年学稼轩，非稼轩也；竹垞学玉田，非玉田也；樊榭取径于《楚骚》，非《楚骚》也，均不容不辨。"②

"厉樊榭词，幽香冷艳，如万花谷中，杂以芳兰，在国朝词人中，可谓超然独绝者矣。……大抵其年、锡鬯、太鸿三人，负其才力，皆欲于宋贤外别开天地，而不知宋贤范围，必不可越。陈、朱固非正声，樊榭亦属别调。"③

"樊榭词，拔帜于陈、朱之外，窈曲幽深，自是高境。然其幽深处，在貌而不在骨，绝非从楚骚来，古色泽甚饶，而深厚之味，终不足也。樊榭措词最雅，学者循是以求深厚，则去姜、史不远矣。"④

"其年词最雄丽，竹垞则清丽，樊榭则幽丽，璞函则秾丽，位存则雅丽，皆一代艳才。位存稍得其正，而才气微减。"⑤

"其年、竹垞，才力雄矣，而意境未厚。位存、湘云，韵味长矣，而气魄不大。词之为道，正未易言精也。"⑥

"国初诸老，具复古之才，惜于本原所在，未能穷究。乾嘉以还，日就衰靡，安所底止。"⑦ 此处，陈廷焯点出词坛日渐衰微就是因为词的失本离原。要救词坛，就要高倡"温厚和平"这一"本原"，这一根本精神。陈氏有意联系诗骚传统，以探本原。"本原"说推进了常州派理论建设。陈氏将"本原"作为对词之本质探讨而提出，是其词学思维中的重要范畴，他以温、韦以触及"本原"故为最高胜境，南宋王碧山则获得了"本原"的最高成就。

其次，陈廷焯对竹垞的评价。

陈廷焯原属宗浙西派，后来转入常州派。在他的词话中可见他对宋词、清词

---

① 陈廷焯.白雨斋词话辑要 [G] //张璋，等.历代词话（下）.郑州：大象出版社，2002：1729.
② 陈廷焯.白雨斋词话辑要 [G] //张璋，等.历代词话（下）.郑州：大象出版社，2002：1712.
③ 陈廷焯.白雨斋词话辑要 [G] //张璋，等.历代词话（下）.郑州：大象出版社，2002：1730.
④ 陈廷焯.白雨斋词话辑要 [G] //张璋，等.历代词话（下）.郑州：大象出版社，2002：1730.
⑤ 陈廷焯.白雨斋词话辑要 [G] //张璋，等.历代词话（下）.郑州：大象出版社，2002：1732.
⑥ 陈廷焯.白雨斋词话辑要 [G] //张璋，等.历代词话（下）.郑州：大象出版社，2002：1733.
⑦ 陈廷焯.白雨斋词话（卷四）[M].杜维沫，校点.北京：人民文学出版社，1998：102.

的许多词家及其词都有所评论，并且确实有一定见地。其中他对朱彝尊（竹垞）等人的词评价较多。如陈廷焯在《词坛丛话》中云"词坛五家之长"："贺方回之韵致，周美成之法度，姜白石之清虚，朱竹垞之气骨，陈其年之博大，皆词坛中不可无一，不能有二者。"① "竹垞词源出白石：朱竹垞词，艳而不浮，疏而不流，工丽芊绵中而笔墨飞舞。其源亦出自白石，而绝不相似。……竹垞之妙，其咏物诸作，则杯水可以作波涛，一篑可以成泰山。其感怀诸作，意之所到，笔即随之。……与白石并峙千古，岂有愧哉。"② 在这里，陈氏指出了竹垞词之本源（继承）与发展。

又，竹垞《长亭怨慢·雁》云："结多少、悲秋俦旅。特地年年，北风吹度。紫塞门孤，金河月冷恨谁诉。回江枉渚。也只恋、江南住。"③ 陈氏在其《白雨斋词话》中评价此词云："感慨身世，以凄切之情，发哀婉之调，既悲凉，又忠厚。是竹垞直逼玉田之作，集中亦不多见。"又，渔洋《秋柳》诗云："相逢南雁皆愁侣，好语西乌莫夜飞。"同此哀感。一时和作，所以远不逮者，不在词语之不工，在所感之不同耳。后人更欲妄为訾议，亦弗思甚矣。新城秋柳四章，纯是沧桑之感，国朝定鼎燕京，新城已十岁矣。相逢南雁，实有所指也④。以上几首竹垞的感怀之作，有所感而发，情景相融，富有沉郁的风格，具有气骨的特征，为陈氏所称颂。

陈廷焯除了指出竹垞词的气骨等优点的同时还指出其词缺少沉厚。如在其《白雨斋词话》中评朱彝尊云："竹垞词，疏中有密，独出冠时，微少沉厚之意。其自题词集云：'不师秦七，不师黄九，倚新声玉田差近。'夫秦七、黄九，岂可并称？师玉田不师秦七，所以不能深厚。不知秦七，亦何能知玉田？彼所知者，玉田之表耳。师玉田而不师其沉郁，是买椟还珠也。"⑤ 此处既肯定了朱彝尊词的疏中有密的成就，又指出其词缺少沉厚，并把其词与秦七、黄九相对照而加以评论。浙西派虽独取南宋，以姜夔、张炎为师，朱彝尊提出"家白石而户玉田"，并说：张炎"当与白石老仙相鼓吹"。陈氏认为竹垞师玉田不师秦七，所以不能深厚。

再次，陈廷焯在评论其他词家时还常常把其和竹垞相比较，以竹垞作为参照

① 陈廷焯. 词坛丛话［G］//唐圭璋. 词话丛编（第4册）. 北京：中华书局，1986：3732.
② 陈廷焯. 词坛丛话［G］//唐圭璋. 词话丛编（第4册）. 北京：中华书局，1986：3729－3730.
③ 陈廷焯. 白雨斋词话（卷三）［M］. 杜维沫，校点. 北京：人民文学出版社，1998：69.
④ 陈廷焯. 白雨斋词话（卷三）［M］. 杜维沫，校点. 北京：人民文学出版社，1998：69.
⑤ 陈廷焯. 白雨斋词话（卷三）［M］. 杜维沫，校点. 北京：人民文学出版社，1998：69.

而进一步作评论。如陈氏评论厉鹗（樊榭）词时说樊榭词沉厚之味不足："樊榭词拔帜于陈、朱之外，窈曲幽深，自是高境。然其幽深处，在貌而不在骨，绝非从《楚骚》来，故色泽甚饶，而沉厚之味，终不足也。"① 此处评价陈氏指出了樊榭词的高明处，窈曲幽深但不是从《楚骚》得来的，并指出樊榭、竹垞二人词的不同处：樊榭词的幽深处在"貌"，而竹垞词的高明处在"骨"。陈氏称赞樊榭词超然独绝："厉樊榭词，幽香冷艳，如万花谷中，杂以芳兰。在国朝词人中，可谓超然独绝者矣。论者谓其沐浴于白石、梅溪（徐紫珊语），此亦皮相之见。大抵其年、锡鬯、太鸿三人，负其才力，皆欲于宋贤外别开天地，而不知宋贤范围，必不可越。陈、朱固非正声，樊榭亦属别调。"② "樊榭措词最雅，学者循是以求深厚，则去姜、史不远矣。"③

陈廷焯说："学古人词，贵得其本原，舍本求末，终无是处。其年学稼轩，非稼轩也；竹垞学玉田，非玉田也；樊榭取径于《楚骚》，非《楚骚》也；均不容不辨。"④ 陈氏在此处指出其年、竹垞、樊榭三人词既有其本原，又能超越本原，点出了他们学古人词的灵活高明之处。如他评价樊榭百字令《月夜过七里滩》云："'万籁生山，一星在水，鹤梦疑重续。挐音遥去，西岩渔父初宿。''无一字不清俊。'"下云："'林净藏烟，峰危限月，帆影摇空绿。随风飘荡，白云还卧深谷。'炼字炼句，归于纯雅，此境亦未易到也。"⑤

陈廷焯在比较其年、竹垞等人词时云："其年词最雄丽，竹垞则清丽，樊榭则幽丽，璞函则秾丽，位存则雅丽，皆一代艳才。位存稍得其正，而才气微减。"⑥ 又，"其年、竹垞，才力雄矣，而意境未厚。位存、湘云，韵味长矣，而气魄不大。词之为道，正未易言精也"⑦。在这里，陈氏既比较出了上述几人词的相同点，又指出其不同点。一针见血，言简意赅。

第四，陈廷焯还从所编词选角度来评价清词云："国朝《词综》之选（王昶编），去取虽未能满人意，大段尚属平正，余亦未敢过非。惟明《词综》之选，实属无谓；然有明一代，可选者寥寥无几，高者难获一篇，略可寓目者大约不过

① 陈廷焯. 白雨斋词话（卷四）[M]. 杜维沫，校点. 北京：人民文学出版社，1998：82.
② 陈廷焯. 白雨斋词话（卷四）[M]. 杜维沫，校点. 北京：人民文学出版社，1998：82.
③ 陈廷焯. 白雨斋词话（卷四）[M]. 杜维沫，校点. 北京：人民文学出版社，1998：82.
④ 陈廷焯. 白雨斋词话（卷一）[M]. 杜维沫，校点. 北京：人民文学出版社，1998：4.
⑤ 陈廷焯. 白雨斋词话（卷四）[M]. 杜维沫，校点. 北京：人民文学出版社，1998：83.
⑥ 陈廷焯. 白雨斋词话（卷四）[M]. 杜维沫，校点. 北京：人民文学出版社，1998：91.
⑦ 陈廷焯. 白雨斋词话（卷四）[M]. 杜维沫，校点. 北京：人民文学出版社，1998：95.

数十篇耳。亦不能病其所选之平庸也。"①

在卷五中，陈廷焯评价谭献《复堂词》云："《复堂词》，品骨甚高，源委悉达。窥其胸中眼中，下笔时匪独不屑为陈、朱，尽有不甘为梦窗、玉田处。所传虽不多，自是高境。余尝谓近时词人，庄中白尚矣，蒉以加矣，次则谭仲修。鹿潭虽工词，尚未升《风》《骚》之堂也。"② 陈氏把谭献的《复堂词》与浙西派的词人词作比较，又把之与宋词人词作比较，与常州派词人词作比较，进而凸显谭献《复堂词》之成就，所评客观。

(三) 评价

1. 关于庄棫词论中清词评价

庄棫进一步发展、完善了常州派词论，张惠言倡导的复古之功完成于庄棫。庄棫的词及词论对其当代人及追随者影响颇大。如他对陈廷焯词风转变具有釜底抽薪似的改变，陈氏受庄棫的影响在其《白雨斋词话》中有所论及。陈廷焯认为庄中白词罕见其匹，如陈廷焯在评价庄棫的《蒿庵词》时云："穷源竟委，根柢盘深，而世人知之者少。余观其词，匪独一代之冠，实能超越三唐、两宋，与《风》《骚》、汉乐府相表里，自有词人以来，罕见其匹；而究其得力处，则发源于国风小雅，胎息于淮海、大晟，而寝馈于碧山也。"③ 并云复古之功兴于茗柯，成于蒿庵："千古词宗，温、韦发其源，周、秦竟其绪，白石、碧山，各出机杼，以开来学。嗣是六百余年，鲜有知者。得茗柯一发其旨，而斯诣不灭，特其识解虽超，尚未能尽穷底蕴。然则复古之功，兴于茗柯，必也成于蒿庵乎?"④ 上面这两处评价可见庄棫《蒿庵词》的价值及蒿庵对常州词派的贡献、对清词坛的贡献。

2. 关于谭献词论中清词评价

谭献的清词评对常州词派的清词评理论的建设意义是：谭献的"潜与内转"说将词的理论聚焦点复归到情感本位，在一定程度上克服了周济创作主张所存在的刻板缺陷。而他对于词中情感与外在章法应曲折多姿的强调具有重要的启发意义。此为谭献有功于词学之处。⑤

又如，谭献在批评实践中对柔厚之旨的重视，对读词之内蕴的重视。如谭献

---

① 陈廷焯. 白雨斋词话（卷五）［M］. 杜维沫，校点. 北京：人民文学出版社，1998：126.
② 陈廷焯. 白雨斋词话（卷五）［M］. 杜维沫，校点. 北京：人民文学出版社，1998：110.
③ 陈廷焯. 白雨斋词话（卷五）［M］. 杜维沫，校点. 北京：人民文学出版社，1998：114.
④ 陈廷焯. 白雨斋词话（卷五）［M］. 杜维沫，校点. 北京：人民文学出版社，1998：114.
⑤ 迟宝东. 常州词派与晚清词风［M］. 天津：南开大学出版社，2008：183.

评庄棫《菩萨蛮》（六铢衣薄迷香雾）云："语语温厚"（《箧中词·今集卷五》，第213页），评陈澧《甘州》（渐斜阳）云："柔厚衷于诗教"（《箧中词·今集续卷二》，第298页）等，皆旨在揭示词作者对个人处境能温然处之的情感态度，也可见出其对此的柔厚之旨的重视。

陈廷焯对清词评价还可从他评价谭献的《复堂词》中窥见一斑："品骨甚高，源委悉达。窥其胸中眼中，下笔时匪独不屑为陈、朱，尽有不甘为梦窗、玉田处。所传虽不多，自是高境。余尝谓近时词人，庄中白尚矣，蔑以加矣，次则谭仲修。鹿潭虽工词，尚未升《风》《骚》之堂也。"① 陈廷焯把谭献的《复堂词》与浙西派的词人词作比较，又把之与宋词人词作比较，与常州派词人作比较，通过对不同词派不同词人词作的比较，进而凸显谭献的《复堂词》之成就。

3. 关于陈廷焯词论中清词评价

陈廷焯继承张惠言"意在笔先"的观点，要求词的创作要以深厚的情感积淀为基础，这传承了常州词派注重立意的传统，并注重词中情意与形象之间的关系，发展了常州派词论而提出了以"沉郁"说论词。其沉郁说使词之特美摆脱了比兴寄托之说的狭隘的局限。关于沉郁说，如其《白雨斋词话》云："所谓沉郁者，意在笔先，神余言外。写怨夫思妇之怀，寓孽子孤臣之感……"②

陈廷焯以沉郁说和本原论来评清人清词，推举《风》《骚》，尤其是标举楚骚的直面精神，一归温柔敦厚之旨，发前人之所未发，所评清词范围广，人物众多，评论深刻，在清词评上的成就巨大，对清代的当代词评及后世词评影响深远。他们共同摆脱以婉约豪放论词的窠臼，共同营造了使尊体问题具体实在的词学氛围。陈廷焯在以沉郁论词时接触到了词的意境问题，可惜却未能将"意境"作进一步的理论探讨，然而这却对稍后的王国维境界说的形成有所启发，给他"导夫先路"了。

庄棫对陈廷焯的直接指导，对陈廷焯后期词学思想的转变产生了深刻影响。陈廷焯在庄棫引导下入常州词派之门径，而后在与友人李慎传、王耕心的切磋过程中，逐渐地弘扬二张之思想。《白雨斋词话》即是陈廷焯转向常州词派以后的论词著作。此著作中推出本原说，指出庄棫词的价值所在，陈氏又和庄棫一起从整体上呼应着后期常州派的发展趋势。他以考察"本原"为切入点，以建立沉郁为标的。其中的本原论继承和发挥了常州词派论词主张，真知灼见确实不少，

① 陈廷焯．白雨斋词话（卷五）[M]．杜维沫，校点．北京：人民文学出版社，1998：110.
② 陈廷焯．白雨斋词话（卷一）[M]．杜维沫，校点．北京：人民文学出版社，1998：5.

因而被当时词人奉为圭臬，在清末民初仍有影响。总之，庄棫的词学观对陈廷焯的词论建构起着举足轻重的转折性作用，对整个清代词评的发展与完善意义重大。

二、清末四大词家：王鹏运、郑文焯、朱祖谋、况周颐

"清末四大家"是王鹏运、郑文焯、朱祖谋、况周颐四位词家的合称。清代词坛皆笼罩在常州词派影响之下。这四大家，对常州词派或承余绪，或受影响，以各自突出的理论或创作成就，为古代词史画上了一个比较圆满的句号。清代词坛对词坛的突破体现之一即表现为他们对词学研究的范围更广阔。除对词体艺术规律探讨外，他们还用清代朴学校勘法从事词集整理，正误校异，补脱删复。他们在词集的整理与校勘、词律研究和词学理论探讨等方面都做出了很大的贡献。这使后来词家有校刊之学，词集有可读之本。如王鹏运《四印斋所刻词》、朱祖谋《彊村丛书》就是此时期词籍校勘之学繁荣的最好证明。这些词作也保留了许多学术成果。四大词家针对晚清词坛普遍轻视词体音韵声律的现象，他们提出"声律与体格并重"的词律论，在当时产生了积极的影响。① 同时，他们摆脱了浙西词派和常州词派以编选词集、指示学词途径而论词学的局限，从清代传统学术的观点，在更严格的意义上认真地研究词学。

（一）追述清末四大词家

和谭献一样，王鹏运词亦上承常州词派而下开清末词家之风气，王鹏运接受端木埰的词学观念（端木埰受周济《宋四家词选》浸润最深，且有手批张惠言《词选》稿），在词学上独探本源，兼穷蕴奥，转移风会，处于领袖地位，在当时词坛上享有盛名。以王鹏运为首的清末词人直接用词抒写历史感慨的创作实绩与陈廷焯的词学主张有某种渊源关系，况周颐的词学成就进一步阐发了王鹏运的"重、拙、大"之说，朱孝臧进一步完善了王鹏运提出的词籍校勘之体例、方法和原则。朱孝臧（祖谋）等人学词，均曾得到王鹏运的指导。朱孝臧在《半塘定稿序》里说："君（王鹏运）词导源碧山，复历稼轩、梦窗以还清真之浑化，与周止庵氏说，契若针芥"②，点出了其词学观点和对清词的看法，也可见王鹏运与常州词派一脉相承。他从学南宋王沂孙词入手，再经过学辛弃疾、吴文英而最后回复到周邦彦，得其浑化，不仅与周济之说契合，更扩大了常州词派的格局

---

① 清末四大家 [EB/OL]. http://baike.baidu.com/view/891047.htm#1.
② 朱祖谋. 半塘定稿序 [G] //陈乃乾，辑. 清名家词. 上海：上海书店，1982.

和眼界。王鹏运词的内容多涉及清末时事，他与朱孝臧等一起填词抒发自己对国事的感慨。王鹏运是位受时辈推崇的词作家，是个活跃的填词倡导者、词学活动组织者，他影响带动了一批词人。况周颐、朱祖谋即出于其门下，其治词门径自然与他同声相求。

朱祖谋，一名孝臧，号沤尹，又号彊村。浙江归安（今湖州）人，清咸丰七年（1857）生。朱祖谋早年工诗，四十岁以后，因结交词学家王鹏运而转攻词学。词学家唐圭璋评价朱祖谋云："校勘之精，为中外学者提供大量研究资料，奠定祖国词学复兴之基础，贡献巨大，功不可没；其间逝世最晚，影响最大的作家，端推朱祖谋氏，鲁殿灵光，举世景仰，良非无因。"① 朱祖谋晚年删定词稿为《彊村语业》二卷，门人龙榆生又补刻一卷。曾校订唐宋金元词一百六十余家为《彊村丛书》，辑有《湖州词征》三十卷、《国朝湖州词录》六卷，等等。龙榆生辑有《彊村老人评词》论词札卷为一卷。近世词学家叶恭绰云："彊村翁词，集清季词学之大成，公论佥然，无持扬榷。余意词之境界，前此已开拓殆尽，今兹欲求于声家特开领域，非别寻途径不可。故彊村翁或且为词学之一大结穴……"（《广箧中词》卷二）朱祖谋的校辑工作深受词学界好评。其校勘的《彊村丛书》中保存了朱祖谋为许多词集所作的题跋。这些题跋语实际是词学短论，对词集的版本考订和词家评论都有非常精辟的见解，具有很高的学术价值。朱祖谋治学严谨，在他的影响和培育下，造就了许多现代词学家。他治词学的方法也被作为词学研究的优良传统而在现代词学中得到了发扬。如吴熊和先生在词籍校勘方面就推尊朱祖谋。他认为辑校《彊村丛书》代表了近代词籍校勘之学的最大成果。

清末四大家中的另一位是郑文焯。关于词的创作，他基本上继承了常州词派的词论，重视比兴，主张典雅，对于艺术尤有精深的理解。他论词的创作，除了发挥张惠言的比兴寄托说外，更注意词律和词乐问题，因而其论词又具有新的特点。郑文焯对张惠言尊体的历史功绩评价很高。其词学思想也表现出崇尚常州派的倾向："自宋迄今将千年，正声绝，古节陵，变风小雅之遗，骚人比兴之旨，无复起其衰而提倡之者……独皋文能张词之幽隐……"② 可见，常派词论在清季

① 唐圭璋. 朱祖谋治词经历及其影响［G］//词学论丛. 上海：上海古籍出版社，1986：1019.
② 郑文焯. 大鹤山人词话·附录郑大鹤先生论词手简［G］//唐圭璋. 词话丛编（第5册）. 北京：中华书局，1986：4330.

词坛的影响之深远。正如龙榆生指出:"则谓晚近词坛,悉为常州所笼罩可也。"①
以上所述即可看到清季词坛与常州词派的渊源关系,这既是常州词派对词坛影响
的重要表现,同时也标志着常州词派的发展进入到了一个新的阶段。

(二)　清末四大家词论及词论所及清人

1. 词论成果

王鹏运、况周颐:王鹏运并非专门词论家,也无完整词论传世,但其在况周
颐的词话和笔记中所留存的论词的只言片语却反映出当时词坛的普遍趋势。如王
鹏运的"重、拙、大"之说在况周颐《餐樱词自序》中就有记载:"鹏运论词,
夙尚体格,其所揭橥之宗旨,曰:'重''拙''大'。"况周颐秉承王鹏运词说将
之奉为词学"三要",而且对之屡有阐发。从中可见出他们对这一理论共识的基
本含义。况周颐解释道:"重者,沉著之谓。在气格,不在字句。"②　"重"即
"沉著"。"情真理足,笔力能包举之。纯任自然,不假锤炼,则沉著二字之诠释
也。"③　又,"沉著者,厚之发见乎外者也。"④　而"厚"又由"性情学养中出"⑤,
王、况二人所说的"重"是从词之情感内容说的,包括性情纯厚、学养深厚两
个方面。况周颐所说的"大"是指词的情感的深厚重大,庄重博雅。"拙"指词
之情感的表现形态质朴真切,自然而不雕琢。这些使词的抒情功能拓宽了。

况周颐提出"即性灵,即寄托"理论,要求将词之感情无意识地自然流露
出来。这打破了常州词派创作必须由寄托入门的固有观念,反对机械僵化的寄托
方法,从而给词的自由抒写方式以更大的自由度,这是对常州派理论做了修正。

清季词坛对词坛的突破体现之一便是他们对词体艺术规律的探讨更深入。
如:况周颐的《蕙风词话》,从词格、词心、词径、词笔、词境等多个方面来探
索词体的文类特征,以词人特有心性论述词的创作过程,涉及面广,论述之精,
实非前人能比。⑥　如:

重者,沉著之谓。在气格,不在字句。⑦

弇州山人《春云怨》歇拍云:"未举尊前,乍停杯后,半晌尽堪白首。"极

---

① 龙榆生. 晚近词风之转变 [C] //龙榆生词学论文集. 上海:上海古籍出版社,2007:381.
② 况周颐. 蕙风词话辑注 (卷一) [M]. 屈兴国,辑注. 南昌:江西人民出版社,2000:7.
③ 况周颐. 蕙风词话辑注 (卷一) [M]. 屈兴国,辑注. 南昌:江西人民出版社,2000:18.
④ 况周颐. 蕙风词话辑注 (卷一) [M]. 屈兴国,辑注. 南昌:江西人民出版社,2000:99.
⑤ 况周颐. 蕙风词话辑注 (卷一) [M]. 屈兴国,辑注. 南昌:江西人民出版社,2000:10.
⑥ 迟宝东. 常州词派与晚清词风 [M]. 天津:南开大学出版社,2008:226.
⑦ 况周颐. 蕙风词话辑注 (卷一) [M]. 屈兴国,辑注. 南昌:江西人民出版社,2000:7.

空灵"沉著"之妙。①

　　词笔固不宜直率，尤切忌刻意为曲折。②
　　无词境，即无词心。③

　　"斯时若有无端哀怨根触于万不得已；即而察之，一切境象全失，唯有小窗虚幌，笔床砚匣，一一在吾目前。此词境也。"刘永济《诵帚词筏》中对此译曰"此善感善觉者，即况君所谓'词心'也；其感其觉，即况君所谓'有万不得已'者也。"④

　　"吾听风雨，吾览江山，常觉风雨江山外有万不得已者在。此万不得已者，即词心也。而能以吾言写吾心，即吾词也。"⑤"听风雨""览江山"，而有词心，阐述了创作活动中缘景生情之主客关系。

　　慨自容若而后，数十年间，词格愈趋愈下……⑥

　　清末词人还比较重视"词史"之作：此"词史"指能反映历史事件与时代感慨的词作。在词学中，将词应反映历史背景作为一种理论提出的是周济，因这样的词作可成为后人论世之资，所以称"词史"。周济提出"词史"说，但他及同期常州派词人没有很好地将其运用到词的创作中去，直到清季词坛，无论是时代环境、词人素质，还是词学观念等都为词之抒写广阔的现实内容提供了适宜条件。所以，清季"词史"之作成就突出。

　　2. 词论所及清人

　　王鹏运词论所及清人有况周颐等，况周颐词论所及清人有竹垞、厉鹗、王渔洋、纳兰容若、朱祖谋、王国维等词家。如：

　　蕙风论及竹垞词《茶烟阁体物集》咏绣鞋："'假饶无意与人看，又何用明金压绣。'语意深刻，令人无从置辩。"⑦

　　《蕙风词话补编》中"国朝《词综》瓣香浙派"条云："……词至碧山、玉田，伤时感事，微婉顿挫，上于风骚同指，可斥为小道乎？故竹垞翁于此深致意

①　况周颐. 蕙风词话辑注（卷五）[M]. 屈兴国，辑注. 南昌：江西人民出版社，2000：223.
②　况周颐. 蕙风词话辑注（卷一）[M]. 屈兴国，辑注. 南昌：江西人民出版社，2000：10.
③　况周颐. 蕙风词话辑注（卷一）[M]. 屈兴国，辑注. 南昌：江西人民出版社，2000：10.
④　况周颐. 蕙风词话辑注（卷一）[M]. 屈兴国，辑注. 南昌：江西人民出版社，2000：22.
⑤　况周颐. 蕙风词话辑注（卷一）[M]. 屈兴国，辑注. 南昌：江西人民出版社，2000：23.
⑥　况周颐. 蕙风词话辑注（卷五）[M]. 屈兴国，辑注. 南昌：江西人民出版社，2000：236.
⑦　况周颐. 蕙风词话辑注（卷五）[M]. 屈兴国，辑注. 南昌：江西人民出版社，2000：241.

焉。行有余力，间阅南宋人词，及本朝浙西六家，能于此拔帜其间，亦不朽盛事也。"①

《词林新语》（载唐圭璋《词话丛编》、张尔田《近代词人逸事》附录）有记彊村、蕙风在沪行踪数条。其一条云："归安朱彊村，词流宗师，方其选三百首宋词时，辄携钞帙过蕙风簃，寒夜啜粥，相与深论。维时风雪甫定，清气盈宇，曼诵之声，直充闾巷。"又一条云："蕙风有芙蓉癖，濡染彊村微灯双枕，抵掌剧谈，往往中夜。"这两条记录均涉及了蕙风与彊村论词的情形。

郑文焯词论所及清人有：皋文、蕙风、复堂、朱彝尊、厉鹗、彊村等。

如叶恭绰辑录《郑大鹤先生论词手简》中云："变风小雅之遗，骚人比兴之旨，无复起其衰而提倡之者，宜夫朱厉雕琢为工，后劲驰逐，几欲奴仆命骚矣。独皋文能张词之幽隐，所谓'不敢以诗赋之流，同类而风诵之'，其道日昌，其体日尊。"②

从戴正诚辑的《大鹤先生手札汇钞》中郑文焯与彊村的书信往来可见他们多次切磋词的情形。③

关于朱祖谋的词论所及清人只有陈述叔：龙榆生辑《彊村老人评词》中云："彊村老人论词最矜慎，未尝率意下笔。搜检遗箧，仅得三书，略有评语。"④ 彊村老人遗箧中的词评三则中，其中两个分别是梦窗词集（仅11字）、贺铸东山寓声乐府，亦有评语2条，清人就只提到陈述叔，此人与老人是并世词人，最受其推重。其评陈述叔《海绡词》（评语有3条，共48字）云："神骨俱静，此真能火传梦窗者。"⑤ 又云："善用逆笔，故处处见腾踏之势，清真法乳也。"⑥

彊村题《沧海遗音集》中《海绡词》曰："雕虫手，千古亦才难。新拜海南为上将，试要临桂角中源，来者孰登坛？"并许以："新会陈述叔、临桂况夔笙，并世两雄，无与抗手。"可见他对陈述叔的推崇之高。

（三）评价

清末四大家对常州词派或承余绪，或受其影响，以各自突出的理论或创作成

---

① 况周颐.蕙风词话辑注：蕙风词话补编（卷一）[M].屈兴国，辑注.南昌：江西人民出版社，2000：414.

② 叶恭绰，辑录.郑大鹤先生论词手简 [G]//唐圭璋.词话丛编（第5册）.北京：中华书局，1986：4330.

③ 大鹤先生手札汇钞 [G]//唐圭璋.词话丛编（第5册）.北京：中华书局，1986：4351－4361.

④ 彊村老人评词 [G]//唐圭璋.词话丛编（第5册）.北京：中华书局，1986：4379.

⑤ 彊村老人评词 [G]//唐圭璋.词话丛编（第5册）.北京：中华书局，1986：4379.

⑥ 彊村老人评词 [G]//唐圭璋.词话丛编（第5册）.北京：中华书局，1986：4379.

就，为中国古代词史画上一个比较圆满的句号。郑、朱虽承常州词派，但并不囿于常州词派。郑文焯词雅近清真，然又出入玉田、白石，闳约富丽而又体洁旨远，有清朗疏放之感。龙沐勋先生云："高密郑叔问先生（文焯），毕生专力于词，为近代一大家数。复精声律，善批评。"① 朱孝臧则跨常迈浙，兼取常州、浙西两派之长，晚年词风转为苍劲"沉著"。故叶恭绰在《广箧中词》中评郑文焯词风时说："叔问先生，沈酣百家，撷芳漱润，一寓于词，故格调独高，声采超异，卓然为一代作家。"叶恭绰《广箧中词》云："彊村翁词，集清季词学之大成。公论翕然，无待扬榷。余意词之境界，前此已开拓殆尽，今兹欲求於声家特开领域，非别寻涂径不可。故彊村翁或且为词学之一大结穴，开来启后，应有继起而负其责者，此今日论文学者所宜知也。"②

况周颐词论亦承常州词派，而又有所发挥，除了主张作词应以意为主，继续提倡比兴寄托，继续用传统的"温柔敦厚"的诗教观念分析清词外，更提出了重、拙、大等取舍标准，并强调词的艺术表现之真，要求情真、景真，这些都是对常州词派的继承和发展。如其云："意内言外，词家之恒言也。"③ 并指出："乃若词以人重，意内为先，言外为后，尤毋庸以小疵累大醇。"④ 即词必须注重思想内容，讲究寄托。

又如：赵尊岳在惜阴堂刊《蕙风词话》跋中云："先生之词话，皆其性灵学问襟抱之复异乎人者所积而流，自言生平得力之处，昭示学者致力之途，而证以前贤所作，补救时流之偏弊。所论不徒泥章句，不驰骛高深，甚且如宋贤语录……自吾乡皋文、翰风两张先生提倡词学，起衰振靡，宇内奉为宗派。"⑤ 此中也点出了况周颐词论成就及词论渊源。

王国维在《人间词话》中云："蕙风词以小令似叔原，长调亦在清真、梅溪间，而沈痛过之。彊村虽富丽精工，犹逊其真挚也。"⑥ 他以真挚论蕙风词，确是有识之见。

王国维云："全书泛论历代词人，举其名篇警句，兼涉考据。最重要者为第

① 大鹤山人词话［G］//唐圭璋. 词话丛编（第5册）. 北京：中华书局，1986：4319.
② 叶恭绰. 广箧中词［M］. 北京：人民文学出版社，2011.
③ 况周颐. 蕙风词话辑注（卷四）［M］. 屈兴国，辑注. 南昌：江西人民出版社，2000：173.
④ 况周颐. 蕙风词话辑注（卷一）［M］. 屈兴国，辑注. 南昌：江西人民出版社，2000：48.
⑤ 况周颐. 蕙风词话跋［G］//蕙风词话辑注（附录）. 屈兴国，辑注. 南昌：江西人民出版社，2000：652.
⑥ 王国维. 人间词话［M］. 滕咸惠，译评. 长春：吉林文史出版社，2004.

一卷之填词方法，提出作词三要，曰：重、拙、大，又提出'情真、景真'四字。对用意、造句、守律各方面提出况氏自己的看法。"①

朱祖谋曾称誉《蕙风词话》一书，认为它是"自有词话以来，无此有功词学之作"②。

总之，从"清末四大家"的王鹏运所作的《彊村词》序文及朱孝臧为《半塘定稿》所作的序文等，并结合其人其词，可看到清末四大家推衍常州派词学的审美取向，对当时词坛的词学批评有着深远影响。他们评清词与前面常州派成员评清词相比，其特点是继承常州词派词论成就，但又不囿于常州词派，并且把周济的词史说很好地运用到实际的词的创作中去，从而使清末的"词史"之作成就突出。以"清末四大家"为代表的常州词派对前人理论成果予以修正和拓展，继续引领清代词学发展的方向。

---

① 蕙风词话校订后记［G］//蕙风词话辑注：附录．屈兴国，辑注．南昌：江西人民出版社，2000：652.

② 龙榆生．词学讲义后记［G］//词学十讲．北京：北京出版社，2011.

第三章 常州词派的当代词评与宋代词人当代词评比较研究

宋代词人当代词评发展背景：词伴随着音乐而生，随着曲谱的失传，词便渐渐脱离音乐而走上文学之路。词在宋代有明显的角色转变痕迹。词体文学经历了相当长的为他者写作的历程，词体本来是宫廷文化、宫廷歌舞演唱的产物；后来由宫廷下移而走向一般的士大夫阶层，形成了早期的文人词（李白之后的文人词）；再后来，到北宋中期时，以张先、晏欧、苏轼为代表，将词体改造为士大夫阶层的文学载体；最后，到南宋时再次下移，定格为词人之词，整体看是一个不断雅化的过程。① 词的协律性、词的诗化理论、词的本色论、词的雅化理论等就是在这样的背景下在宋代当代词评中随着词在不同时期的变化而不断发展变化着。

清代常州派词评发展背景：清代词人以"中兴"为己任，把宋词作为学习和研究的对象，他们对两宋词各自的特色有着独特的见解。清代词评家把学北宋、习南宋作为各派词论的重要内容，通过评宋词提出了各派的论词主张，以至于对北（南）宋的推崇竟成为其派的代称。清末的况周颐论及晚清词坛的状况云："近人操觚为词，辄曰吾学五代，学北宋，学南宋。"可见，南北宋词是清代词学家的评议话题。这些都对常州派词评的当代词评产生影响。

宋代词人的当代词评与清代常州词派的当代词评有着诸多的不同之处。下面从三个方面来阐述。

---

① 木斋. 宋词体演变史［M］. 北京：中华书局，2008：前言.

第一节 宋代词评家当代评与清代常州派 当代评发展情况及成就概述

宋代词评家在整个中华文化与唐宋诗词的发展背景下看自己时代词的优势与不足，清代词评家将自己时代的词放在与宋词的比较格局中论清代词人词学成就。

一、宋代词评的成就及特点

宋代不同的词论主张源于宋词不同风格、流派及其不同的创作环境等。宋代词评如《历代词话》里张璋所辑的《东坡论词》、关于晁补之论词的《评本朝乐府》及李清照《词论》、赵万里辑《古今词话》、胡仔《苕溪渔隐词话》、王灼《碧鸡漫志》、魏庆之《魏庆之词话》、张炎《词源》，等等。宋代词人的当代词评主要有以下几点成就及特点：

（1）词的诗化理论。苏轼"以诗为词"，把传统的"诗言志"观念带进词体，这是词文学化的一大突破。① 苏轼以诗为词的词学观显示了词的创作发展方向，但当时未能在词坛占主流地位。直到靖康之变的社会政治环境的变化才引起词家的忧患意识，促成了人们对词学观的反思，再加上元祐学术得到重视，苏轼的词学观影响渐大。在这一背景下，胡仔、王灼、魏庆之等都对苏轼的"以诗为词"理论进行了评价。②

如："《后山诗话》：'退之以文为诗，子瞻以诗为词，如教坊雷大使之舞，虽极天下之工，要非本色。今代词手，惟秦七、黄九耳，唐诸人不逮也。'"③ "诗词高胜，要从学问中来。后来学诗者，虽时有妙句，譬如合眼摸象，随所触体得一处，非不即似，要且不是；若开眼全体见之，合古人处，不待取证也。"④ 胡仔从诗词对比的大背景中来谈词的优势与不足。

---

① 欧明俊. 论词体观念的嬗变 [J]. 福建师范大学学报（哲学社会科学版），2000（1）：60.
② 方智范. 关于古代词论的两点思考 [J]. 文艺理论研究，1998（3）.
③ 胡仔. 苕溪渔隐词话（卷三）[G] //张璋，等. 历代词话（上）. 郑州：大象出版社，2002：92.
④ 胡仔. 苕溪渔隐词话（卷三）[G] //张璋，等. 历代词话（上）. 郑州：大象出版社，2002：91.

王灼《碧鸡漫志》（卷二）云："晁无咎、黄鲁直皆学东坡，韵制得七八。"①

《魏庆之词话》（卷一）云："苏东坡词，人谓多不谐音律，然居士词横放杰出，自是曲子中缚不住者。"②"张子野与柳耆卿齐名，而时以子野不及耆卿。然子野韵高，是耆卿所乏处。"③"近世以来作者，皆不及秦少游。"……"游词虽婉美，然格力失之若。二公之言，殊过誉也。"④

由上述几条可见，从唐宋文化对照上、从宋代的诸多作家作品的品评中可见魏庆之对其当代词评的观点。他在评苏词的诗化风格时总伴随着和传统的婉约词的比较。随着社会环境的变化而出现的崇苏热在一定程度上促成了词的雅正的理论体系。

（2）词的本色理论。在传统的婉约词创作成为主流的形势下，李清照写了关于论词的文字《词论》，提出了"词别是一家"说。这代表了北宋婉约派词论家的基本观点。《词论》提出了词的协音律特征及讲究铺叙、高雅、典重的特征，并论述了宋词的优势与不足。如：

"始有柳屯田者，变旧声作新声，出《乐章集》，大得声于世，虽协音律，而词语尘下。……至晏元献、欧阳永叔、苏子瞻……又往往不协音律者。……又晏苦无铺叙，贺苦少典重。秦即专主情致，而少故实……⑤

从李清照的《词论》中可看出，李清照从大的文化背景上讲柳词变新声，但词语尘下。她既讲了柳词的优势，也点出了其词的不足。同时，她还讲到其他宋词家的词有的未注意词的协音律问题，有的缺少铺叙、典重等词应具备的特征。

（3）词的雅化理论。词的雅化理论源于儒家诗教传统。南宋理学家所标举的思想文化背景及当时文人的现实条件推衍出了词的雅化理论⑥。清朱彝尊云：词至南宋始极其工，至宋季始极其变，可谓是分析深透。词之雅正问题在许多词评中均可见到。如：

① 王灼.碧鸡漫志［G］//张璋，等.历代词话（上）.郑州：大象出版社，2002：108.
② 魏庆之.魏庆之词话（卷一）［G］//张璋，等.历代词话（上）.郑州：大象出版社，2002：164-165.
③ 魏庆之.魏庆之词话（卷一）［G］//张璋，等.历代词话（上）.郑州：大象出版社，2002：165.
④ 魏庆之.魏庆之词话（卷一）［G］//张璋，等.历代词话（上）.郑州：大象出版社，2002：165.
⑤ 王英志.李清照集［M］.南京：凤凰出版社，2007.
⑥ 方智范.关于古代词论的两点思考［J］.文艺理论研究，1998（3）：79.

张炎《词源》云："古之乐章、乐府、乐歌、乐曲，皆出于雅正。……美成负一代词名，所作之词，浑厚和雅，善于融化词句，而于音谱，且间有未谐，可见其难矣。作词者多效其体制，失之软媚，而无所取。此惟美成为然，不能学也。所可仿效之词，岂一美成已！旧有刊本《六十家词》，可歌可诵者，指不多屈。中间如秦少游、高竹屋、姜白石、史邦卿、吴梦窗，此数家格调不侔，句法挺异，俱能特立清新之意，删削靡曼之词，自成一家，各各于世。"①

张炎崇尚白石之"清空"云："姜白石词如野云孤飞，去留无迹。吴梦窗词如七宝楼台，眩人眼目，碎拆下来，不成片段。此清空质实之说。……白石词如《疏影》《暗香》等曲，不惟清空，又且骚雅，读之使人神观飞越。"②

《词源》"杂论"条云："词欲雅而正，志之所之，一为情所役，则失其雅正之音。耆卿、伯可不必论，虽美成亦有所不免。"③

又："美成词只当看他浑成处，于软媚中有气魄。采唐诗融化如自己者，乃其所长。惜乎意趣却不高远。所以出奇之语，以白石骚雅句法润色之，真天机云锦也。"④

"秦少游词，体制淡雅，气骨不衰。清丽中不断意脉，咀嚼无滓，久而知味。"⑤"辛稼轩、刘改之作豪气词，非雅词也。于文章余暇，戏弄笔墨，为长短句之诗耳。"⑥

从以上几条中可见，张炎不仅从词的总体上来评词，更多的是从词之雅正、意趣、风格等角度来评词，而且很有见地地来评价诸多具体的词作家作品的优势与不足。他更倾向于通过艺术技巧来实现词的审美品性，其着眼点是把作品看成是作家艺术技巧的直接产物。⑦

总之，宋词评当代评的特点是：宋词评的当代评始终与词的发展一致，如以诗为词理论、本色理论、雅化理论的提出及影响始终与词的发展相一致；始终注意词体与风格的演进；始终与宋代文学发展相一致。

宋代学人的当代评在词学理论中具有重要的意义。其当代评在词学理论中的

① 张炎.词源［G］//张璋，等.历代词话（上）.郑州：大象出版社，2002：188.
② 张炎.词源［G］//张璋，等.历代词话（上）.郑州：大象出版社，2002：192.
③ 张炎.词源［G］//张璋，等.历代词话（上）.郑州：大象出版社，2002：197-198.
④ 张炎.词源［G］//张璋，等.历代词话（上）.郑州：大象出版社，2002：198.
⑤ 张炎.词源［G］//张璋，等.历代词话（上）.郑州：大象出版社，2002：198.
⑥ 张炎.词源［G］//张璋，等.历代词话（上）.郑州：大象出版社，2002：198.
⑦ 方智范.关于古代词论的两点思考［J］.文艺理论研究，1998（3）.

意义表现为：苏轼以诗为词的词学观显示了词的创作发展方向，虽也受到宋代的后山、李清照（李清照提倡词别是一家，倡导词之本色）等人的批判，但也得到了魏庆之等词家的肯定。后来，随着社会环境的变化及受学术影响，苏轼的词学观对当代词评的影响渐大，促成了词体趋向雅化。词的雅化理论在姜夔、张炎的词论中被明确提出，对南宋词坛的词人词作影响深远。姜、张的词论在清初受到朱彝尊等浙西派词人的推崇。

二、清代词评的成就及特点

清代词评家将自己时代的词放在与宋词的比较格局中论清代词人的词学成就。清代词学理论接续两宋，并在理论成果上超过了两宋。清代词学理论从清初的阳羡派到后来的浙西派、常州派等，可看出其是一个不断正统化的进程。① 宋词被王国维称为"一代之文学"，代表了词体艺术的最高成就。清代词人以"中兴"为己任，把宋词作为学习和研究的对象，他们对两宋词各自的特色有着独特的见解。清末的况周颐论及晚清词坛的状况云："近人操觚为词，辄曰吾学五代，学北宋，学南宋。"可见，南北宋词是清代词学家的评议话题。清代词评家把学北宋、习南宋作为各派的词论的重要内容，通过评宋词提出了各派的论词主张，以至于对北（南）宋的推崇竟成为其派的代称。

清代几大词派的词论主张是：清初云间派强调词的风骚之旨及词的自然浑厚之特色；阳羡派代表陈维崧否定词乃小道的观点，并要求词要有存经存史的功能；浙西派独取南宋，崇尚醇雅，推尊姜（夔）、张（炎），推崇雅正的理论，且主张推尊词体，力驳"诗余"之说；后起的常州派在批判、吸收清代其他词派成果的基础上不断完善自身的理论，如张惠言提出的意内言外论、周济提出的寄托出入论、谭献提出"作者之心未必然，而读者之用心何必不然"、陈廷焯标举的沉郁说、况周颐的沉著说等观点往往都是在清代其他词派及常州派前辈的词论基础上逐渐完善、发展的。

清代常州派词评家将词放在与宋的比较格局中之例子比比皆是，如：

周济《介存斋论词杂著》云："两宋词各有盛衰，北宋盛于文士而衰于乐工，南宋盛于乐工而衰于文士。"②

此处评论可见，在经历了清代崇南尊北的争论后，词评家开始客观地分析两

---

① 方智范.关于古代词论的两点思考［J］.文艺理论研究，1998（3）.
② 周济.介存斋论词杂著［G］//张璋，等.历代词话（下）.郑州：大象出版社，2002：1486.

宋词的作者构成情况。

周济《介存斋论词杂著》又云："诗有史，词亦有史，庶乎自树一帜矣。……初学词求有寄托，有寄托则表里相宣，斐然成章。……北宋词，下者在南宋下，以其不能空，且不知寄托也；高者在南宋上，以其能实，且能无寄托也。南宋则下不上犯北宋拙率之病，高不到北宋浑涵之诣。"①

从此处引文中，我们可看出：周济在论词时，在与宋词的比较中提出了自己的词论观点，即"词史""从有寄托入，以无寄托出"和"空实"说的观点。

周济在《〈宋四家词选〉目录序论》中云："序曰：清真，集大成者也。……梦窗奇思壮采，腾天潜渊，返南宋之清泚，为北宋之秾挚。是为四家，领袖一代。余子荦荦，以方附庸。夫词，非寄托不入，专寄托不出，一物一事，引而伸之，触类多通，驱心若游丝之罥飞英，含毫如郢斤之斫蝇翼，以无厚入有间。……稼轩由北开南；梦窗由南追北：是词家转境。"②

在这里，周济在评宋代四家词的基础上来评词，使其关于学词的理论进一步成熟了，并提出将寄托问题置于具体学词途径来认识，且在评论宋四家词作品时较确切地认识了作品的意义。

周济在《〈宋四家词选〉目录序论》中还点出学词门径问题，如："北宋主乐章，故情景但取当前，无穷高极深之趣。南宋则文人弄笔，彼此争名，故变化益多，取材益富。然南宋有门径，有门径，故似深而浅；北宋无门径，无门径，故似易而实难。"类似说法，王国维《人间词话》中云："近人祖南宋而祧北宋，以南宋之词可学，北宋不可学也。"③

以上几处，可见常州派代表人物周济评词时善于将词放在与宋的比较格局中阐明其词学观，并在评词过程中阐明自己的词论观点。

再看常州派的代表陈廷焯，他评词也多是把清人清词置于与宋词的比较之中而论。如：

陈廷焯《白雨斋词话》（卷三）云："国初多宗北宋，竹垞独取南宋，分虎、符曾佐之，而风气一变。然北宋、南宋，不可偏废。南宋白石、梅溪、梦窗、碧山、玉田辈，固是高绝，北宋如东坡、少游、方回、美成诸公，亦岂易及耶？况

---

① 周济.介存斋论词杂著［G］//张璋，等.历代词话（下）.郑州：大象出版社，2002：1487.
② 周济.宋四家词选目录序论［G］//张璋，等.历代词话（下）.郑州：大象出版社，2002：1491−1492.
③ 王国维.人间词话［M］.滕咸惠，译评.长春：吉林文史出版社，2004.

周、秦两家，实为南宋导其先路，数典忘祖，其谓之何？"①

并云两宋词家胜处（卷六）："周、秦词以理法胜，姜、张词以骨韵胜，碧山词以意境胜。要皆负绝世才，而又以沉郁出之，所以卓绝千古也。至陈、朱，则全以才气胜矣。"②

再如，陈廷焯在《词坛丛话》中云："词至国朝，直追两宋。而等而上之，作者如林，要以竹垞、其年为冠。朱、陈外，首推太鸿。譬之唐诗，朱、陈犹李、杜，太鸿犹昌黎。作者虽多，无出三家之右。"③ 此处，陈廷焯对清词总评为"直追两宋"，并举竹垞、其年为最突出，并且还把此二人比之为唐之李杜。可见，陈廷焯对竹垞、其年的评价之高。

从以上几处评论可见，陈廷焯以北宋和南宋的具体词家来评其各自的特色与区别，并通过两宋的区别推出他的沉郁之说。

再如，他在评"国初诸老"时也是和宋词作比而说其沉厚不足："国初诸老，同时杰出，几欲上掩两宋；然才力有余，沉厚不足。盖一代各有专长，宋词已成绝技，后世不能相加也。"④ 此处，陈廷焯以他的沉郁说来评说清初诸词，认为清初词沉郁不足，所以不如宋词。又如，陈廷焯认为宋代王沂孙高妙所在是："碧山为词，只是忠爱之忱，发于不容已，并不刻意争奇之意，而人自莫及，此其所以为高。"（《白雨斋词话》卷二）而近世词家如浙西派领袖朱彝尊、常州派宗主张惠言都未曾达到这样的境界。前者重辞藻而未能尽扫清初侧艳余风，后者推求本原却抛弃其流脉。很明显，陈廷焯在评当代词家词作时常将之与宋词比较。

再看清代词评的当代评在理论中的意义：

常州派词评家除了在评宋词中阐明自己的词论观点外，还在评论其当代词中来阐明、推衍自家的词学理论观点。常州词派从评浙派词中凸显出来，始终对词整体存在关照。例如常派词评家理论始终是放到与浙西派的比照中走向成熟的。它一方面汲取浙派的词论优点，另一方面更多是扬弃、发展了浙西派词论观点，从而使常派理论逐步完善成熟，影响渐大，取代浙派而主盟词坛百余年，影响及于晚清以至更远。常州派当代评对清代词学的建构和发展作用明显，它引领了一代词坛的创作风气，对清词的中兴起到相当大的作用。

---

① 陈廷焯．白雨斋词话（卷三）[M]．杜维沫，校点．北京：人民文学出版社，1998：59.
② 陈廷焯．白雨斋词话（卷六）[M]．杜维沫，校点．北京：人民文学出版社，1998：149.
③ 陈廷焯．词坛丛话 [G] //张璋，等．历代词话（下）．郑州：大象出版社，2002：1696.
④ 陈廷焯．白雨斋词话（卷三）[M]．杜维沫，校点．北京：人民文学出版社，1998：58.

清代常州派词人的当代评也有很多。如董士锡评周济词:"保绪(周济)往年已举进士,而不得意于有司,感慨悲愤,颇形于色。"而周济工于词也是要"隐其志意,专于比兴",以寄其不欲明言之情(《周保绪(济)词叙》)。董士锡论词正是以情为主,填词亦以情为其胜长,故周济对董士锡的创作成就给予了极高的评价。他说:"竹垞掇其英,皋文落其实,同辈作者,晋卿最善。""吾郡自皋文、子居两先生开辟臻莽,以《国风》《离骚》之旨趣,铸温、韦、周、辛之面目,一时作者竞出,晋卿集其成。"(《味隽斋词序》)这里所说的"竹垞掇其英,皋文落其实"是非常精辟的,可谓道尽浙西派、常州派两家词之特点。从董士锡、周济对"当代"词的评价看,他们对常州派的推崇是很明显的。

再如,陈廷焯对庄棫的评价,陈廷焯评价庄氏填词深得"比兴之旨"。如其《蝶恋花》四首"托志帷房,眷怀身世"。他论词是承张惠言中比兴寄托思想的余绪,称:"自古词章,皆关比兴,斯义不明,体制遂舛……托志帷房,眷怀君国,温、韦以下,有迹可寻……近世作者,竹垞撷其华而未芟其芜,茗柯溯其源而未竟其委,意内言外之趣,仲修所作,殆无憾焉。"(《复堂词叙》)从这段话可以看出,比兴应是"比兴之旨"与"飘渺之音"的完美结合,亦即深厚的思想意蕴与空灵缥缈的音节辞采有机统一。陈廷焯曾向庄棫请教词学,庄棫认为陈廷焯"知清真、白石矣,未知碧山也。悟得碧山,而后可以穷极高妙"。(《白雨斋词话》卷六)

又如,谭献在《箧中词》和《复堂日记》中对张惠言、周济的词学成就作了极高的评价,称张惠言与张琦同撰的《宛邻词选》:"虽町畦未辟,而奥窔始开,其所自为,大雅遒逸,振北宋名家之绪。""茗柯《词选》出,倚声之学,日趋正鹄。张氏甥董晋卿,造微踵美,止庵切磋于晋卿,而持论益精……以予所见,周氏撰定《词辨》《宋四家词筏》,推明张氏之旨,而广大之,此道遂与于著作之林,与诗赋文笔同其正变。"很明显,他不但肯定了常州词派"尊体"的功绩,而且梳理出从张惠言,经董晋卿,到周济的常州派统系。但他对周济的词学成就的肯定更是高于他人,认为周济《宋四家词筏》陈义甚高,胜过《宛邻词选》,特别是周济提出的"从有寄托出,以无寄托入"是千古不刊之论,对提高词体的地位和转变词体风气有着十分重要的意义。

此外,谭献在张惠言、周济词论的基础上,又提出"折衷柔厚"的审美主张,他对其"当代"作者词旨的抉发尤其注意其中的"柔厚"之旨。如他所评厉鹗的《玉漏迟·永康病中夜雨感怀》,评贺双卿《黄花慢·孤雁》(说其"忠厚之旨出于风雅"),评江顺诒词,评蒋鹿谭《水云楼词》,评邓廷桢《双研斋词》，等等，都可见出他对当代词人词作的评价。

继庄棫、谭献之后，发扬常州派词学的陈廷焯的词评中对宋词的评价颇多，同时，他又纵观宋词、清词，指出："嗣是六百余年，鲜有知者。得茗柯一发其旨，而斯诣不灭，特其识解虽超，尚未能尽穷底蕴。然则复古之功，兴于茗柯，必也成于蒿庵乎?"（《白雨斋词话》卷六、卷二）张惠言、庄棫是南宋以后六百年能接续《风》《骚》真脉，发扬古代诗歌"温柔敦厚"精神的当代典范。① 庄棫是陈廷焯由浙西派转向常州派的词学导师，陈廷焯对他的评价也高过一般词人。他说："余观其词，匪独一代之冠，实能超越三唐两宋，与《风》《骚》、汉乐府相表里，自有词人以来，罕见其匹。而究其得力处，则发源于《国风》《小雅》，胎息于淮海、大晟，而寝馈于碧山也。"（《白雨斋词话》卷六、卷一）从陈廷焯对浙西派和常州派的评价看，他后期的词学立场较之前期要鲜明，但却表现出强烈的主观性和个人的好恶色彩。

总之，宋代词评的当代评与常州词派的当代评有所不同。两者词评涉及的范围有所不同，常州派词评家除了在评宋词中阐明自己的词论观点外，还在评论其当代不同派词人或同一派人当代词中来阐明、推衍自家的词学理论观点。宋代词评主要是当代评，其当代评显示了词的创作发展方向，其中关于词的雅化理论对南宋词坛及清代词坛影响深远。

第二节　宋代词评家与清代常州派词评家理论的成熟完善方式比较

一、宋代词评家理论的成熟完善方式

宋代词评家理论是逐步完善，始终是配合自己时代词人的创作而走向成熟的。具体从以下几方面来分析：

1. 关于词性认识上的完善历程。词出于诗，被称为诗余。宋代词人，如范仲淹、欧阳修、苏轼等均视词为余事，非专力所注，故词中所表现者，仅其一部分之人格。词也是一步步在逐步发展变化的：晚唐五代词多天机，无意求工，而自然美好；北宋词天机人巧各半，至南宋则求工，弥重技术，人巧胜而天机减矣。张玉田《词源》讲：南宋人论词作词注重字句之锤炼。也因此，南宋词渐

---

① 陈水云. 明清词研究史［M］. 武汉：武汉大学出版社，2006：101.

衰敝。词到李清照，她提出"词别是一家"说，其前出名词家虽多，而易安能开径独行，无所依傍，其评骘诸家，持论甚高。

2. 关于词的功能认识上的完善历程。词作为一种诗乐结合的综合性文体，其功能定位也在不断发展变化着，其发展趋势是词的音乐功能的不断下降与文学、社会功能的不断增强。① 最初的词是配合燕乐而唱的"小歌词"，随着"伶工之词"向"士大夫之词"的转换，词的文学功能不断增强。② 李清照《词论》中"词别是一家"说的是词本位的词学观，其观点代表了坚守词的音乐本位观念，批判了一些词人的词不合音律等。苏轼等人以诗为词的诗本位的词学观表现了词的文学性和社会性增强的趋势。苏轼的"以诗为词"就表现出了不守音律，是对词的乐本位的否定，这样也使词摆脱了"小歌词"的从属地位，并拓宽了词的题材等方面的发展空间，从而在一定程度上提高了词的地位，使词作为一种独立的文体立于文坛上，同时，开辟了表现作家主观情性的创作格局，强调了词的言情功能。

3. 关于词的婉约、豪放问题上的完善历程。我们来看宋词的发展与演变。北宋词坛第一次转变始自柳永。柳永发展了慢词，并把词引向俚俗，给词坛带来了新的气息、活力，征服了广大读者。南宋徐度《却扫篇》（卷五）说："其词虽极工致，然多杂以鄙俗，故流俗人尤喜道之。"③ 苏轼从另一方面改变了北宋词风。北宋前期的词延续着五代词风，而苏轼改变了对词的传统看法。胡寅说："词曲至东坡，一洗绮罗芗泽之态，摆脱绸缪宛转之度；使人登高望远，举首高歌，逸怀浩气，超然乎尘垢之外。于是《花间集》为皂隶，而耆卿为舆台矣。"④从胡寅的评说中可看出词至苏轼的一大转变。苏轼使词的风格、意境提高了。苏轼用词去表现诗的传统题材和境界，冲出传统的词学领域，使词取得和诗同等的地位和功能。⑤ 总之，词至苏轼而范围开始变大。至朱敦儒、辛弃疾、陆游，这一派遂成一大宗派。

词到周美成，他是北宋最后一位大词人，他以赋为词，以铺陈的方法写词，

---

① 朱惠国．"苏李之争"：词的功能嬗变的迷局与词学家的困惑［J］．文艺理论研究，2009（1）：52.

② 朱惠国．"苏李之争"：词的功能嬗变的迷局与词学家的困惑［J］．文艺理论研究，2009（1）：52.

③ （日）宇野直人．柳永论稿——词的源流与创新［M］．张海鸥，羊昭红，译．上海：上海古籍出版社，1998.

④ 胡适．评唐宋词人［G］//张璋，等．历代词话续编（下）．郑州：大象出版社，2005：749.

⑤ 袁行霈．中国文学概论［M］．北京：高等教育出版社，1990：157－158.

成就了"文士的词"。陈廷焯《白雨斋词话》（卷二）说："词法莫密于清真。"此评十分中肯。例如，其《瑞龙吟》即可见其词法之密。词至李清照，她提出"词别是一家"的说法，并对先辈词人多致其讥弹之辞，王士祯推之为婉约派的宗主。李清照继承了婉约派"语尽而意不尽，意尽而情不尽"的风格，并加以变化和发展，使婉约派发展到了高峰。① 到南宋的辛弃疾，其使词的抒写空间进一步扩大，使词的风格、意境大为解放。他提倡以文为词。楼俨谓其："驱使庄、骚、经、史无一点斧凿痕迹。"举凡议论、说理、经史、百家、问答对话，辛弃疾统统拿来入词，进一步扩大了词的范围与题材。再至姜白石，词风又有所转变，走上了一个风雅派正统派词人的平稳道路，他是南宋词的开山大师。

从以上宋词的不断演变与发展情况，我们可以看出宋词是逐步完善的，并始终配合的。随之而来的宋代词评家对词的评价也在逐步完善发展中。

4. 关于宋学氛围上的完善历程。宋学是中国传统儒学发展到宋朝时的思想文化领域的一种新的思潮、新流派、新的文化模式。宋朝统治者在政治上重用儒士，并注意采取发展教育等措施，这都有利于宋学思潮的传播和繁荣。这使宋学必然影响到当时的政治、经济、文化领域。宋学立足于儒学，广泛吸收学术界各家各派的见解，不断丰富和完善自己的内容，拥有广阔的学术视野，因而具有强大的生命力。这些对宋词的发展都有一定的影响，这从宋词内容、题材的发展、演变上可看出。漆侠说："宋学不仅为学术的探索开创了新局面，它的强大的生命力和突出的特点还表现在，它把学术探索同社会实践结合起来，力图在社会改革上表现经世济用之学。"② 宋学的这种学术影响及其与社会实践相结合的探索对宋朝学术表现之一的宋词及词评必然产生一定影响。

二、清代常州派词评理论的成熟完善方式

清代常州派词评理论始终是放到与浙西派的比照中走向成熟的。下面从其沿革、相似点、不同点三方面来分析：

1. 从清初开始有持续的沿革。常州词派崛起于清代浙西词派衰微之际，是影响清代词坛达百年的一大词派。常州词派是对浙西词派的继承、扬弃和发展，两派均为清词的发展、繁荣做出了贡献。两派产生的时代背景不同，浙西派产生、形成于清初。当时文字狱严重，文人们都有股国家之恨郁结于胸中，而词适

---

① 李清照. 李清照集校注［M］. 王仲闻，校注. 北京：人民文学出版社，1986：372.
② 漆侠. 宋学的发展和演变［J］. 文史哲，1995（1）：5.

宜表达含蓄蕴藉的幽愁深怨，所以词当时得到了广大文人的拥护和支持。浙西派词总结历史教训，重视词的思想内容，注重词体的艺术特征。常州词派的比兴寄托理论是在继承了古代及其当代诗学比兴寄托传统，甚至是在前代词学创作及批评实践的基础上逐步形成的。周济还在前人基础上提出了"词史"的价值理论，进一步推尊词体，开拓词境。常州派后继者陈廷焯、况周颐等在实践中逐步摆脱了常州派正变观的束缚，使常州派理论进一步走向成熟。

清代进入了词体创作的"复兴"期（"中兴"期）。

2. 不回避和不同流派有相似点。浙西派、常州派并非水火不相容，他们其实承继着相同的文化传统，在清代共同的文化思想土壤上生长，所以两派有同有异，同中有异，异中有同。浙西词派与常州词派虽是不同词派，但二者有着前后一致的地方，他们在联系社会现实、提倡雅正、推尊词体与主张比兴寄托、论词的正变观等几个方面是一致的，这是古代儒家思想的基本方面。陈廷焯作为一个有着强烈使命意识的人，认同这些主张，这也是他从浙西派转向常州派的内因。

清代词坛无论浙西词派还是常州词派，两派都是上溯到风骚来推尊词体的。其论词标准虽有不同，但在正变观方面却有相似之处。两派在重雅正、婉约，轻俚俗、豪放方面，张惠言与浙西派的朱彝尊、厉鹗则是略同的。① 浙西派朱彝尊、厉鹗等倡导雅词即是其在正变观方面推尊词体之表现。朱彝尊在《词综·发凡》里说："言情之作，易流于秽，北宋人选词，多以雅为目。"② 而从这个基点出发，朱彝尊又认为："填词最雅无过石帚。"③ 张炎"当与白石老仙相鼓吹"。汪森在浙西派的理论代表作《词综序》里提出："古诗之于乐府，近体之于词，分镳并驰，非有先后；谓诗降为词，以词为诗之余，殆非通论矣。"④ 他的尊体说具有鲜明的现实针对性，对提高词体地位有一定积极意义。

张惠言的词论观点里也重视"意"，张惠言重申"词者，意内言外，变风骚人之遗"的观点受到常州派重要词评家周济的赞赏。常州派的正变观是与其以比兴寄托作为论词标准互为表里的。周济所编的词选《词辨》《宋四家词选》中均可见其正变观的论词标准。

常州派张惠言改造词体、推尊词体的手段与浙西派朱彝尊的"假闺房儿女之

---

① 胡仔. 苕溪渔隐词话（卷三）［G］// 张璋，等. 历代词话（上）. 郑州：大象出版社，2002：84.

② 朱彝尊. 词综·发凡［G］// 张璋，等. 历代词话（下）. 郑州：大象出版社，2002：922.

③ 朱彝尊. 词综·发凡［G］// 张璋，等. 历代词话（下）. 郑州：大象出版社，2002：922.

④ 汪森. 词综序［G］// 张璋，等. 历代词话（下）. 郑州：大象出版社，2002：923.

言，通之于《离骚》，变《雅》之义”的改造手段类似。可见，这两派词评家对词体的看法有所认同。两派词评家都重视以比兴寄托来提升词体品格，重视词的意蕴。同时，这两派词评家关于词的比兴寄托的观点都停留在传统的诗的比兴寄托修辞理论的框架内。

另外，不论浙西派还是常州派，都将词选本作为体现其流派意识的词学思想的工具，用以体现其某种思想主旨或审美倾向，作为其词学理论的载体。而这些词选本是中国古代文学批评的形式之一，通过对前代或当代作品的选录而提出见解，引领了一代词坛创作风气。其对清代词学的发展和清代词学的建构作用很明显。浙西派的《词综》、常州派的《词选》对当时词坛及后世都产生了深远影响。龙榆生先生指出：“浙常二派出，而词学遂号中兴。风气转移，乃在一二选本之力。”[①] 可见清代词选在词学史上的作用。

3. 与不同流派相比更有明确不同。既属于两派，就有所不同。浙西派宗南宋，宗姜、史之末派，其作貌似清雅，实无真情。陈廷焯说：“今之假托南宋者，皆游词也。”常州词派正是针对浙西派积弊，才又重新提出认识北宋词的。常州词派与浙西词派所宗之宋词不同，浙西词派词论家推崇南宋词的精致，如朱彝尊《词综·发凡》云：“世人言词，必称北宋。然词至南宋，始极其工。至宋季而始极其变，姜尧章氏最为杰出。”[②] 谭献在《复堂词话》中说：“常州派兴，虽不无皮传，而比兴渐盛。故以浙派洗明代淫曼之陋，而流为江湖，以常派挽朱、厉、吴、郭佻染饾饤之失，而流为学究。”[③] 朱彝尊等倡导的“醇雅”、崇尚清空，对廓清明代绮靡的风尚是有功绩的，但也指出了两派的局限。浙西派学习姜、张的清空骚雅，末流走向空疏；而常州派学习周、吴的密实，末流走向学究。

周济还在前人基础上提出了“词史”的价值理论，这点比浙西派的词论更进了一步，进一步推尊词体，开拓词境。张惠言是学者，是治《易》大师，他的“尊体”词学观里渗透着浓厚的重古倾向。常州派后继者陈廷焯、况周颐等在实践中逐步摆脱了常州派正变观的束缚，使常州派理论进一步走向成熟。

从上述可看到，不论是说两派的同还是异，所宗哪宋哪派，总是把两派放在一起加以比照着评论的。

---

① 龙榆生. 选词标准论［G］//词学季刊（第一卷第二号）. 上海：上海民智书局，1933.

② 朱彝尊. 词综·发凡［G］//张璋，等. 历代词话（下）. 郑州：大象出版社，2002：919.

③ 谭献. 复堂词话：复堂日记［G］//唐圭璋. 词话丛编（第4册）. 北京：中华书局，1986：3999.

第三节　结　论

总之，不论是常州词派的当代评还是宋代词人的当代评，两个时代均为词创作、词学理论的繁荣期，在理论方面均有自己完善的体系，均有不同流派。在此中，自己时代的理论家对自己时代的关注与理论成就均发挥了很大作用。

一、两个时代均为词创作、词学理论的繁荣期，在理论方面均有自己完善的体系

词起源于唐五代，在宋代逐渐发展成熟。北宋的词作家数量众多，如柳永、秦观、苏轼等，其词评家如苏轼、晁补之、李清照等。南宋时，词的审美风格、词作要求等都有所变化。两宋词的不同风格对后世的影响也不同。后世有宗北宋的，有宗南宋的。北宋词的创作先于理论甚或只有创作，南宋情况有所变化。宋代的创作情况往往是先作者后评论，创作是主张先行。宋词发展到一定程度，出现了词的不同风格流派，于是针对词创作的风格变化也就有了关于词的评论家及词评著作。而这些都推动了宋词当代评的发展，使词学的诗化理论、本色理论及雅化理论在其当代出现了繁荣期，也有了不断完善的词学理论体系。

清代是先学者后创作，创作往往是主张的演义。清代创作情况是先学者后创作。清代增加了学人之词，拓宽了词的风格。清词创作的兴盛引起了理论的繁荣。[①] 钱仲联先生标举清代的学人词："清词人之主盟坛坫或以词雄者，多为学人，朱彝尊、张惠言、周济、谭献、刘熙载、王国维等，其尤著者也。盖清贤惩明人空疏不学之敝，昌明实学，迈越唐宋。诗家称学人之诗与诗人之诗合，词家称学人之词与词人之词合。"[②] 从清词史看，清词派中的浙西派、常州派的领袖人物都具备学人的身份，都是积学渊雅之士，崇高的学术声望使他们成为词派理论创作的核心。[③] 常州派词评家如张惠言、周济等以学人身份对宇宙人生、世情伦理等进行创作，在创作上将词人之心与胸襟学问结合，并勤于著书立说来实践其所主张的词学理论。清代词评家主张将学人之词与词人之词相结合，强调学问

---

① 南京大学中国语言文学系全清词编纂研究室．全清词·顺康卷（第 1 册）［G］．北京：中华书局，2002.

② 钱仲联．全清词序［G］//全清词·顺康卷．北京：中华书局，2002.

③ 钱仲联．全清词序［G］//全清词·顺康卷．北京：中华书局，2002.

之于词作的重要性。他们提倡以学化情，以理融情，用学问提升一己的胸襟修养、人生境界。① 这些学人在一定程度上都促进了词体的繁荣，而且他们在推尊词体、深化词境、探讨词学理论、校勘整理词集等方面也做出了很大贡献。如：张惠言本是一个学者，曾设馆教授弟子，且是汉学新秀，是治《易》大师，所以他提出的"尊体"的词学观里渗透着浓厚的重古倾向。②

后来他所编写的《词选》的序言及其词评对后世产生了很大影响，并使清代词风为之一变。常州派后人周济等学者不断对其词评加以修正、补充、完善，逐渐使常州派的理论发扬光大。如周济少时是一位具有务实精神的学者和诗人。在《词辨》里，周济指出词作贵在创新，拓展词境，并指出玉田、叔夏之对词境无新的拓展，这便可以看出清代学人既有理性的自觉，也有一己的创作实践相印证。周济于1823 年著有《味隽斋词》，1832 年编纂了《宋四家词选》，从时间及著作均可考察到周济的词学观，也可见出他是先学者后创作。又如张惠言的《水调歌头》五首，谭献、陈廷焯等对之评价很高。其他常州派词家也往往是先学者后创作，所以说清代是先学者后创作，且创作往往是主张的演义。

常州词派理论与创作目标明显、逐步完善。常州派理论与创作并重，而且创作受理论的指导尤为显著。常州词派的许多代表人物，如张惠言、董士锡、谭献、陈廷焯等，都有着既精于理论建设，又兼善创作实践的双重身份。这为我们探讨理论与创作交互影响的关系提供了很好的范例。③ 如张惠言等以寄托论词，试图以微言大义续香草美人的绪言，缘诗人之义。陈廷焯以沉郁、顿挫、本原论词，周济的"词史说"指出词要反映社会现实和历史的兴衰，词之寄托内容主要应为与时代盛衰兴亡相关的"感慨"，且这种感慨除具有社会性外还必须出自词人的"由衷之言"。陈廷焯《白雨斋词话》（卷八）云："有长于论词，而不必工于作词者；未有工于作词，而不长于论词者。"④ 从此说即可看出，张惠言、谭献、陈廷焯等词论大家本身均是词作者，同时，这些人均是学人，所以其词被称为学人词。谭献《箧中词》云："阮亭、葆酚之流，为才人之词。宛邻、止庵派，为学人词。惟三家是词人之词（三家：蒋春霖、成容若、项莲生）。"⑤ 钱仲联先生称这些词家的词为学人之词与词人之词的结合。

① 沙先一. 推尊词体与开拓词境：论清代的学人之词 [J]. 江海学刊, 2004 (3)：191.
② 严迪昌. 清词史（第 2 版）[M]. 南京：江苏古籍出版社, 2001：474.
③ 迟宝东. 常州词派与晚清词风 [M]. 天津：南开大学出版社, 2008：绪论.
④ 陈廷焯. 白雨斋词话（卷八）[M]. 杜维沫, 校点. 北京：人民文学出版社, 1998：213.
⑤ 谭献. 复堂词话 [G] //唐圭璋. 词话丛编（第 4 册）. 北京：中华书局, 1986：4013.

　　因在以上常州派词人的词学理论不断成熟完善中涉及人物众多、时间跨度长、影响深远等使其词学理论出现了繁荣期，在理论方面均有自己完善的体系，并且常州派理论家对自己时代的关注与理论成就均推动了清词评研究的发展。

二、两个时代的词评家均表现出对自己时代的关注

　　在词中，宋代和清代词评理论家对自己时代的关注均表现明显，并发挥很大作用。

　　宋代词评家在关注自己时代词人的创作及实践中提出了词的诗话理论、本色理论、雅化理论，影响了北宋、南宋的一代词风，并对清代的几个词派产生了深远影响。清代的几个词派中有的推崇晚唐北宋，有的推崇南宋，他们在品评宋代词评和当代词评的创作及实践的过程中完善着自己一派的词论主张。

　　清代常州派词评家在张惠言首倡意内言外说之后，其后继者分别在其基础上提出了寄托出入说、词史说（周济），比兴柔厚说、虚浑说（谭献）以及后期的况周颐的重拙大襟抱说、陈廷焯的沉郁说、王国维的境界说等。这些词论建立在词人对其前代词人词学成就的继承与扬弃、发展上，对清词中兴、词坛的繁荣起了很大作用，影响了一代词风。

三、清代常州派词评家理论始终是被放到对自己一派的关切中走向成熟的

　　清代常州派词评家由张惠言提出了具有建设性的常州派词论的比兴寄托说的宣言，接着其后继者提出了寄托出入说、词史说、沉郁说、重拙大说等一系列词论，不断完善、丰富了常州词派理论，而常州派的每一个后继者在继承和发扬常州派前辈词论的基础上，也不断扬弃了常州派词论中不足的一面，并根据自己所处的时代、采取适合自己时代的方式表现出符合自己时代的对常州派词论的创造性，这样也便逐渐完善、丰富了常州派词论，也使常州派理论始终在关切自己一派的理论完善中逐步走向成熟。其词论的具体关切、完善的情形在前面诸多章节中均可见。其后继者们使常派词论影响越来越深远，持续时间长达一个半世纪之久，影响到了清末一个时代的文学特征。

第四章 常州词派清代词评在理论建构中的意义

第一节 当代词评历史条件及理论成就

常州词派当代词评的条件中：一是历史条件，当代词评贯穿了清代社会的发展状况。浙西派在乾隆朝垄断当时词坛，影响极大。嘉、道以后，政治上发生变化，内忧外患，朝政动荡。词学领域表现为词家逐渐摒弃追求形式技巧的浙西派末流。此时，常州派应运而生。二是词本身发展的条件。词的发展面对的问题越来越多，暴露的问题也越来越多。常州词派的发展始终和清代动荡的社会相一致，词本身的命运应如何演进成了常州派词人探讨的问题。

我们看阳羡派、浙西派与常州派的当代词评比较：前两派成态较早，清词文本尚且不多，故还显得只是清代词评发展的雏形。常州派已有大量的文本存在于批评视野，并且常州派有大量词学理论成就，思路更开阔，相比之下，常州派当代评更系统、更成熟完善。常州派的清代词评成果散见于他们的著作中。如：张惠言和张琦编写了《词选》，其中阐明了意内言外说，开创了常州派词评。周济著有《介存斋论词杂著》《词辨》，编写了《宋四家词选》，提出了寄托出入说等，发展了常州派词论。谭献选录清人词为《箧中词》六卷、续三卷，评点周济的《词辨》，又选《复堂词录》十卷。其弟子徐珂将其论词诸说辑为《复堂词话》，彰显了谭献的比兴柔厚说。冯煦根据毛晋所刻《宋六十名家词》，选录词十二卷为《宋六十一家词选》，另著有《蒿庵论词》。陈廷焯编写了《云韶集》二十六卷、《词则》二十四卷，著有《词坛丛话》一卷、《白雨斋词话》八卷、《白雨斋词存》《白雨斋诗钞》等来阐明其沉郁说的词论。况周颐著有《蕙风词话》五卷、续编二卷来阐述其重拙大词论主张，进一步完善了常州派词论。这些文本的变化均可见出常州词派理论的提出、发展、完善的过程。

第二节　常州派与阳羡派、浙西派
所面对的不同历史条件

阳羡派、浙西派仅仅是简单地与宋人相比，指出自己的优点与不足；而常州派有一个明确深刻的目的围绕，常州派围绕着其深刻目的展开创作、建构理论，并且能做到词的理论与创作并重，创作受理论的指导，从而达到对常州词派理论建构的作用。

阳羡派、浙西派与常州派表达感情所标举的形式不同。前两派经常是独立标举，以致力于在创作中、理论结成中表达自己的感情为主。阳羡派的理论观念既渗透着对所处时代的感受，强调追求一种"情"与"体"和谐的抒情手段，又从创作实践中反思了前明词风以及"云间"余响的得失利弊，所以其有关的论述具有浓厚的理论思辨色彩，而且在对词的本体特质等问题的认知方面呈现出与传统观念因袭性的挑战态度。可以说，阳羡派词论是清初最具新意、最有自觉性和鲜明性的一种理论主张，也是清代最早自成体系的一种词学观。① 但因处在清初，其词论与创作仅是与宋人作比，词论还未达到成熟阶段。

常州派则致力于为更隐蔽的感情寻找一个更切实的角度。他们将在词外对感情的种种特性的挖掘拉回到词内来挖掘，即挖掘适合表达怎样的感情，怎样表达感情，然后到逐步推举以词树立起来的文化价值、儒家观念。例如：到了后期的况周颐的襟抱说、陈廷焯的沉郁说、谭献的虚浑说、王国维的境界说等。常州派词评家除了评宋词外，还有诸多对清代当代词的词评，并且此派的词学评论在张惠言之后的后继者那里不断得到完善、发展、成熟。

第三节　怎样定位常州词派词人清词评的价值

常州派的推衍：常州派发展到最后已不是一派，而是清末一个时代的文学创作特征。这既与常州派的创作实践有关，又与常州派理论有关。

前面所论常州派由张惠言开启，经过周济、董士锡、谭献、庄棫、冯煦、王

① 严迪昌．清词史（第2版）[M]．南京：江苏古籍出版社，2001：191.

鹏运、陈廷焯、郑文焯、朱祖谋、况周颐等后继者们对常州词派理论与创作的实践，以及常州派后继者们对常州派前辈词论的拓展并结合其所处时代词学观的变化发展而提出进一步完善的词论观，使常州派的影响渐广，进而使其成为清末一个时代的文学创作特征。其中周济提出的"寄托出入说"比张惠言的比兴寄托说更明确、更系统，他还创建性地提出了"词史说"，此观点对常州词派后人对词的社会现实的关注起了重要作用。谭献进一步提出"比兴柔厚说"，发展完善了常州派前人的词学理论，但其清词评没有陈廷焯的清词评更集中。陈廷焯也进一步系统化地阐述了比兴寄托说，以沉郁说为其出发点，对清人清词的关注更多、更系统、更细致。清末四大家也都进一步拓展了常州词派的理论，对清代词坛作出了很大贡献。

在常州派理论中，常州派词人对自己所处时代的评论成就起着重要作用，具体如下：

（1）常州派通过肯定一些清代词人明确了对词的尊体态度：张惠言在《词选序》里提出微言大义的词学观，提到了尊词体的论词要求，并通过比兴寄托手法来实现尊词体的主张，提高了词的地位。金应珪在《词选后序》里也体现了他肯定其师的尊体主张。常州派中坚人物周济也主张尊词体，《复堂日记》云："周介存有'从有寄托入，以无寄托出'之论，然后体益尊，学益大。"① 周济还以尊体与否来评他人词，这意味着他肯定了张氏的尊体主张。如他评王沂孙的词时说："中仙最多故国之感，故著力不多，天分高绝，所谓意能尊体也。"② 可见，他以尊体来肯定王沂孙的词之价值。

（2）常州派通过肯定清代一些词人，肯定了其意内言外的构思方法：张惠言提出的意内言外是比兴寄托的特征，重在赏析，比兴寄托说是处于不断变化发展完善中的。周济提出的寄托说即是对张惠言的意内言外说的发展，重在创作。到谭献等，意内言外的构思方法又有所发展，有综合处，也有发挥处，他能综合赏析、创作两方面来立论。

如张惠言在《词选序》里肯定了韦应物、温庭筠、张先、苏轼、周邦彦等人词的意内言外的构思方法，如皋文曰："而温庭筠最高，其言深美闳约。"③ 周

---

① 谭献.复堂词话：复堂日记［G］//唐圭璋.词话丛编（第4册）.北京：中华书局，1986：3999.

② 周济.介存斋论词杂著［G］//张璋，等.历代词话（下）.郑州：大象出版社，2002：1489.

③ 张惠言论词［G］//唐圭璋.词话丛编（第2册）.北京：中华书局，1986：1617.

济肯定了飞卿、端己、耆卿、美成等人词的意内言外的构思方法，如周济云："飞卿酝酿最深，故其言不怒不慑，备刚柔之气。针缕之密，南宋人始露痕迹。《花间》极有浑厚气象，如飞卿则神理超越，不复可以迹象求矣；然细绎之，正字字有脉络。"① 又云："美成思力，独绝千古，如颜平原书……钩勒之妙，无如清真；他人一钩勒便薄，清真愈钩勒愈浑厚。"② 郑文焯也肯定了北宋词的意内言外的构思方法。如其云："尝以北宋词之深美，其高健在骨，空灵在神。而意内言外，仍出以幽窈咏叹之情。故耆卿、美成，并以苍浑造端，莫究其托谕之旨。……"③ 谭献对冯延巳词意内言外的构思也是肯定的，如其《复堂词话》评冯延巳词云："金碧山水，一片空蒙，此正周氏所谓有寄托入、无寄托出也。"④ 再如后来的梁令娴所编的《艺蘅馆词》一书也接受了常州词派所倡导的意内言外说，强调词的比兴、寄托的功能。类似例子还有很多，在此不再一一列举。

（3）通过肯定清代一些人重渲了沉郁、词心、境界的风格：陈廷焯将常州派词论又向前推进一步，提出了沉郁说，蕙风提出了词心说，王国维提出境界说。

如陈廷焯肯定了辛弃疾、清真、美成、仲修、碧山、皋文、蒿庵等人词的沉郁特征。如陈氏评皋文《水调歌头》五章云："既沉郁，有疏快，最是高境。""词至美成，乃有大宗，……顿挫则有姿态，沉郁则极深厚。……"⑤ 评辛弃疾《浪淘沙》云："沉郁顿挫中，自觉眉飞色舞。"（见《云韶集》卷五）评清真的《兰陵王·柳》中说："又沉郁有劲直，有独往独来之概。"（见《云韶集》卷四）

况周颐提出词心说。蕙风取舍词作的标准是词心，即真挚之情。他对元遗山、屈大均、王夫之、刘辰翁、晏小山及广大女词人词中的真情都予以肯定。如他赞赏了屈大均的沉痛、王夫之的孤忠，赞赏他们词中流露出的真情；也赞美了刘辰翁词的闲适之情、幽趣之作等。

王国维提出了"境界"说。他肯定了五代北宋人词中的境界。他在《人间词话》（上卷）中说："词以境界为最上。有境界则自成高格，自有名句。五代

① 周济. 介存斋论词杂著 ［G］//张璋，等. 历代词话（下）. 郑州：大象出版社，2002：1487.

② 周济. 介存斋论词杂著 ［G］//张璋，等. 历代词话（下）. 郑州：大象出版社，2002：1488.

③ 郑文焯. 大鹤山人词话附录 ［G］//唐圭璋. 词话丛编（第5册）. 北京：中华书局，1986：4342.

④ 谭献. 复堂词话 ［G］//唐圭璋. 词话丛编（第4册）. 北京：中华书局，1986：3990.

⑤ 陈廷焯. 白雨斋词话（卷一）［M］. 杜维沫，校点. 北京：人民文学出版社，1998：16.

北宋之词所以独绝者在此。"① 严羽《沧浪诗话》谓："盛唐诸公（诗话'公'作'人'），唯在兴趣。羚羊挂角，无迹可求。故其妙处，透澈（'澈'作'彻'）玲珑，不可凑拍（'拍'作'泊'）。如空中之音、相中之色、水中之影（'影'作'月'）、镜中之象，言有尽而意无穷。"② 余谓：北宋以前之词，亦复如是。然沧浪所谓兴趣，阮亭所谓神韵，犹不过道其面目，不若鄙人拈出"境界"二字，为探其本也。

（4）通过肯定一些人探讨了情景关系的见解：如况氏词论中即强调词的情真、景真，注意词的情景关系的处理。如其《蕙风词话》中云："吾听风雨，吾览江山，常觉风雨江山外有万不得已者在。此万不得已者，即词心也。而能以吾言写吾心，即吾词也。此万不得已者，由吾心酝酿而出，即吾词之真也。"③ 此处的风雨、江山并不单纯指自然界中的自然景象，因为"江山"可作为江山社稷的代名词，"风雨"可作为人世间挫折和打击的象征。此二者的情景关系表现得意蕴丰厚。又如常州词派的清末四大家所作的词中，有许多反映甲午战争的情景交融的词史之作。如况周颐的《唐多令·甲午生日感赋》、郑文焯的《莺啼序·登北固楼感事再和梦窗》《月下笛》、王鹏运的《八声甘州》、朱祖谋的《解连环·七月十四日坐雨有作》，等等，词中所描写的景都和当时的社会历史现状紧密结合，情景交融，感人至深。

总之，以上几点都明确了常州词派的成果及清词评的价值所在。

① 王国维. 人间词话 [M]. 滕咸惠，译评. 长春：吉林文史出版社，2004：1.
② 王国维. 人间词话 [M]. 滕咸惠，译评. 长春：吉林文史出版社，2004：15.
③ 况周颐. 蕙风词话（卷一）[G] //唐圭璋. 词话丛编（第5册）. 北京：中华书局，1986：4411.

参考文献

一、著作类

（一）文献资料辑录类

[1] 龙榆生. 近三百年名家词选 [M]. 上海：上海古籍出版社，1979.

[2] 何文焕. 历代诗话（上下册）[M]. 北京：中华书局，1980.

[3] 丁福保. 历代诗话续编（上中下共三册）[G] //北京：中华书局，1983.

[4] 唐圭璋. 词话丛编 [M]. 北京：中华书局，1986.

[5] 王仲闻. 李清照集校注 [M]. 北京：人民文学出版社，1986.

[6] 周济. 介存斋论词杂著 [G] //唐圭璋. 词话丛编（第2册）. 北京：中华书局，1986.

[7] 谭献. 庄棫传 [M] //续丹徒县志（卷十三）. 南京：江苏古籍出版社，1991.

[8] 陈廷焯. 词坛丛话 [G] //唐圭璋. 词话丛编（第4册）. 北京：中华书局，1986.

[9] 谭献. 复堂词话：拟撰箧中词 [G] //唐圭璋. 词话丛编（第4册）. 北京：中华书局，1986.

[10] 谭献. 复堂词话：箧中词 [G] //唐圭璋. 词话丛编（第4册）. 北京：中华书局，1986.

[11] 谭献. 复堂词话：复堂日记 [G] //唐圭璋. 词话丛编（第4册）. 北京：中华书局，1986.

[12] 谭献. 唐诗录叙 [M] //复唐文（卷一）. 清光绪十五年刻本.

[13] 郑文焯. 大鹤山人词话附录 [G] //唐圭璋. 词话丛编（第5册）. 北

京：中华书局，1986.

[14] 郑文焯. 大鹤山人词话·附录郑大鹤先生论词手简 ［G］//唐圭璋. 词话丛编（第5册）. 北京：中华书局，1986.

[15] 叶恭绰，辑录. 郑大鹤先生论词手简 ［G］//唐圭璋. 词话丛编（第5册）. 北京：中华书局，1986.

[16] 大鹤先生手札汇钞 ［G］//唐圭璋. 词话丛编（第5册）. 北京：中华书局，1986.

[17] 彊村老人评词 ［G］//唐圭璋. 词话丛编（第5册）. 北京：中华书局，1986.

[18] 大鹤山人词话 ［G］//唐圭璋. 词话丛编（第5册）. 北京：中华书局，1986.

[19] 况周颐. 蕙风词话辑注 ［M］. 屈兴国，辑注. 南昌：江西人民出版社，2000.

[20] 周济. 宋四家词选目录序论 ［G］//张璋，等. 历代词话(下). 郑州：大象出版社，2002.

[21] 谭献. 明诗 ［M］//复堂文（卷一）. 清光绪十五年刻本.

[22] 谭献. 箧中词 ［M］. 杭州：西泠印社出版社，2007.

[23] 陈廷焯. 历代词总评 ［G］//张璋，等. 历代词话（下）. 郑州：大象出版社，2002.

[24] 陈廷焯. 白雨斋词话辑要 ［G］//张璋，等. 历代词话（下）. 郑州：大象出版社，2002.

[25] 张璋，职承让，张骅，等. 历代词话（上下册） ［G］. 郑州：大象出版社，2002.

[26] 胡仔. 苕溪渔隐词话（卷三）［G］//张璋，等. 历代词话（上）. 郑州：大象出版社，2002.

[27] 王灼. 碧鸡漫志（卷二）［G］//张璋，等. 历代词话（上）. 郑州：大象出版社，2002.

[28] 魏庆之. 魏庆之词话（卷一）［G］//张璋，等. 历代词话（上）. 郑州：大象出版社，2002.

[29] 周济. 介存斋论词杂著 ［G］//张璋，等. 历代词话（下）. 郑州：大象出版社，2002.

[30] 张炎. 词源 ［G］//张璋，等. 历代词话（上）. 郑州：大象出版

社，2002.

　　[31] 周济. 介存斋论词杂著 [G] //张璋，等. 历代词话（下）. 郑州：大象出版社，2002.

　　[32] 周济. 宋四家词选目录序论 [G] //张璋，等. 历代词话（下）. 郑州：大象出版社，2002.

　　[33] 朱彝尊. 词综·发凡 [G] //张璋，等. 历代词话（下）. 郑州：大象出版社，2002.

　　[34] 汪森. 词综序 [G] //张璋，等. 历代词话（下）. 郑州：大象出版社，2002.

　　[35] 南京大学中国语言文学系全清词编纂研究室. 全清词·顺康卷（第1册）[G]. 北京：中华书局，2002.

　　[36] 陈廷焯. 词坛丛话 [G] //张璋，等. 历代词话（下）. 郑州：大象出版社，2002.

　　[37] 钱仲联. 全清词序 [G] //全清词·顺康卷. 北京：中华书局，2002.

　　[38] 张璋，等. 历代词话续编（上下册）　[M]. 郑州：大象出版社，2005.

　　[39] 朱庸斋. 分春馆词话（卷一）[M] //张璋，等. 历代词话续编（下）. 郑州：大象出版社，2005.

　　[40] 胡适. 评唐宋词人 [G] //张璋，等. 历代词话续编（下）. 郑州：大象出版社，2005.

　　[41] 谭献. 清词一千首（箧中词）[M]. 罗仲鼎，校点. 杭州：西泠印社出版社，2007.

　　[42] 谭献. 答林实君书 [M] //复堂文（卷二）. 清光绪十五年刻本.

　　[43] 谭献. 周易通义叙 [M] //复堂文（卷一）. 清光绪十五年刻本.

　　[44] 李清照. 李清照集 [M]. 王英志，编. 南京：凤凰出版社，2007.

　　[45] 迟宝东. 常州词派与晚清词风 [M]. 天津：南开大学出版社，2008.

（二）词话研究类

　　[1] 叶燮，薛雪，沈德潜. 原诗　一瓢诗话　说诗晬语 [G]. 北京：人民文学出版社，1979.

　　[2] 唐圭璋. 唐宋词简释 [M]. 上海：上海古籍出版社：1981.

　　[3] 叶恭绰. 清名家词序 [G] //陈乃乾，辑. 清名家词. 上海：上海书店，1982.

[4] 朱祖谋. 半塘定稿序 [G] //陈乃乾, 辑. 清名家词. 上海: 上海书店, 1982.

[5] 陈廷焯. 云韶集序 [G] //屈兴国, 校注. 白雨斋词话足本校注. 济南: 齐鲁书社, 1983.

[6] 刘熙载. 艺概笺注·词曲概 [M]. 贵阳: 贵州人民出版社, 1986.

[7] 张惠言. 词选序 [G] //唐圭璋. 词话丛编 (第2册). 北京: 中华书局, 1986.

[8] 周济. 词辨自序 [G] //唐圭璋. 词话丛编 (第2册). 北京: 中华书局, 1986.

[9] 潘祖荫. 周济宋四家词选序 [G] //唐圭璋. 词话丛编 (第2册). 北京: 中华书局, 1986.

[10] 潘曾玮. 潘曾玮刊词辨序 [G] //唐圭璋. 词话丛编 (第2册). 北京: 中华书局, 1986.

[11] 朱彝尊. 乐府雅词跋 [M] //曾慥, 辑. 乐府雅词. 沈阳: 辽宁教育出版社, 1997.

[12] 叶嘉莹. 常州词派比兴寄托之说的新检讨 [M] //叶嘉莹. 清词丛论. 石家庄: 河北教育出版社, 1997.

[13] [日] 宇野直人. 柳永论稿——词的源流与创新 [M]. 张海鸥, 羊昭红, 译. 上海: 上海古籍出版社, 1998.

[14] 陈廷焯. 白雨斋词话 [M]. 杜维沫, 校点. 北京: 人民文学出版社, 1998.

[15] 叶嘉莹. 清词散论 [M]. 台北: 台湾桂冠图书有限公司, 2000.

[16] 严迪昌. 清词史 (第2版) [M]. 南京: 江苏古籍出版社, 2001.

[17] 王国维. 人间词话 [M]. 滕咸惠, 译评. 长春: 吉林文史出版社, 2004.

[18] 叶嘉莹. 风景旧曾谙: 叶嘉莹谈诗论词 [M]. 桂林: 广西师范大学出版社, 2008.

[19] 薛砺若. 宋词通论 [M]. 南京: 江苏文艺出版社, 2008.

[20] 张宏生. 清词探微 [M]. 上海: 上海古籍出版社, 2008.

[21] 缪钺. 诗词散论 [M]. 西安: 陕西师范大学出版社, 2008.

(三) 其它相关的研究著作

[1] 清实录·穆宗实录 (三, 卷一〇二, 同治三年五月上) [G]. 北京:

中华书局，1987.

　　[2] 袁行霈. 中国文学概论 [M]. 北京：高等教育出版社，1990.

　　[3] 吴宏一. 常州词学研究 [G] //清代词学四论. 台北：台湾联经出版事业公司，1990.

　　[4] 龙榆生. 晚近词风之转变 [C] //龙榆生词学论文集. 上海：上海古籍出版社，1997.

　　[5] 龙榆生. 论常州词派 [C] //龙榆生词学论文集. 上海：上海古籍出版社，1997.

　　[6] 梁启超. 清代学术概论 [M]. 朱维铮，导读. 上海：上海古籍出版社，1998.

　　[7] 梁启超. 清代学术概论 [M]. 夏晓红，点校. 北京：中国人民大学出版社，2004.

　　[8] 刘畅. 史料还原与思辨索原：中国古代思想与文学丛稿 [M]. 天津：南开大学出版社，2006.

　　[9] 陈水云. 明清词研究史 [M]. 武汉：武汉大学出版社，2006.

　　[10] 詹福瑞. 不求甚解：读民国古代文学研究十八篇 [M]. 北京：中华书局，2008.

　　[11] 谭新红. 词学研究 [M]. 北京：中国社会科学出版社，2013.

二、期刊类

　　[1] 张珂. 清代的常州词派与词人 [J]. 苏州大学学报（哲学社会科学版），1985（2）.

　　[2] 谢桃坊. 评常州词派的理论 [J]. 学术月刊，1990（11）.

　　[3] 漆侠. 宋学的发展和演变 [J]. 文史哲，1995（1）.

　　[4] 方智范. 论常州词派生成之文化动因 [J]. 社会科学战线，1996（4）.

　　[5] 黄志浩. 论常州词派理论之流变 [J]. 广东民族学院学报，1997（3）.

　　[6] 方智范. 关于古代词论的两点思考 [J]. 文艺理论研究，1998（3）.

　　[7] 高锋. 常州词派的尊体论 [J]. 淮阴师范学院学报（哲学社会科学版），2001（5）.

　　[8] 迟宝东. 常州士风与嘉道词风——试论常州派词学思想形成的文化动因

［J］．天津社会科学，2001（2）．

　　［9］孙克强．清代词学流派论［J］．文艺理论研究，2002（1）．

　　［10］杨柏岭．正变说与晚清词家的词学史观念［J］．淮北煤炭师范学院学报（哲学社会科学版），2003（4）．

　　［11］沙先一．推尊词体与开拓词境：论清代的学人之词［J］．江海学刊，2004（3）．

　　［12］郑雅宁．论常州派领袖张惠言的词论与词作［J］．商洛师范专科学校学报，2005（2）．

　　［13］朱惠国．论周济对常州词派的理论贡献［J］．吉首大学学报（社会科学版），2006（3）．

　　［14］孙克强，赵长东．清代词学的经纬构建——评《清代词学发展史论》［J］．武汉大学学报（人文科学版），2006（3）．

　　［15］朱惠国．"苏李之争"：词的功能嬗变的迷局与词学家的困惑［J］．文艺理论研究，2009（1）．

　　［16］孙克强．郑文焯词学述论［J］．兰州大学学报（社会科学版），2010（3）．

　　［17］王文生．论周济的"寄托"说［J］．文艺研究，2008（3）．

第一章　常州词派对词坛的影响

常州词派在清代嘉、道年间顺应当时社会政治环境及词坛背景应运而生，其理论构成了中国传统词论的一部分。它对清代乃至现代词坛的诸多词人及其词论观点的提出均提供了理论的表述模式及学理意义上的帮助，对中国的词史也产生了深远影响。

常州词派在清代有大量词人及词论，其词派的发展到最后已成为清末一个时代的文学创作特征。①

常州词派由张惠言开创后，经过周济、谭献、庄棫、陈廷焯、况周颐等后继者结合其所处时代词学观的变化发展对其前辈词论不断地拓展，进而提出更完善的词论，从而使此派的影响渐广。② 常州词派提出了尊体观、意内言外构思，更提出了沉郁说、词心说、境界说等词的风格之说，以及况周颐、王国维等提出的情与景论等词论观点。这些词论不仅在当时有广泛影响，就是在民国初年以至现代词史上仍然展现着其传衍，其影响在现代词坛上依然不断地回响着。常州派词论成为众多人言说或抨击的视点本身也说明其存在的影响。

第一节　常州词派对清末词坛
及民国初年词坛的影响

常州派词论自周济后，乃至晚清及民国初年之词人及词论，几乎无不在常州

---

① 张彩云. 常州词派的清词评研究［D］. 淮北：淮北师范大学，2011.
② 张彩云. 常州词派的清词评研究［D］. 淮北：淮北师范大学，2011.

派的笼罩之下，如宋翔凤《香草词自序》、谭献《复堂词录叙》及《谭评词辨》、况周颐《蕙风词话》等，从以上这些人的词论中均可明显看出曾受到常州派词论影响的痕迹。① 以至于晚清著名词家王鹏运、朱祖谋等，我们从这些词家的词也可看出其对张惠言、周济的推崇，他们在20世纪的词学史上是有重要贡献的，在词学观上继承了常州派的传统，注重词的社会价值，如庚子之乱时，他们联合困居北京的友人填词，并编订为《庚子秋词》，借比兴寄托揭露当时的社会现实。这对于提高词的地位，也具有积极意义。凡此，可见王鹏运、朱祖谋不仅受到常州词论的影响，在写作上隐然是常州派之词论实践的作者。后来到1941年龙榆生写《论常州词派》一文时还写道："（常州词论）极其致于清季临桂王半塘、归安朱彊村诸先生，流风余沫，今尚未全衰歇。"② 更可见常州词派影响之久远以及常州派词论之重要。

龙榆生在其《论常州词派》一文中云："清之末季，江宁端木子畴（埰）笃好碧山，既与临桂王幼遐、况夔笙（周颐）等合刊《薇省同声集》，益振止庵坠绪，而王氏造诣尤深。彊村先生称其词'导源碧山，复历稼轩、梦窗，以还清真之浑化，与周止庵氏说，契若针芥'。"③（《半塘定稿序》）此足证常州词派由江南而移植于燕都，更由燕都而广播于岭表。其后王氏复与彊村同校梦窗，又于庚子之秋，集四印斋为词课，由是止庵特崇梦窗之旨，遂益发扬于晚近词坛。"……大鹤（文焯）虽力规白石，而对清真、梦窗之校订研寻，用力甚至，夔笙亦极推服梦窗。于此又足证常派词风，复由北而南，俨然为声家之正统焉。彊村晚辑《宋词三百首》于张、周二选所标举外，复参己意，稍扬东坡而抑辛、王，益以柳耆卿、晏小山、贺方回冀以救止庵之偏失。然渊源所自，终不可掩。"④ 又云："清词至常州派而体格日高，声情并茂，绵历百载，迄未全衰。"⑤

从龙榆生以上所述，可见常州词派对清末词坛影响深远。清末词学四大家几乎无一例外地深受常州词派的影响。

常州派周济在《词辨》中对张炎的批评深得王国维之同感。《词辨》云："玉田近人所最尊奉，才情诣力亦不后诸人；终觉积谷作米，把揽放船，无开阔

---

① 叶嘉莹. 迦陵论词丛稿［M］. 上海：上海古籍出版社，1980：318.
② 龙榆生. 论常州词派［C］//龙榆生词学论文集. 上海：上海古籍出版社，2009：422.
③ 龙榆生. 论常州词派［C］//龙榆生词学论文集. 上海：上海古籍出版社，2009：440.
④ 龙榆生. 论常州词派［C］//龙榆生词学论文集. 上海：上海古籍出版社，2009：440.
⑤ 龙榆生. 论常州词派［C］//龙榆生词学论文集. 上海：上海古籍出版社，2009：441.

手段。又云：叔夏只在字句上著功夫，不肯换意。"这是说其境界不开阔，创意不够用功夫。显然，他们俩同样都在贬斥张炎。虽说王国维对常州派词论多呈反对之举（如反对张惠言提出的比兴寄托说，反对周济提出的治词门径，反对常州派推崇碧山、梦窗、玉田等，反对其缺少意境等），但也可见王国维对常州词派的关注，这也从一个侧面反映了常州派词论对王国维的影响。但另一方面，王国维也从常州派的张惠言、周济等人的词论中吸取了不少见解。如彭玉平在其《人间词话疏证》中明确指出：王国维对词体的看法、对词史的评判，从观念上来说，更多地浸润着前人的学说，如从常州派张惠言那里接受了"深美闳约"的理论，讲究"深远之致"①。又如，《人间词话疏证》中还谈道：王国维对周济《词辨》和《介存斋论词杂著》作有眉批若干，撰有跋文一则。……王国维对周济词论的推崇和吸取，也是已经十分明确，手稿中采择其词论处甚多。② 所以，可以说，王国维词学思想的结晶离不开常州派词论的浸润。

第二节　常州词派对现代词坛的影响

词学研究从传统走向现代，一个世纪以来，产生了翻天覆地的变化。变化的契机是 20 世纪初新旧词学的交替，以及新世纪之交词学研究格局的拓展。王国维、胡适、俞平伯、夏承焘、龙榆生、詹安泰、唐圭璋等学者在词学领域各领风骚。

中国传统词学的现代转型是以王国维的词学理论为重要标志的。王国维的词学思想融合了中西文化、哲学、美学等的综合影响而写就的《人间词话》给中国现代词学带来了重要而深远的影响。不论怎样，王国维以他的新观念和方法研究词，刷新了人们对词体和词史的认识，开始了从传统词学向现代词学转变的迈步。而他在《人间词话》里提出的词学观点正是中国现代词学由传统转向现代的重要推动力。可以说是王国维在 20 世纪初叶的独具慧眼和理论新变为现代词学崛起发出了信号，为现代词学奠立了理论基石，影响了现代词学史上的一批人。许多词人追随着王国维的词学思想并以其在词学上的辛勤耕耘而有了自己的词学建树。

20 世纪的词学家缪钺即是王国维的追随者之一，他是现代词学名家，他从

---

① 彭玉平. 人间词话疏证（绪论）［M］. 北京：中华书局，2011：66.
② 彭玉平. 人间词话疏证（绪论）［M］. 北京：中华书局，2011：60.

多方面丰富和发展了王国维的现代词学思想。他坚持走现代词学之路，并且没有门户之见。他写过3篇关于常州派的论文（如《论张惠言及常州词派》《张惠言〈水调歌头〉五首及其相关诸问题》等），对张惠言、周济、陈廷焯、况周颐等人的词学思想多有吸收，对词学界关于寄托的问题做了最全面最具体也最通透的解释，对前人及时人的词学成就也多有采纳，取其所长。他在前期多师承王国维的词学思想，后期则有选择地汲取常州词派的词学思想，丰富并发展了王国维的词学思想，成为20世纪最有思想深度的词学批评家之一。① 缪钺超越王国维的地方在于他善于具体问题具体分析，如他珍视岳飞等人的民族词，他自己也在抗战期间写了《中国史上之民族词人》一书，表现了他对词的思想内容和社会价值的重视，也是其汲取常州派词论的某些精华之所在，他在这一点上超越了王国维。

当然，常州派词论对现代词学家的影响还有很多，龙榆生、赵尊岳、詹安泰等也是其中的代表。赵尊岳（1898—1965），字叔雍，斋名高梧轩、珍重阁，晚年署名赵泰，江苏武进人。赵尊岳原籍江苏武进，这里是常州词派的发源地，他对张惠言的意内言外之说多有推崇，称天下之言常州词者莫不奉二张（张惠言、张琦）为大师。他与近代著名的词人朱祖谋、况周颐都有直接交往，朱、况二人均为晚清常州派巨擘，特别是他曾经师从况周颐的经历奠定了他在现代词坛的重要地位。至于填词，则因得况周颐之指点与教授，风格上与"晚清四大家"颇为接近。他是挚友龙榆生主编《词学季刊》《同声月刊》的主要撰稿人之一。赵尊岳是了解现代词坛之状貌的重要切口。赵尊岳在现代词学史上地位的确立，主要体现在他对词籍的整理和词学研究上。如：一是其整理的词籍定稿为268种的《明词汇刊》，又称《惜阴堂汇刻明词》，是迄今明词辑刻规模最大的丛书。这成为后来饶宗颐编纂《全明词》的重要基础。他还借鉴《四库提要》的体例，为每一部词集撰写提要，介绍作者、交代版本、品评作品风格，成为民国时期最重要的明词研究成果。二是其所撰《词总集考》一书。此书从体例上讲有很多创新，他把各家序跋及版本全数列出，以备研究者参考之用。三是他还特别注意词学文献的刊刻与传播，先后刊印《梦窗词》《蓉影词》《蕙风词》《蓼园词选》。这四部词集对于赵尊岳来说都有着特殊的意义。《梦窗词》是"晚清四大家"共校共辑的重要典籍，《蓉影词》是常州词派在嘉庆时期的唱和结集，《蕙风词》

---

① 曾大兴. 缪钺对王国维词学思想的继承与发展［C］//2006词学国际学术研讨会论文集（二），2006.

则是为宣扬其师况周颐而刊行的,《蓼园词选》在当时已难见刊本,赵尊岳借得况氏藏本,广而布之,从保存文献角度看,阙功至伟。从词学研究来看,他既有自己的理论主张,也有对词体的专门研究。如其所撰《蕙风词史》,对况周颐的《蕙风词》作了知人论世的分析。他还撰写了《珍重阁词话》,修订《填词丛话》,建构起自己的词学理论体系。赵尊岳在《填词丛话》开篇提出了"神味"说。又如对晏殊《珠玉词》的选评。关于对晏殊词作诠评,赵尊岳实为第一人,他对每一首词的解说,既遵从知人论世的原则,也渗入自己的创作体验,颇重词的章法、句法、字法,有时还会运用神味、风度、"重、拙、大"之说来对之分析解读,与唐圭璋《唐宋词简释》有异曲同工之妙。总之,赵尊岳在词籍、词论、词乐、词史等方面,对现代词学的建构做出了突出的贡献,在现代词学史上应有一席之地。龙榆生还专门在其主办的现代词学专刊(即《词学季刊》和《同声月刊》,1933 年《词学季刊》创刊,标志着现代词学建设的开始)上发表了多篇关于常州派词论的文章,这对推进现代词学的建构起了重要作用。在这两个词学期刊里有不少篇目都谈到了常州派及其词人词论。如其在《词学季刊》创刊号(1933 年 4 月)中发表了况周颐的遗著《词学讲义》。在《词学季刊》第一卷第四号(1934 年 4 月)上发表了龙榆生的《研究词学之商榷》,该文在谈到词学的批评之学时谈到了常州词派的批评之学。在《词学季刊》第二卷第二号(1935 年 1 月)上发表了龙榆生的《今日学词应取之途径》,此文中讲到了常州派词人(如张惠言、周济、况周颐等)及其词论。赵尊岳在《词学季刊》第一卷第四号上发表了《蕙风词史》,詹安泰在《词学季刊》第三卷第三号上发表《论寄托》一文谈到了很多词学名家对寄托的看法与认识及其异同,龙榆生于1941 年 2 月在《同声月刊》第一卷第三号上发表的《晚近词风之转变》谈到了清季词风转盛之缘由(文中谈到了常州词派的词论、影响、作用等)、晚近词坛之领袖作家(如王鹏运、朱祖谋、郑大鹤、况周颐、夏敬观、张尔田等虽源出常州派,但已远非常州派张、周二氏所能及了)、晚近词家之流弊、今后词学必由之途径(仍然提到了倡周氏之《词选》等)。龙榆生在 1941 年 9 月的《同声月刊》上更是写了专题《论常州词派》来推衍常州词派及其词论,谈及常州词派之由来、宗旨及拓展等。应该说在这两个专门研究词学的现代刊物上发表的关于常州词派的文章数量还是很可观的,且有多个现代词学名家对之有所阐述、评价。此外,在这两个专门研究现代词学的期刊成立之前,龙榆生已在 1931 年 1 月的《暨大文学院集刊》一集中发表了《清季四大词人》,在此文中他谈及了王鹏运、朱祖谋、况周颐等人对常州派词学的继承与实践等。

顾随也是王国维的追随者，在顾随现存的 11 篇词学论文、序跋和讲义中，谈及王国维的就占了 4 篇，其余 7 篇中，又有 6 篇引述过王国维的词学观点。① 从以上数据对比中，可以说顾随的词体观和词史观与王国维是相通的，也足见王国维的词学观对顾随的影响之深。

而顾随对词学的研究和创作又对其弟子有影响，其弟子吴世昌对晚清词学"两分法"（即把唐宋词人分为豪放派、婉约派的说法）的批评，考察词与其他文体、其他艺术门类之间的关系，对词的叙事结构的分析，② 对词人的评价和词的文体特征的探讨等，他都提出了许多创新见解，为词学研究提供了新的思路和新的方法，这都体现了他的词学研究建树。通过对王鹏运、朱祖谋等的批评也引起了学界对传统词学的反思，他对常州派词论也有所关注，并曾写有《评〈白雨斋词话〉》（见《吴世昌全集》第 5 卷）。

再看现代词坛上桂派成员之一的陈洵，自其 30 岁从叔父陈昭常处借得周济《宋四家词选》，始学为词。其一生治词，亦不出周济之范围。他固自承认为常州派嫡系，特于从入途径，略有修正耳。龙榆生指出："近百年之词风，鲜不受常州派之影响……海绡翁少长岭南，中居江右，对于倚声之业，冥心独往。黄序称'述叔早为词，悦稼轩、梦窗、碧山'。是所从入之途，仍在周止庵之《宋四家词选》，原不能轶出常州范围之外。"③ 这话是符合事实的。陈洵《海绡说词》一书，即本周济论词之意。……陈洵不同于周济的地方，在所谓"立周、吴为师，退辛、王为友"，而不是像周济那样把周、辛、吴、王四人并列。④

总之，我们可以看出常州派词论对现代词坛的词论或创作实践的影响及其存在价值。中国新文化运动以来的现代词学，怎样在批判传统词学的基础上重建新的理论，它既是现代的，又有传统的根基。正是这些现代词学家以新文化思想为指导，完成了词学从传统到现代的转换，重建了现代词学理论基础。尽管他们的治学方法和研究词学的侧重点有所不同，但在一定程度上却形成了一种互补的作用，这些都合力推动了现代词学的发展。这是他们对现代词学的重大贡献。

下面几章分别从常州词派词论"寄托"说、"重、拙、大"说、"沉郁"说、"词心"说等方面的回响与传衍等来分别阐述常州词派对现代词学的影响。

---

① 曾大兴.20 世纪词学名家研究［M］.北京：中华书局，2011：111.
② 曾大兴.20 世纪词学名家研究［M］.北京：中华书局，2011：138.
③ 龙榆生.陈海绡先生之词学［C］//龙榆生词学论文集.上海：上海古籍出版社，2009：534.
④ 曾大兴.词学的星空：20 世纪词学名家传［M］.石家庄：河北人民出版社，2009：418.

第二章　常州派"寄托"说自身演变与 20 世纪的回响

　　所谓"寄托","诗中所未尝言,别取事物,凑泊以合,所谓'言在于此,意在于彼'"①,它是一种借托客观事物,以隐喻构成艺术形象,从而诱发读者产生超越艺术形象表层意义的更深刻的想象和联想,指向更普遍、更本质的深层意蕴(一般具有社会的、政治的性质)的特殊表现手法。因此,往往借用比兴象征手段,写景象,赋物事,用典故,咏美人,以寓深情远旨。

　　自常州派张惠言提出"寄托"命题后,"寄托"说一直备受关注,同时亦争讼不已。周济、谭献、冯煦、陈廷焯等词学家都曾努力修正论词专主政治寄托的偏向,使常州词派的理论逐渐完善并为晚清大多数词学家所接受。"寄托"说的传衍与回响一直到 20 世纪的词学史上还有着深远影响。如王国维、缪钺、刘永济、詹安泰等人也都在不同层面深化了常州词派的"寄托"说词论。常州词派的最后一位词学理论家当推况周颐,他关于词的创作和鉴赏的见解,在近代词学界影响很大。从词学理论发展的角度来看:如果说 19 世纪清代学人不断完善了命题的理论框架,那么,20 世纪学人对"寄托"说的回响铺陈着五代宋词研究的问题域。况周颐的"寄托"说在对词学的阐释中有拓展、有突破,刘永济的"寄托"说在扬弃中由创作转向鉴赏,詹安泰的"寄托"说在传承中有超越,缪钺的"寄托"说在吸收中有批判、有澄清,等等。在 20 世纪的学人中,王国维和缪钺的意义在于前仆后继地从"真""深"支点走出了"寄托"说。可以说,上述讨论从不同层面深化了词学理论,提升了词学的理论品质,对中国现代词学产生了深远的影响。

---

　　① 钱钟书. 管锥篇(第一册)[M]. 北京:中华书局,1979:108.

第一节 常州派"寄托"说自身的演变

一、张惠言对"寄托"说的提出

"寄托"问题是词学史上的一大公案，长期以来争讼不已。在清代，作为词论的"寄托"说引起了词学家陈维崧、朱彝尊等人的关注和讨论。而提倡"寄托"之说最力者，是常州词派的张惠言，其目的在于推尊词体，但在操作上却贻人以牵强附会、胶柱鼓瑟之讥。①

常州词派自入词坛以来，言必称"寄托"。张惠言在《〈词选序〉目录叙》中说："意内而言外谓之'词'。其缘情造端兴于微言，以相感动极命。风谣里巷，男女哀乐，以道贤人君子幽约怨悱不能自言之情，低徊要眇以喻其致。盖诗之比兴变风之义，骚人之歌，则近之矣。"② 很明显，此说可见其目的在于推尊词体，此提法本身并无什么错，但在操作上却贻人以话柄。其"寄托"说在常州词派后继者周济、况周颐、陈廷焯等人那里得到了不同程度的纠正、发展与完善。

二、周济对"寄托"说的完善

周济亦重"寄托"，其在《宋四家词选》中提出了其核心观点"词非寄托不入，专寄托不出"的词论。他是从学词过程解释了张惠言的比兴寄托说，将艺术构思与运笔融为一体，提出了著名的"寄托出入说"的论词观点，他主要是在论词的方式、创作过程中对"寄托"说加以完善，从构思和运笔两个角度分别说明"入"与"出"两个阶段在创作过程上的不同特点。他在对"寄托"的认识上比张惠言所言透彻，从而使常州词派理论得到完善和丰富，实为词学理论上的一大拓展。

所谓"入"，即"初学"者的"有寄托"阶段；所谓"出"，即"既成格调"者的"无寄托"阶段。"入""出"突出了两个阶段之间的积淀性与循序渐进的关系。可见，周济的"寄托出入说"是在其"有无寄托"说基础上的充实和发展，较为深刻地揭示出了词作者的创作水平由"入"而"出"这一由量变

---

① 曾大兴.20世纪词学名家研究［M］.北京：中华书局，2011：182.
② 张惠言.《词选》目录叙［G］//张璋，等.历代词话（下）.郑州：大象出版社，2002：1269.

到质变的发展演变过程。显然，用"入""出"更能说明寄托的问题。周济解决了张惠言创作思想中那种似"比"非"比"、似"兴"非"兴"的理论上的困惑，比较正确地揭示了有心于寄托之作者的学词经历。周济认为，从"有寄托"到"无寄托"之词，实为词之创作艺术的一次飞跃。而"无寄托"之词所以高于"有寄托"之词，就在于其能够使接受者从作品中体味出不同的含义。周济说"无寄托则指事类情，仁者见仁，知者见知"，这"仁者见仁，知者见知"给接受者再创造作用的发挥提供了广阔的天地。其"寄托"观强调"托物"与"起兴"两者皆不执着，皆不偏废，这很合理。

从上述可知，周济"寄托出入说"的论词观点比张惠言的"寄托"说词论更符合文学规律，从而弥合了简单比附的裂痕。但其理论也有其缺憾，因他受到张惠言影响而形成了作词一定要有寄托之先入为主的观念，这明显与词的发展历史不相符，因为在词产生的五代、北宋时期，根本没有形成作词要以寄托为主的创作意念。所以，其词论的现实操作性并不是很强，但这不影响周济在词史上的贡献。

周济是常州词派的有效传承者，他虽继承张惠言所宣扬的儒家诗教的教化思维，但他不局限于张惠言的"贤人君子幽约怨悱不能自言之情"，而注重接受主体的鉴赏思想。他提出词史说，且提出寄托说是词史的可能及途径，发挥光大了张惠言的比兴寄托说。谭新红师曾指出周济强调词人的价值在于"以拯危扶困的志向坚守情操的高尚情怀，使词成为后人论世之资"，这些断语可谓是大抓准瞄，的确指出了周济作为常州派承先启后学人的关键性。

三、陈廷焯、况周颐等对"寄托"说的完善

此二人对"寄托"说的完善主要是体现在"寄托"说词论的内涵上。陈廷焯提出的"沉郁"说，况周颐提出的"词心"说，即性灵即寄托，都在内涵上进一步完善了"寄托"说。"沉郁"说中含有托志托意的说法以及他对比兴的体悟。陈廷焯认为寄托能使词旨深厚，以"比兴"的表现手法可达到"沉郁"的效果。谭献与陈廷焯虽也言及情感之真，但过于追求温柔敦厚之旨及政教讽喻之功，寄托意旨固然重大，但因其强调"寄托"，提倡"意在笔先，神余言外"，意在笔先，寄托先行，仍无法消泯词家性情与寄托之间的隙缝，因而不免于有意寄托之弊。①

况周颐秉承寄托之传统，也重视"寄托"，他深谙寄托之道，也主张"词贵

---

① 刘红麟．晚清四大家词学与词作研究 [D]．苏州：苏州大学，2005.

有寄托"，但他已对之做了新的解释。他说："词贵有寄托。所贵者流露于不自知，触发于弗克自已。身世之感，通于性灵。即性灵，即寄托。……于千变万化中求变化，而其所谓寄托，乃益非真。"①（《蕙风词话》卷五）他以为将身世之感以个人的性灵表现出来便是寄托了，不必要仿照古代美人香草的比兴之义。尤其对那种缘比兴之义的牵强附会的做法给予了批评，指出它失去了创作的自然和真实，因而毫无创新的意义。况周颐所理解的寄托，已超越了寄托的本义，较接近创作的真实，表现了主体意识的自由。蕙风词正是运用寄托通于性灵理论的经典诠释《减字浣溪沙·听歌有感》五首，明为听歌，实则岂止为听歌而发？家国身世之感，枨触于中，哀怨凄丽，寓托深远。其词染上了深厚的易代之感，蒙上了浓烈的悲剧色彩。蕙风处世积乱离的易代之际，个性倔强，身世惨淡，忧幽沉痛之怀，郁积而成万不得已之词心，情之所发，与政治、历史、人生交融打通，使性灵通于寄托，故而其词抚时感事，寄兴渊微。他的身世词，"为芳草以怨王孙，借美人以喻君子"，往往出之以旖旎温馨之笔，借艳笔抒哀思，以比兴写幽怨，缠绵悱恻却又深美闳约。花前月下，醇酒尊前，往往成了寄托身世之感的载体，托物兴寄是蕙风所习用的寄托方式。春花秋月、芳草美人，常常寓以惆怅哀抑之旨，幽忧怨悱之情，迷离惝恍，郁伊缠绵，故而情思质真，哀怨无端，托寄深远。

　　况周颐在《蕙风词话》卷五中还指出："词贵有寄托。……即性灵，即寄托，非二物相比附也。……于千变万化中求变化，而其所谓寄托，乃益非真。……夫词如唐之《金荃》、宋之《珠玉》，何尝有寄托，何尝不卓绝千古，何庸为是非真之寄托耶！"② 这里点明了况周颐对寄托的理解：词有寄托是好，但词不是必须有寄托才是好词，寄托不是好词的唯一要求。如《金荃》《珠玉》是好词并不是因其含有寄托才是好词的。蕙风以五代、北宋的温、晏词，即性灵，即寄托，臻上上乘。上述句子点明了况周颐主张词要表达出词作者的"性灵"，也就是前面所论及的深沉而真挚的情思。将情思无意识地流露出来，就是所谓"即寄托，即性灵"也。夏敬观在《〈蕙风词话〉诠评》中曾对况周颐上述对寄托说词论所言评价道："此论极精。凡将作词，必先有所感触。若无感触，则无佳词。是感触在作词之先，非搦管后横亘一寄托二字于胸中也。"③

---

①　况周颐. 蕙风词话辑注（卷五）[M]. 屈兴国，辑注. 南昌：江西人民出版社，2000：246.
②　况周颐. 蕙风词话辑注（卷五）[M]. 屈兴国，辑注. 南昌：江西人民出版社，2000：246.
③　况周颐. 蕙风词话辑注（卷五）[M]. 屈兴国，辑注. 南昌：江西人民出版社，2000：246.

所以，我们说他一方面接受了常州派某些僵化的教条，另一方面又在其词作追求率真的思维驱使下突破了那些教条的束缚，从而使其词学理论有了创新的一步。如他把"寄托"说与其词论中的词心说、"即寄托，即性灵"及重拙大说结合起来分析等。可以说，况周颐的"寄托"说观点对常州派"寄托"说是一个重大突破，在20世纪的词坛上具有创见性，在词坛上影响深远。

四、谭献、王国维词论对"寄托"说的意义

谭献和王国维关于"寄托"说的论述和前面几人相比，主要是从欣赏角度、接受角度、境界角度来谈"寄托"的。

从欣赏角度、接受角度看：谭献提出了"作者之心未必然，而读者之用心何必不然"的理论。很明显，这是对周济"非寄托不入，专寄托不出"理论观点的继承、发展和传衍及完善。此论对况周颐的词心说、即性灵即寄托说有影响。况氏讲求词之性情、词之真。而况氏的《蕙风词话》又对刘永济"寄托"说的鉴赏实践说有很大影响。

从境界角度看：王国维提出了以"真"为特质的"境界说"。"静安之言，又为近世词学梦窗者之药石也。"王国维对梦窗词的看法对刘永济的词论有影响，在这点上，刘永济与况周颐的看法是有所不同的。① 在王国维看来，他认为词是有寄托的，问题在哪些词有寄托，哪些词无寄托？但王国维并未对此问题进行详细分析，而缪钺则就此问题从理论到实践做过全面考察。

五、朱祖谋对"寄托"说的实践

关于晚清四大词人之一的朱祖谋，张尔田在《彊村遗书序》中云："（彊村词）深文而隐蔚，远旨而近言。"② 夏敬观也称其词"语深不悔"，王国维以"隐秀"许之，实则都指出了彊村词意内言外、含蓄蕴藉、寄意深远的特点，即张尔田所说"彊村之沈"。

在彊村词中，比兴寄托成为表现其词深味远旨的主要手段。彊村善于运用比兴的手法，触物起情，移情于物，融合比兴、象征于一体，塑造物我合一、主客浑化的境界，以负荷整体情思，从而兴寄深远。如其《石州慢·用石东山韵》词，此词以闺襜之言，达君国之思。词人运用传统香草美人的比兴手法，委婉曲

---

① 曾大兴. 词学的星空：20世纪词学名家传 [M]. 石家庄：河北人民出版社，2009：429.

② 张尔田. 彊村遗书序 [M] //朱祖谋，辑校. 彊村遗书. 上海：上海古籍出版社，1989：34.

折地表现危难时刻复杂幽微的心绪。由上下片内容的分析可知，比兴、象征、双关等艺术手法，在疆村词中已经达到了浑融的境地，分不出哪是比、哪是兴，推而言之，处处有比兴，情亦景，景亦情，比兴正起到了浑融情景的作用，从而担负起构筑全词意旨的重要功能。又如《洞仙歌·丁未九日》整首词巧用比兴，用典熨贴故而言近旨远，思深而词隐。

同时，朱祖谋在运用比兴寄托时，注重物象、情境与兴寄喻托的内在联系，善于打通内外、形神、物我、情境之间的关系，使之达到和谐、有效地结合。

张尔田谓朱祖谋遍学两宋，颇参异己之长，故其词"以碧山为之骨，以梦窗为之神，以东坡为之姿态"，要而言之，即朱祖谋词深于寄托，又参苏轼词之清雄健拔，而终以密丽为其神髓，应是不易之论。

总之，"寄托"说经张惠言提出后，经周济、谭献、况周颐、陈廷焯、朱祖谋等人的完善及创作实践，越来越成熟。"寄托"说在现代词家刘永济、詹安泰、缪钺、王国维、吴世昌等人的词论里均有所论及，其认识进一步完善了词史上的"寄托"说。这些词人的词论总体来看是扩大了"寄托"说的内涵及影响，使"寄托"说的理论向深细方面发展并得以升华。

晚清四大家习用并善用比兴寄托手法很显著，其词作重在心灵与主观感受的表现，重在传达个人的兴衰际遇，多采用比兴寄托的手法，以微言托意的方式表现出来。故而其词境界凄迷惝恍，情感哀怨悱恻。其词正是词人的血泪、心灵与生命，何尝求寄托，寄托深入性灵，二者在此种际遇中达成了妙合，故不求寄托而寄托自现。当然，这与常州词派对寄托的大力提倡也不无关系。四大家承常州派余绪而发扬光大，在作品中注重比兴寄托，追求微言大义，风人之旨。这既有利于倾诉心曲，又应和了现实需求。晚清四大家上承常州词派，下启近代词坛，为千年词史结穴。无论就其词学理论、创作成就、校勘学成就，还是主盟坛坫、奖掖人才方面，亦无论当时还是后世，对词坛都产生了巨大而深远的影响。

第二节 "寄托"说在 20 世纪的回响状况

一、回响一：唐五代词、宋词有没有寄托

词有没有"寄托"问题是中华诗（词）学传统，是大家关注的问题。由词的发展历史可知，在词产生的五代北宋时期，根本还没有形成作词要以寄托为词的创作意念。五代北宋词人的佳作之所以往往有深意可寻，那是因为他们词中所

写女性形象、女性情思以及他们的叙述口吻，能够令人产生言外之意的联想的缘故。如唐之《金荃》、宋之《珠玉》，何尝有寄托？何尝不卓绝千古？许多后人所指出的深意其实都是根据作者无心选择的形象，以及作者的特殊境遇等质素生发而来的读者感受，亦即作品的深层意蕴。

究其本质，五代、北宋时期的词作是在"无"中偶然体现出"有"，而并非是从"有"转变为"无"。由此可见，"无寄托"之作并不一定必须在"有寄托"之创作实践的基础上才能达到。① 周济提出的"空实"说，其出发点是针对有意要在词中表现较为深挚情意的作者而言，但它的理论意义已经超越了这一点，也可以用来作为解释纯粹无心寄托深意的北宋词在艺术成就上出现高低差别的原因。他说："北宋词，下者在南宋下，以其不能空，且不知寄托也。高者在南宋上，以其能实，且能无寄托也。"②

北宋词之佳者如晏、欧诸公的多数作品，其词于无意中流露出作者崇高的志意和理想襟抱，富有言外韵味。而如柳永的某些词作，却流连忘返，毫无深蕴可言。周济的"空""实"两个审美范畴，以南宋词为参照物，较好地说明了北宋词的艺术特征。上述引文也点出了北宋词"无寄托"的例证。

而寄托为词的创作观一直到南宋才产生并逐渐推广。因此，将南宋以前的词篇一概指定为有寄托之作，无疑失之牵强比附，与词史实际情况不相符。张惠言的说词方式就是这种弊病的代表。

针对唐五代词、宋词有没有寄托，一方面是词的有意寄托和无意寄托问题，另一方面是大家普遍关注温词的寄托问题。从现有资料可知，张惠言、董士锡、况周颐、刘永济、吴梅等人认为是有寄托的，周济、况周颐、詹安泰、缪钺等人认为唐五代词及北宋词是无意寄托的。

常州派词评家在评论五代北宋词过程中很明显的是强调温词有寄托。常州派词评家对温词较重视，并因此还引起诸多争议，而争议焦点就在于温词有无寄托，争议结果是他们中许多人认为温词有寄托。例如，张惠言论词认为温词《菩萨蛮》有寄托，云其"此感士不遇也"。董士锡有词作《菩萨蛮·拟温飞卿》六首、《凤栖梧》（袖压春风鬓压雾）等都深得温飞卿词神理，其长调《摸鱼儿》（射蝉纱）等，也缠绵往复，曲尽女子品格，可使读者作高远之想。也可见他是推崇温词的。而陈廷焯评晚唐五代词时，多就作品本身发表意见。如评温庭筠词

---

① 迟宝东. 常州词派与晚清词风［M］. 天津：南开大学出版社，2008：67-68.
② 周济. 介存斋论词杂著［M］//唐圭璋. 词话丛编（第2册）. 北京：中华书局，1986：1630.

曾云:"飞卿词如'晚起画蛾眉,弄妆梳洗迟'无限伤感,溢于言表。又'春梦正关情,镜中蝉鬓轻'凄凉哀怨,真有欲言难言之苦。"陈氏说法与那种一定要抉发词人寄托了某种深意的做法有本质不同。

寄托者何?况周颐在《词学讲义》中解释:"词,《说文》:'意内言外也。'意内者何?言中有寄托也。所贵乎寄托者,触发于弗克自已,流露于不自知,吾为词而所寄托者出焉,非因寄托而为是词也。"周济主"非寄托不入",而况周颐主"非因寄托而为是词";周济主"求有寄托""求无寄托",而况周颐不主"有意而为是寄托":立论一似相反。然细推况氏意,殆恶夫"鹜乎其外,近于门面语"者而为是言耳;殆欲使人不为刻露之寄托耳。世固有貌为寄托而中无所有之词;未有真诚有所寄托而绝不用意者。况氏此说,是就周氏"求无寄托"之说的发挥,虽不言有意为无寄托,而主寄托之必须力求浑融,与周氏初无二致也。

蕙风在其《词学讲义》中重申了"寄托"的观点。他不但反对把"寄托"当作有意为之,"为吾词增重""鹜乎其外"的门面语,也反对横亘寄托于胸中的教条主义倾向。在国家民族灾难深重的清季,词要有"寄托"无疑是时代的要求,但是当时一般士大夫高谈寄托而把寄托当作他们的倚声填词的门面语,自高身价,审其对生活感受并不深刻,谈不上触发于弗克自已,所以他们的词显得"平钝廓落"。蕙风要求词家要重"寄托",而"勿呆寄托"①。即对为"寄托"而"寄托"持批评态度,反对"寄托"的模式化。

邱世友在其《况周颐词论管窥》一文中说:"复堂、蕙风以前,无寄托者不主性情,忽视了性情和寄托的内在联系,往往横亘寄托二字于胸中。以之评词,或'深文罗织'(《人间词话》语),穿凿附会,以之填词,则主题先行,或'平钝廓落',或晦涩难解。"②

周济云:"词非寄托不入……初学词求有寄托,有寄托则表里相宜,斐然成章。既成格调,求无寄托,无寄托,则指事类情,仁者见仁,知者见知。……"③詹安泰在其《论寄托》一文里对这句解释说:"此为词必须运用寄托手段,无寄托不足以言词之说也。周济以寄托为词之命脉。"④ 周济又云:"北

---

① 邱世友.况周颐词论管窥[G]//《词学》编辑委员会.词学(第4辑).上海:华东师范大学出版社,1986:32.

② 邱世友.况周颐词论管窥[G]//《词学》编辑委员会.词学(第4辑).上海:华东师范大学出版社,1986:31.

③ 周济.介存斋论词杂著[G]//唐圭璋.词话丛编(第2册).北京:中华书局,1986:1630.

④ 詹安泰.论寄托[J].词学季刊,1936,3(3):11.

宋词多就景叙情，故珠圆玉润，四照玲珑。至稼轩、白石，一变而为即事叙景，使深者反浅，曲者反直。……"① 詹安泰对此说"'就景叙情'则寄托所在，自然流露，至易按索。"② 周济所谓"无寄托"乃真有所寄托也。③

近人吴梅认为唐五代词、宋词有寄托。在谈论此点时，吴梅还针对周济的寄托说进行评说。吴梅云："惟有寄托，则辞无泛设，而作者之意，自见诸言外。"④ 此处可见出他是赞同词中运用"寄托"的，还强调了词中运用寄托的意义。但他同时对近人喜学梦窗不得其精作为批判学人把"寄托"出入说推向极端的不妥处。抑周济所谓"无寄托"，非不必寄托也，寄托而出之以浑融，使读者不能斤斤于迹象以求其真谛，若可见若不可见，若可知若不可知，往复玩索而不容自已也。曰："仁者见仁，知者见知"，则其意有所属可知。曰"求无寄托"，则其有意为无寄托，使有寄托者貌若无寄托可知。故又称读词者必当于"词外求词"，则其寓有寄托于无寄托中之意。……今读者于言外有所感触。《论词随笔》则即是为周济的"求无寄托"说下精确之注脚矣。故周氏所谓"无寄托"乃真有所寄托也。⑤ 吴梅曰："所谓寄托者：盖借物言志，以抒其忠爱绸缪之旨，三百篇之比兴，离骚之香草美人，皆此意也。"⑥ 此又专就寄托之本义言，与周、况之就作法言者略异，顾寄托之旨，盖不外是。

刘永济对寄托的看法是：他认为"寄托"作为文学现象，在唐五代词里即已有之，但作为理论问题被词家关注，则是清代以来的事。刘永济在肯定张惠言提出"寄托"的重要意义外，对其提出的"寄托"论评价道："然张氏但知词以有寄托为高，而未及无所寄托而自抒性灵者也高，故介存斋有空、实之辨也。至介存斋所谓'指事类情，仁者见仁，知者见知'与况君所谓'即性灵，即寄托'语异旨同。填词必如此而后灵妙，是又无寄托而有寄托也。"⑦ 刘永济在其《诵帚词笺》中对蕙风的"即性灵，即寄托"阐释道：虽自写性灵，无所寄托，而平日身世之感即存于性灵之中，同时流露于不自觉，故曰"即性灵，即寄托"也……而此寄托即其言外之幽旨也，特非发于有意耳……从性灵流露而出，绝非

① 周济. 介存斋论词杂著［G］//唐圭璋. 词话丛编（第2册）. 北京：中华书局，1986：1634.
② 詹安泰. 论寄托［J］. 词学季刊，1936，3（3）：14.
③ 詹安泰. 论寄托［J］. 词学季刊，1936，3（3）：11-12.
④ 吴梅. 词学通论·绪论［M］. 南京：江苏文艺出版社，2008：4.
⑤ 詹安泰. 论寄托［J］. 词学季刊，1936，3（3）：11-12.
⑥ 吴梅. 词学通论·绪论［M］. 南京：江苏文艺出版社，2008：4.
⑦ 刘永济. 词论［M］. 上海：上海古籍出版社，1981：73.

有意寄托可比。若胸中先横一寄托之说，即令词工，终属下乘。① 这里可看出他为无寄托说之善辩者，是蕙风的知音也。在此可看出，他将张惠言、周济、况周颐等对寄托的看法加以对比并进行评价，发表了他对词论的观点，在肯定张惠言关于寄托的说法后又对其不足处予以批评，后对周济、况周颐的寄托词论予以认可、肯定。从中可见刘永济对常州派的"寄托"论颇为关注并提出了自己的认识与评价。他并没有一味地全盘接受常州派"寄托"说词论的认识，而是吸取其精华，并有其自己的分析与见解。

同时，刘永济对寄托的有无与有意无意进行了辩证的分析。陈维崧、朱彝尊、张惠言、周济、谭献、况周颐等人都讲过"寄托"，不过他们讲的"寄托"，都是从创作层面来讲的，创作固然重要，但对大多数读者来讲，如何鉴赏和理解词史上已然存在的众多优秀作品，似乎更为重要，也更为现实。而刘永济讲"寄托"问题是从鉴赏这个层面着眼的。② 这从其《词论》中可见，他在其《词论》中讲道："研诵文艺，其道有三：一曰，通其感情；二曰，会其理趣；三曰，证其本事。三事之中，感情、理趣，可由其词会通，惟本事以世远时移，传闻多失，不易得知。然苟察其所处何世、所友何人、所读何书、所为何事，再涵咏其言，而言外之旨亦不难见。此学者所当知者一也。"③ 曾大兴分析说："研诵"即鉴赏、研究。刘永济上述所言是讲如何考察作品有无"寄托"、有何"寄托"的方法。④ 他还结合创作实践，说"寄托"并不是刻意为之的："至作者当性灵流露之时，初亦未暇措意其词果将寄托何事，特其身世之感，深入性灵，虽自写性灵，无所寄托，而平日身世之感即存于性灵之中，同时流露于不自觉，故曰'即性灵，即寄托'也。……而自能由其性灵兼得其寄托，而此所寄托，即其言外之幽旨也，特非发于意耳。此又学者所当知者二也。"⑤ 曾大兴曾举例来说明刘永济关于"寄托"的观点。我们从以上几句话里还可见出刘永济在分析"寄托"说时除了强调词作的寄托外，还把寄托与词心联系起来讲。这与况周颐的词心说、"即性灵，即寄托"说有相通之处。

刘永济考察作品有无"寄托"的方法有两点：一是求外证。先是"证其本事"，次是考察作者。二是求内证。也就是通过"涵咏其言"，"会通"作品所包

① 况周颐. 蕙风词话辑注［G］. 屈兴国，辑注. 南昌：江西人民出版社，2000：247.
② 曾大兴. 词学的星空：20 世纪词学名家传［M］. 石家庄：河北人民出版社，2009：432.
③ 刘永济. 词论［M］. 上海：上海古籍出版社，1981：73.
④ 曾大兴. 词学的星空：20 世纪词学名家传［M］. 石家庄：河北人民出版社，2009：432.
⑤ 刘永济. 词论［M］. 上海：上海古籍出版社，1981：73.

含的"感情"和"理趣"。从中国传统文论的角度来讲，求外证，叫作"知人论世"。（"知人论世"是我们了解古今中外所有作品的必要手段。所谓"知人"，就是通过了解作者的生平经历，去探讨其文章的主题意旨和思想感情。所谓"论世"，则是把作品还原到时代情景中去，通过了解作者所生活的时代环境特征，考察作品的局限与突破，为作品的文学史价值做恰当的定位。《孟子·万章下》中云："诵其诗，读其书，不知其人，可乎？是以论其世也。"①）求内证，叫作"以意逆志"②。刘永济在其《微睇室说词》一书里，对知人、论世、逆志的关系做了一个既细致又充分的表述。刘永济还在实践中用此理论来分析辛弃疾的《清平乐·博山道中即事》一词，并概括其词论为"不可拘泥看，亦不可简单看"11 个字。③

缪钺认为唐五代词无寄托，南宋人词均是有意寄托者。缪钺说：古人词中有无寄托，是一个复杂微妙的问题。一是只写情事，并无寄托，唐五代人词多是如此。一是有寄托者，这一类多是南宋人词。……诸咏物词，均是有意寄托者。④

李冰若在《栩庄漫记》中云："张惠言《词选》欲推尊词体，故奉飞卿为大师，而谓其接迹《风》《骚》，悬为极轨。以说经家法，深解温词。实则论人论世，全不相符。温词精丽处，自足千古，不赖托庇于《风》《骚》而始尊。"⑤

李冰若（1899—1939），原名锡炯，晚号栩庄主人，湖南新宁人。在东南大学时师从陈中凡、吴梅等。他以《栩庄漫记》的名义对《花间词》撰写了196条评语，对其中18家词人的艺术风格和流派进行了精辟的分析。他不满于晚清常州词派以说经家的方法解词读词的做法，主张从纯文艺的立场还原晚唐五代词人的真实面貌。⑥ 如他把花间词人分为三派，其中之一是把飞卿一派归为"意在闺帷，语无寄托者"。在这里，很明显，李冰若认为温飞卿词是无寄托的。

詹安泰和李冰若均不赞赏张惠言关于温词的寄托之说，并认为不应一意为词之寄托而穿凿附会。詹安泰对李冰若的词学观点深表赞同。他在《论寄托》和《温词管窥》两篇文章里，都曾引述过李冰若关于温词的意见。如他在《论寄

① 杨伯峻. 孟子译注 [M]. 北京：中华书局，2005：235.
② 曾大兴. 词学的星空：20 世纪词学名家传 [M]. 石家庄：河北人民出版社，2009：433.
③ 刘永济. 唐五代两宋词简析 [M]. 上海：上海古籍出版社，1981：85.
④ 曾大兴. 缪钺对王国维词学思想的继承与超越 [J]. 四川大学学报（哲学社会科学版），2006（6）：68-75.
⑤ 李冰若. 栩庄漫记 [M] //李冰若，评注. 花间集评注. 石家庄：河北教育出版社，1999. 又见：詹安泰. 论寄托 [J]. 词学季刊，1936，3（3）：21.
⑥ 陈水云. 东南大学与现代词学 [J]. 文学评论丛刊，2013，15（2）：218.

托》一文里说："论词之不能藐视寄托，斯固然矣；然一意以寄托说词，而不考明本事，则易失之穿凿附会。如温飞卿……其所为词，当无感念身世，怆怀家国之可言……对于专以寄托论词者痛下针砭，则恶其穿凿附会，反失其真也。……以说经家法，深解温词。实则论人论世，全不相符。"① 他还批判了张惠言对温词的附会之说，并提出了自己对寄托的见解。

但詹安泰好像也未全然否定北宋词是有寄托的，如其云："……夫以寄托论词，北宋固不若南宋之富且深也……"即可见其说。②

二、回响二：唐五代词中的寄托与宋词中寄托的区别

唐五代词、北宋词从寄托角度看普遍认为是有区别的。不同词人其词论的着眼点是不同的。唐五代词、两宋词从审美角度看具有不同的审美概念，二者常被学人从寄托的角度谈其区分，这也应当是寄托说本身的回响。唐五代词、北宋词不是有意运用寄托，而是无意的，南宋词则是有意运用寄托的。这与词人当时所处社会环境也有一定关系（詹安泰即对此有详细考察）。

张惠言在寄托的理论上是有贡献的，在创作实践上也有可取之处，但是在鉴赏实践上出了问题；周济在理论上的贡献更大，但是在创作实践和鉴赏实践上均乏善可陈。况周颐在理论上超过了张惠言和周济之成就，在创作实践上也有可取之处，但是他的鉴赏实践并不充分。詹安泰重视词的比兴寄托和社会价值，与常州派的观点一致。

刘永济讲"寄托"问题是从鉴赏层面着眼的。③（陈维崧、张惠言、周济、谭献、况周颐等人所讲的"寄托"都是从创作层面来讲的。）他对"寄托"说的发展是使其由创作转向鉴赏，并结合创作实践来谈"寄托"。除了强调词作的寄托外，还把寄托与词心联系起来讲。这与况周颐的词心说、"即性灵，即寄托"说有相通处。他把前人的"寄托"理论，由创作的层面引到鉴赏的层面，丰富了"寄托"论的内涵，提升了其实践品质，这是他对"寄托"说的贡献。刘永济不仅总结出了一套比较完整的关于"寄托"的鉴赏理论，而且努力把这套理论运用到他的创作实践和鉴赏实践中，尤其是在鉴赏实践方面做了大量的工作，并取得了值得肯定的成绩。如其《唐五代两宋词简析》《微睇室说词》即是

---

① 詹安泰．论寄托［J］．词学季刊，1936，3（3）：21．
② 詹安泰．论寄托［J］．词学季刊，1936，3（3）：22．
③ 曾大兴．词学的星空：20世纪词学名家传［M］．石家庄：河北人民出版社，2009：432．

例证。

再看詹安泰，他侧重从历史的角度来谈寄托，还分析了寄托产生的社会原因："寄托之深，浅，广，狭，固随其人之性分与身世为转移，而寄托之显晦，则实左右于其时代环境，大抵感触所及，可以明言者，固不必务为玄远之辞以寄托也。故唐五代词，虽镂玉雕穷，裁花剪叶，绮绣纷披，令人目眩，而不必有深大之寄托。（有寄托者，极为少数，殆成例外。）以其时少忌讳，则滞箸所郁，情意所蓄，不妨明白宣泄发抒也。北宋真宗以降，外患寝亟，党派渐兴，虽汴都繁丽，不断声歌，而不得明言而又不能已于言者，亦所在多有；于是辞在此而意在彼之词，乃班秩以出。及至南宋，则国势陵夷……故词至南宋，最多寄托，寄托亦最深婉。朱彝尊谓：词至南宋始极其工，宋季而始极其变。"① 他在讲到周济"词非寄托不入"时云：此为词必须运用寄托手段，无寄托不足以言词之说也。……其以寄托为词学之命脉，学词之枢机，立论尤为剀切。②

三、回响三：什么样的词是一首含寄托的好词

一首词是否是含有寄托的好词，这也是学人关注的热点，这也是对"寄托"说的回响。依照周济的观点，一首优秀的作品，不仅要有文字的实体，而且还要有由这一实体所叙写之意象、情感等共同构成的"心灵空间"，一个能让作者借以寄托感慨、让接受者借以发挥自由联想之虚拟的空间。这也就是周济所说的"空实说"。所以说，周济认为一首好词必须有寄托，没有寄托的词不是好词，他把这种词称为无谓之词，他以为南宋、北宋均有这种词。他心目中的一首好词在于其运笔上，在为词造思的方式上，在词的写法上讲求用笔与思的结合。常州派词人况周颐、詹安泰等都对寄托说做出了不同的阐释、传承、突破和澄清。

（一）况周颐对"寄托"说的阐释、突破与拓展

况周颐对"寄托"说是有着重大突破的。况周颐也重视"寄托"，他一方面接受了常州派的某些僵化的教条，另一方面又在其词作追求率真的驱使下突破了那些教条的束缚，从而有了其词学理论上的创新。如他把"寄托"说与其词论中的词心说及重、拙、大说结合起来分析等就是对"寄托"说有所突破与拓展。所以说，况周颐的观点对常州派"寄托"说是一个重大突破。

他认为"寄托"是"重、拙、大"说之"重"与"大"的重要基础。他把

---

① 詹安泰．论寄托［J］．词学季刊，1936，3（3）：13．
② 詹安泰．论寄托［J］．词学季刊，1936，3（3）：11．

周济的"寄托"论赋予词人以性情的本质，认为其"寄托"就是"性灵"，就是"词心"。所以说，况周颐的"寄托"说与其"词学"说是相通的。曾大兴认为况氏的"寄托"说是对常州派"寄托"说的突破，认为其把"寄托"的内容所赋予的政治教化论还原为作者的"性灵"，还原为"词心"。同时，况氏对为"寄托"而"寄托"持批评态度，反对为"寄托"而"寄托"，反对把"寄托"模式化、虚假化、庸俗化。他要求词家要重"寄托"，而"勿呆寄托"①。其"寄托"说的理论依据即其"词心"说。它的提出是有感于当时词坛上假寄托的作品太多，便有心要来个"拨乱反正"，同时也可能是受了谭献等人词论的影响。②

蕙风认为，真寄托是词家来自性灵，不能自已、自然流露的寄托。性情是主体内在所为，为外物所不能夺。性情的真实流露，虽未措意寄托，但在不自知之间，往往能感发言外之意，这样便打通了性灵与寄托的连接。蕙风所欣赏的寄托就是身世之感通于性灵的寄托，触类旁通，不求寄托而寓意在焉。是性情真实喷发的寄托，它是性灵与寄托的统一，即性灵即寄托。在蕙风看来，性灵与寄托的妙合，尤在于万不得已之词心。

很明显，况氏关于"寄托"的说法更有情理，并说其不必刻意为之。况氏认为"寄托"就是词作所蕴含的"身世之感"，而这与人的"性灵"是相通的，即要求其真实、自然，并提出其见解：即性灵即寄托。蕙风云："词贵有寄托。所贵者流露于不自知，触发于弗克自已。③ 身世之感，通于性灵。即性灵，即寄托，非二物相比附也。横亘一寄托于搦管之见，此物此志，千首一律，则是门面语……"这种"即性灵即寄托"的观点相较止庵的寄托出入说要融通得多，因为它符合"寄托"生发的艺术规律。④ 这里的"弗克自已"与况氏所说的"万不得已"都是指一种写作情绪，都是指"词心"。在蕙风看来，在性情的真实自然流露中，他推举有"寄托"的真性情。他认为"性情"与"寄托"是词家主体心理结构系列中的不同层面，但它们有交汇点，而真寄托则正是词家来自性灵，不能自已、自然流露的寄托。⑤ 赵尊岳评其词曰："自卷下《握金钗》迄《霜花

① 邱世友. 况周颐词论管窥 [G] //《词学》编辑委员会. 词学（第4辑）. 上海：华东师范大学出版社, 1986：32.
② 曾大兴. 况周颐《蕙风词话》的得与失 [J]. 文艺研究, 2008 (5)：54-62.
③ 曾大兴. 况周颐《蕙风词话》的得与失 [J]. 文艺研究, 2008 (5)：54-62.
④ 刘红麟. 晚清四大家词学与词作研究 [D]. 苏州：苏州大学, 2005.
⑤ 刘红麟. 晚清四大家词学与词作研究 [D]. 苏州：苏州大学, 2005.

腴》，并辛亥国变后作，抚时感事，无一事无寄托，盖词史也。”① 蕙风词有关世运遭际，关注社会现实，非可力强而致。其词即是他所倡导“寄托”论的最好注脚、最生动的诠释。可以说，蕙风词达到了“寄托”的最高境界。

邱世友在其《况周颐词论管窥》一文中说：“复堂、蕙风以前，无寄托者不主性情，忽视了性情和寄托的内在联系，往往横亘寄托二字于胸中。以之评词，或‘深文罗织’（《人间词话》语），穿凿附会，以之填词，则主题先行，或‘平钝廓落’，或晦涩难解。”②

（二）刘永济对“寄托”说的发展是使“寄托”说由创作转向鉴赏

张惠言在词的理论上是有贡献的，在创作实践上也有可取之处，但是在鉴赏实践上出了问题；周济在理论上的贡献更大，但是在创作实践和鉴赏实践上均乏善可陈；况周颐在理论上超过了张惠言和周济之成就，在创作实践上也有可取之处，但是他的鉴赏实践并不充分。刘永济在前边这些人的基础上，不仅总结出了一套比较完整的鉴赏理论，而且努力把这一套理论运用到他的创作实践和鉴赏实践当中，尤其是在鉴赏实践方面做了大量的工作，并且取得了值得肯定的成绩。③ 刘永济的《唐五代两宋词简析》便是其在鉴赏实践方面的一个有益尝试，他努力实践自己的理论主张，尽量做到知人论世，避免“句句比附”。这是值得肯定的。他的《微睇室说词》即代表了他在这一方面的突出成就。④

刘永济是从欣赏的角度来谈寄托的。一首好词，一是能给人以美感，二是能给人以启发，让人感觉到词之意味深长。

读刘永济的《词论》，可见其词学观，其中就包括他对“寄托”说的看法。刘永济之“寄托”说从张惠言、周济、况周颐之词论传衍而来，是针对以上几人的不足之处发展而来的。刘永济说：“寄托”问题既是理论问题，更是实践问题；既是创作实践上的问题，更是鉴赏实践上的问题。

刘永济对蕙风所言的：“意内者何？言中有寄托也。所贵乎寄托者，触发于弗克自已，流露于不自知，吾为词而所寄托者出焉，非因寄托而为是词也。有意为是寄托，若为吾词增重，则是骛乎其外，近于门面语矣”，曾有过精辟阐述：“作者当性灵流露之时，初亦未暇措意其词果将寄托何事，特其身世之感深入性

① 赵尊岳．蕙风词史［J］．词学季刊，1934，1（4）：68－105.

② 邱世友．况周颐词论管窥［G］//《词学》编辑委员会．词学（第4辑）．上海：华东师范大学出版社，1986：31.

③ 曾大兴．20世纪词学名家研究［M］．北京：中华书局，2011：334.

④ 曾大兴．词学的星空：20世纪词学名家传［M］．石家庄：河北人民出版社，2009：435.

灵,虽自写性灵,无所寄托,而平日身世之感即存于性灵之中,同时流露于不自觉,故曰'即性灵,即寄托'也。学者必深明此理,而后作者之词虽流于跌宕怪神,怨怼激发,而自能由其性灵兼得其寄托,而此寄托即其言外幽旨也,特非发于有意耳"。① 可见,此性情中,自寓有无穷之感慨,事外之远致,遂于无意中寄托出焉。此正在于身世之感通于性灵,触类旁通,不求寄托而寓意在焉。

可以说,刘永济的词学主张,主要渊源于况周颐的《蕙风词话》,但不宜说他"论词则一主况先生"(此说虽说不太准确,但也可见况周颐对其影响之大),因况周颐在不少问题上,也能够吸收张炎、朱彝尊和王国维等人的某些主张或观点。他对王国维《人间词话》的引述和评价就是一个很好的例子。他说:"……静安之言,又为近世词学梦窗者之药石也。"在对待梦窗词的问题上,刘永济与况周颐是有所不同的。② 我们从屈兴国对况周颐《蕙风词话》的辑注中也可见,他在对况周颐的词论进行辑注时曾多次引用刘永济的词论来作为佐证。这也从一侧面说明了刘永济的词学渊源。

刘永济在肯定张惠言提出"寄托"说的重要意义外,对其提出的"寄托"论评价道:"然张氏但知词以有寄托为高,而未及无所寄托而自抒性灵者也高,故介存斋有空、实之辨也。至介存斋所谓'指事类情,仁者见仁,知者见知'与况君所谓'即性灵,即寄托'语异旨同。填词必如此而后灵妙,是又无寄托而有寄托也。"③ 在此可看出,他将张惠言、周济、况周颐等对寄托的看法加以对比并进行评价,发表了他对词论的观点,在肯定张惠言关于寄托的说法后又对其不足之处予以批评,后对周济、况周颐的寄托词论予以认可。从中可见刘永济对常州派的"寄托"论颇为关注并提出了自己的认识与评价。他没有一味地全盘接受常州派"寄托"说词论的认识,而是吸取其精华并有其自己的分析与见解。

综上所述,刘永济把前人的"寄托"理论,由创作的层面引到鉴赏的层面,丰富了"寄托"论的内涵,提升了其实践品质,这是他对"寄托"说的贡献。刘永济不仅总结出了一套比较完整的"寄托"理论,而且努力把这套理论运用到他的创作实践和鉴赏实践中,尤其是其在鉴赏实践方面做了大量的工作,并取得了值得肯定的成绩。

---

① 刘永济. 诵帚词笺 [G] //况周颐. 蕙风词话辑注. 南昌:江西人民出版社,2000:247.

② 曾大兴. 词学的星空:20世纪词学名家传 [M]. 石家庄:河北人民出版社,2009:429.

③ 刘永济. 词论 [M]. 上海:上海古籍出版社,1981:73.

（三）　詹安泰对"寄托"说的传承与超越

詹安泰对常州词派的"寄托"说有传承有修正，并有专文论述"寄托"问题，阐述其对"寄托"说的看法。詹安泰对"寄托"问题的阐述也比较客观和理性。

其传承体现在他对詹安泰和常州词派的精神联系，表现在他对词的创作及词的研究方面。他在词的比兴寄托和社会价值方面继承了常州派的思想。詹安泰从张惠言《词选序》及金应珪《词选后序》中的"寄托"说，谈到了谭献、周济、吴梅、刘熙载、陈廷焯、况周颐、王国维等人对寄托的理解及其对寄托的或同或异的看法，分析了寄托产生的社会环境、寄托在不同时期的变化发展等。詹安泰是常州派在"岭表"的最后一个有成就的词学家。但应注意的是，他虽受常州派"寄托"说的影响，但并不为其门户所限。[①] 早在他写作《论寄托》和笺注《花外集》时，他就对常州派做过认真的反思和修正，对常州派"凡词必有寄托，除寄托不足以论词"的穿凿附会的方法做过批判和清理了。他对梦窗的评价及词的声律的认识与常州派的主张相一致。但他反对极力抬高吴词的声价。常州派对梦窗的评价，总体上是持肯定态度的，也算是较理性的。詹安泰对梦窗的评价也是比较客观和理性的。他们都不像王鹏运、朱祖谋、况周颐等人把梦窗神化，也不像王国维及胡适等人那样贬低梦窗。詹安泰主张"填词可不必严守声韵"[②]，重视词的"比兴寄托"与社会价值，这些都与常州派的观点一致。总之，不论是常州派词论的"寄托"说还是词史说，均从多方面对詹安泰产生了很大影响。

1936 年 9 月，詹安泰的第一篇词学论文《论寄托》在《词学季刊》第三卷第三号上发表，也是在这一年，他的第一部词学著作《花外集笺注》完成初稿。[③] 詹安泰曾在《花外集笺注》自序中说其是一部"专言寄托"的书，最能体现其对寄托问题的态度。詹氏强调"从考明本事中以求寄托"。如其 1940 年发表的《杨琏真加发陵考辨》一文中对涉及"骊宫"等诸多意象作品的"本事"及其"君国之忧"具有重要的价值，比周济、端木埰之说较可信。詹氏考证作品的"本事"，其出发点在于考察作品的写作背景，发掘作品的思想内容，以便更准确全面地评价词人词作。这一点与常州派以"意内言外"说词、重视作品的

---

　　① 曾大兴. 词学的星空：20 世纪词学名家传 ［M］. 石家庄：河北人民出版社，2009：453.
　　② 詹安泰. 论填词可不必严守声律 ［C］//华东师范大学中文系古典文学研究室编. 词学研究论文集. 上海：上海古籍出版社，1988：353 – 354.
　　③ 曾大兴. 词学的星空：20 世纪词学名家传 ［M］. 石家庄：河北人民出版社，2009：443.

思想内容的本意是相通的。

詹安泰认为温词的寄托性较小，他不像张惠言那样去意会温词的寄托性。但他对词的寄托之说还是很重视的，并有他的见解。

詹安泰主要是从历史性来谈寄托。他素来重"寄托"，重历史考证，他认为，有"寄托"之词可当历史读。词可有补其他史料所不及的社会情况等价值，在此可见，他也是赞赏周济提出的词史观的。所以说，詹氏与时俱进，发展了常州派的寄托论。①

詹安泰对寄托说的超越处是他在谈寄托时还把词之寄托与词人所处的时代及其知人论世说结合起来。如他在《论寄托》一文里说："'兴观群怨'之义，不有寄托，曷由彰哉？……其尊崇词体，抑且在诗之上，则寄托之效也。""人心不能无所感，有感不能无所寄托，寄托不厚，感人不深。"（见陈廷焯《白雨斋词话自序》）寓感、感人，咸惟寄托是赖。孟子谓："诵其诗，读其书，不知其人可乎？是以论其世也。"余谓读词亦应作如是观。谓："读碧山词者，不得不兼时势言之。"余谓岂独读碧山词为然，读一切词，均不可忽略其有无寄托，即亦不可忽略其时势也。不知其人之所处，则不明其寄意之所在；不知其寄意之所在，则不能下确切之品评"物色牝牡骊黄外"，吾未见其有当也。故读词须先抉别其有无寄托；欲知其有无寄托，则须具知人论世之明。② 在这里，詹氏很看重词之寄托，并强调说读词应结合词当时的时势，应知人论世地去读词才能读懂词之寄托也。同时，他也把张惠言提出的寄托与比兴结合在一起来谈，詹氏说："有寄托之词，大抵体属比兴，而矢口直陈者不与焉。矢口直陈者，既无所用其假借，其盘郁于中者，举宣洩乎外，一望了然，固不关乎寄托也。"（此就命意言：若用笔之横放杰出者，不尽无寄托也。）③ 紧接着，詹氏还以岳飞的《满江红》《小重山》两首词为例来比较说明此点见解。

詹安泰接着还分析了寄托产生的社会原因："寄托之深，浅，广，狭，固随其人之性分与身世为转移，而寄托之显晦，则实左右于其时代环境，大抵感触所及，可以明言者，固不必务为玄远之辞以寄托也。……及至南宋，则国势陵夷……故词至南宋，最多寄托，寄托亦最深婉。"④ 他在讲到周济"词非寄托不

① 邱世友. 詹安泰词论追记［J］. 学术研究，1986（5）：99.
② 詹安泰. 论寄托［J］. 词学季刊，1936，3（3）：15.
③ 詹安泰. 论寄托［J］. 词学季刊，1936，3（3）：15.
④ 詹安泰. 论寄托［J］. 词学季刊，1936，3（3）：11-12.

人"时云：此为词必须运用寄托手段，无寄托不足以言词之说也。其以寄托为词学之命脉，学词之枢机，立论尤为剀切。①

他在《论寄托》中对"寄托"的论述涉及了很多方面，也较详细，如其论述了"有寄托"与"无寄托"、"寄托"与时代环境、"寄托"与史实、"寄托"与穿凿等。我们说，詹安泰超越常州派的地方，在于其作品尽量地用事实说话，尽量避免牵强附会。

除了《花外集笺注》和《李璟李煜词》这两本书，詹安泰还写过《词学研究》。《词学研究》分别对词的"声韵""音律""调谱""章句""意格""寄托"和"修辞"等问题做了深入、细致的研究，此中就有对词的"寄托"等问题的研究，提出了许多有价值的见解。② 他在《花外集笺注》自序中说其是一部"专言寄托"的书，最能体现其对寄托问题的态度。他强调"从考明本事中以求寄托"。他考证作品的"本事"，其出发点在于考察作品的写作背景，发掘作品的思想内容，以便更准确全面地评价词人词作。这一点，与常州派以"意内言外"说词、重视作品的思想内容的本意是相通的。③ 但他对常州派的不"从考明本事中以求寄托"的"穿凿附会"的做法，提出了批判并做了重要修正。④

詹安泰在继承常州派"寄托"说的基础上同时认为常州派"寄托"说有以下几方面的缺陷：一是专尚"寄托"而高谈北宋，二是只主"寄托"而忽略词家考证之业，三是谓凡词必有"寄托"及除"寄托"不足言词。詹氏在分析这几点时还辅以例子来证其观点，这几点指明了常州派"寄托"说的缺陷，王国维、吴世昌等在批评常州派"寄托"说时没这么具体，也没相应例子来论证。詹氏指出常州派的缺陷，从而在自己对词的鉴赏和实践中，尽量做到实事求是。其经验即"从考明本事中以求寄托"⑤。

从上述看，詹安泰对常州派的"寄托"说有所传承与超越，并有专文来论述"寄托"问题，阐述其对"寄托"说的看法。詹安泰在多方面深受常州派的影响，向来注重比兴寄托，注重词的思想内容和社会价值。早在他写作《论寄托》时，在他笺注《花外集》时，他就对常州派做过认真的反思和修正，对常州派"凡词必有寄托，除寄托不足以论词"的穿凿附会的方法做过批判和清理

---

① 詹安泰. 论寄托 [J]. 词学季刊, 1936, 3 (3)：11 - 12.
② 曾大兴. 词学的星空：20 世纪词学名家传 [M]. 石家庄：河北人民出版社, 2009：459.
③ 曾大兴. 词学的星空：20 世纪词学名家传 [M]. 石家庄：河北人民出版社, 2009：362.
④ 詹安泰. 词学研究·论寄托 [G] //詹安泰词学论稿. 广州：广东人民出版社, 1984：130.
⑤ 曾大兴. 20 世纪词学名家研究 [M]. 北京：中华书局, 2011：358 - 359.

了。当然，詹安泰在讲寄托时也要求词能于寄托中以求真情意，则可当史读。可以说詹氏对"寄托"问题的阐述比较理性。总之，不论是常州派词论的"寄托"说还是词史说，均对詹氏产生了很大影响。

（四）吴世昌对常州派"寄托"说之看法

吴世昌对常州派的寄托观是：他反对张惠言等人的比兴寄托说，强调词作本身是清楚的，是不可以读的。外加的政治意义不对头……自寄托之说兴，而深涩之论作。推而广之，则曰沉郁，曰重拙。于是言情者曲晦其情，感事者故掩其事。吴世昌还从多个方面详细地分析了民初词人及论词者竞尚比兴寄托之说的原因。

（五）吴梅对"寄托"说的发展与批判

针对以寄托为词学之命脉，学词之枢机，立论尤为剀切。作为东南大学、中央大学的一代词曲宗师的吴梅云："惟有寄托，则辞无泛设，而作者之意，自见诸言外，朝市身世之荣枯，且于是乎觇之焉。"① （此评见于《词学通论》。此处也可见出吴梅赞同词中运用"寄托"，他还强调了词中运用寄托的意义。但他同时也对之有所批评，如他对周济关于寄托说的批评，也有对近人喜学梦窗不得其精作为批判学人把"寄托"出入说推向极端的不妥处。）殆即"表里相宜，斐然成章"之意。抑周济所谓"无寄托"，非不必寄托也，寄托而出之以浑融，使读者不能斤斤于迹象以求其真谛，若可见若不可见，若可知若不可知，往复玩索而不容自已也。曰："仁者见仁，知者见知"，则其意有所属可知。曰"求无寄托"，则其有意为无寄托，使有寄托者貌若无寄托可知。故又称：词中求词，不如词外求词。夫读词者必当于"词外求词"，则其寓有寄托于无寄托中之意。不几昭然若揭耶？……至若沈约斋（祥龙）谓：词贵意藏于内，而迷离其言以出之，今读者郁伊怆快，于言外有所感触。（《论词随笔》）则直为周济"求无寄托"说下精确之注脚矣。故周济所谓"无寄托"乃真有所寄托也。② 寄托者何？况夔笙（周颐）于其《词学讲义》曾作如下解释："词，《说文》：'意内言外也。'意内为何？言中有寄托也。所贵乎寄托者，触发于弗克自已，流露于不自知，吾为词而所寄托者出焉，非因寄托而为是词也。……近于门面语矣。"周济主"非寄托不入"，而况周颐主"非因寄托而为是词"；周济主"求有寄托""求

---

① 吴梅. 词学通论：绪论 ［M］. 南京：江苏文艺出版社，2008：4.
② 詹安泰. 论寄托 ［J］. 词学季刊，1936，3（3）：11-12.

无寄托"，而况周颐不主"有意而为是寄托"：立论一似相反。然细推况氏意，殆恶夫"骛乎其外，近于门面语"者而为是言耳；殆欲使人不为刻露之寄托耳。世固有貌为寄托而中无所有之词；未有真诚有所寄托而绝不用意者。（情感流露于不自知者有矣；意有所属，而谓不自知，其谁信者？）且况氏此说，殆专就周氏"求无寄托"之说发挥，虽不言有意为无寄托，而主寄托之必须力求浑融，与周济初无二致也。吴梅曰："咏物之作，最要在寄托。所谓寄托者，盖借物言志，以抒其忠爱绸缪之旨。'三百篇'之比兴，《离骚》之香草美人，皆此意也。……惟有寄托，则辞无泛设。而作者之意，自见诸言外。"① 此又专就寄托之本义言，与周、况之就作法言者略异，顾寄托之旨，盖不外是。以上可见吴梅对寄托说的重视。

吴梅在《词学通论》中曾用周济本人提出的寄托出入说理论批评其词云"止庵自作诸词，亦有寄旨，唯能入而不能出耳。……而词涉隐晦，如索枯寂，亦是一弊"②。在这里，吴梅尖锐地指出了宋翔凤、周济此类词作的通病。也可以说，某一词论的提出和词论在实际词作中的运用水平或实践情况有时还是有所偏差的。

吴梅在《词学通论》里还指出："近人喜学梦窗、往往不得其精，而语意反觉晦涩，此病甚多，学者宜留意。"③ 这是他批判把"寄托出入说"推向极端的表现（吴梅的词得力于彊村遗民，他推崇梦窗、讲求四声等是受了朱祖谋的影响）。

以上这些人及其对"寄托"说的看法，不论是与非，都从某一方面阐释了其见解，这也正显示了常州派词论之"寄托"说的生命力之所在。

关于寄托问题，王国维、吴世昌、吴梅等人对常州派的寄托说是持批评态度的，但"张惠言骗人，常州派的评语都是骗人的"的说法也是有所偏颇的。我们要辩证地看待前人对常州派寄托说的看法，不能一概而论。

总之，虽然"寄托"说在 20 世纪仍有纠结、琐细、新穿凿的缺点，但仍有以下几个方面的成就：（1）"寄托"说在 20 世纪转入鉴赏（如刘永济等），关注我读，延长了"寄托"说的探索路径；（2）反对穿凿（如詹安泰等）；（3）力主融入唯物史观；（4）渐渐脱离清儒直接对话宋人。

---

① 吴梅. 词学通论：绪论 [M]. 南京：江苏文艺出版社，2008：4.

② 吴梅. 词学通论 [M]. 南京：江苏文艺出版社，2008：11－12.

③ 吴梅. 词学通论 [M]. 上海：华东师范大学出版社，1996：173.

第三节　从王国维到缪钺关于"寄托"说之回响与传衍

一、王国维

王国维，字静安，亦字伯隅，号观堂，浙江海宁人。光绪三年（1877）生。早年研究哲学、词学和戏曲，晚年致力攻经学和史学。学贯中西，视野开阔。著有《观堂集林》《观堂长短句》《人间词话》等作品。他主张中西化合，互相推助。1934年，陈寅恪总结王国维治学内容与方法时认为王国维"取外来之观念与固有之材料互相参证"，是其文艺批评及文学研究取得重大成就的原因。这在其词学研究中表现尤为明显。他是第一个在词学里引入了新的观念与方法的，为建立词学理论的新体系做出了贡献。

1912年，王国维在《宋元戏曲考自序》里形成了时代文学的观念。他对文学总结道："凡一代有一代之文学：楚之骚，汉之赋，六代之骈语，唐之诗，宋之词，元之曲，皆所谓一代之文学，而后世莫能继焉者也。"[1] 他从文学发展过程来观照宋词，并视之为一个时代文学的代表者，这样的认识比常州词派进步多了，体现了外来观念影响下的一种新的文学观念，这在词学史上是具有革命意义的。

（一）所见者"真"，所知者"深"

王国维认为一个好诗人、一首好作品，其意义在于"所见者真，所知者深"。王国维以"所见者真，所知者深"来显其逻辑思路的清晰。若把此论放回到唐五代宋词背景上来反观其理论，便能发现王国维有"真""深"的理论成就，更有真亦不真、深亦不深可加以追寻的诸漏隐匿，读《人间词话》者对此若心知肚明，也许更有滋味。在王国维看来，北宋词的可取之处就在于它的"真"。其"真"并非社会现实的真实或艺术的真实，而是作者真"性情"的、率直的、自然的流露。他认为，词有性情始有"境界"，因而具有"真"的价值。

《人间词话》从总的内容上看是传承常州派词论的，但由于王国维引进西方学者的思路，故该书也可看成是他试图以新思路来对常州派乃至清初以来各家论词所做的总结和反思。《人间词话》可以视为其人生感悟聚焦于以词为平台而对

---

① 观堂别集（卷四）[G]//王国维遗书（第四册）.上海：上海古籍书店，1983.

人生发掘整理的结晶，也是其内心世界的反映。

我们从《人间词话》中可以看出，他推崇李煜，推崇晚唐五代词，他改变了论词从温飞卿开始的看法，他认为是从李后主开始的。其云："词至李后主而眼界始大，遂变伶工之词而为士大夫之词。周介存置诸温、韦之下，可谓颠倒黑白矣。"① 可见，他强调李后主在词史上的重要性远在温庭筠和韦庄之上。他的"深"在于以标举南唐词来强调"真"，他强调词之"真"，认为后主之词，不失赤子之心，是真所谓以血书者也。这在一定程度上修正了常州派词之寄托的穿凿性。王国维关于"真"的执拗，超越了张綖，成功地传承了常州派各家如蕙风、陈廷焯等，从而在理论中彻底没了婉约、豪放的壁垒，打破了词的派别论，把词放到本然的平台。这也是他的"深"。

再看王国维论词之"隔"与"不隔"，似亦为主寄托者发。他强调以"不隔"为真，他批评了清真的那种如"隔雾看花"，以为其病在于失"真"。要求读者在阅读词作时能从词的景物描写中读出词的言外深意，生发出更深一层的联想。

（二）"深"的含义

所谓"深"，是指王国维从哲学角度探讨人生的价值和意义，不是一般情感的流淌。② 王国维欣赏词的意深、韵味以及词主题的深远，通过景物描写能揭示其神韵，在审美上追求词要深厚、深远、深美闳约，在语言上追求词的语言表象下的深意。王国维看重后主的担待意识，以为这才是"深"。我们在《人间词话》中可多处看到他所写的关于"深"的评论文字。王国维以倡导"风人深致"来显其高端。王国维对南唐君臣词的批评的确是在遵循着他的"真""深"思维，感悟着他们的风人深致的，从常州派标举温飞卿到他终于以后主取代飞卿即是他的深刻之处。③

（三）境界说（要眇宜修）

王国维倡导"境界"说，谓"词以境界为最上"，于整体布局，为 20 世纪词学定下了基调。他以"境界"说来显示其理论的谨严，在艺术效果上就是指

① 王国维. 人间词话［M］. 滕咸惠，译评. 长春：吉林文史出版社，2008：24.
② 彭玉平. 论王国维"隔"与"不隔"说的四种结构形态及周边问题［J］. 文学评论，2009（6）：184.
③ 张兆勇. "风人深致"与清人所至——从《人间词话》看作为自觉转型时士人的深与不深［J］. 阜阳师范学院学报，2015（3）：67.

有意境。境界说是他理论的核心，以士大夫词对后主词的认定才使境界与厚重的历史联系起来。他在《人间词话》中说："词以境界为最上。有境界则自成高格，自有名句。五代北宋之词所以独绝者在此。"① 可见，王国维论词取五季、北宋而弃南宋，他认为五代北宋词是善于创造意境的典范之作。他所标举的"境界"二字是对意境创作和欣赏的阐释，这也带有一定的主观性。此说以"真"为特质，强调真景物、真感情融为一体。王国维说："能写真景物、真感情者，谓之有境界。否则谓之无境界。"同时，王国维认为："词之为体，要眇宜修。……"② 这从词的体裁上讲词之韵味悠长。我们可以说"境界"说是他论词从主体意义上所呵护的核心。

常州派词论家周济虽然提出了"空实说""浑厚说"，没提出"境界""意境"的说法，但周济的词学主张在事实上已接触到了"词境"问题，可说他的"空实说""浑厚说"是词境思想的萌芽。周济是在综合了词之内蕴、表现方法以及鉴赏原则的基础上，对词体文类特征所作出的总体限定。故其理论价值不可忽视。

总之，王国维从"真""深"的支点走出了"寄托"说，对中国现代词学产生了深远影响。《人间词话》有一个不错的"真""深"思维框架，此框架的宏伟、系统在于王国维的悟性。框架的空疏，则是王国维乃至乾、嘉以来清儒之悲，它至少残留了清儒试图刨去宋学的背景来论宋词、五代词迁变等历史进程的印迹。他利用"境界"说对唐五代、两宋乃至清词进行了他的批评实践，从而完善了他的阐释学体系。

王国维的重要词学理论批评著作《人间词话》之所以在近世词学和文学理论批评界产生很大的影响，是在于其中引入了新的观念，建立了从艺术本质、创作方法到文学批评的理论体系，实现了其中西化合的理想。《人间词话》虽然是以传统的旧形式表达的，但却孕育了一个新的理论体系，根本改变了固有词话"助闲谈""资考证"的性质。这个理论体系的核心是外来观念与我国文学固有材料之参证而形成的境界说。对于艺术作品应该具有什么样的精神，王国维认为他提出的境界说是探本之论，比气质说、兴趣说、神韵说好。王国维说："言气质，言神韵，不如言境界。有境界，本也。气质、神韵，末也。有境界而二者随之矣。"③ 又说："沧浪（严羽）所谓兴趣，阮亭（王士禛）所谓神韵，犹不过道其面目。不若鄙人拈

---

① 王国维．人间词话［M］．滕咸惠，译评．长春：吉林文史出版社，2008：1.
② 王国维．人间词话［M］．滕咸惠，译评．长春：吉林文史出版社，2008：103.
③ 王国维．人间词话删稿［G］//唐圭璋．词话丛编（第5册）．北京：中华书局，1986：4258.

出'境界'二字，为探其本也。"① 此处点出了"境界"为探本之论。境界是文学批评与艺术鉴赏的原型或范本。"境界"这个传统的词语是我国学术界所熟悉的，王国维将它作为审美的范畴也非常切合我国民族文化心理和审美观念，因而能解释我国文艺中颇为特殊的现象，确为诗词的探本之论。他受到外来观念的启发而尤重我国文化的特殊性，其境界说不但在词学史上而且在文学批评史上都比前人之说更为新颖、深刻和适用，它是中西学化合的典范，形成了初步的全新的词学理论体系，给中国文学增添了新的理论范畴。

二、缪钺

（一）缪钺对前人"寄托"说的汲取与发展

20 世纪的词学家缪钺针对"寄托"问题吸取了诸多词学大家的意见。他坚持走现代词学之路，且无门户之见。他对前人及时人的词学成就多有采纳，取其所长。

缪钺是王国维的追随者，是现代词学名家，他从多方面丰富和发展了王国维的现代词学思想。缪钺超越王国维的地方在于他善于对具体问题作具体分析，如他珍视岳飞等的民族词，并著有专著来论述其词学观，即是其阐明重视词的思想内容和社会价值的有力佐证。如他在抗战期间写了《中国史上之民族词人》一书来表现其重视词的思想内容和社会价值。这一点显然也是常州派词论的某些精华，是王国维所不及的。②

又如其词论吸收了张惠言"意内言外"说的合理部分（他曾写过关于常州词派的论文如《论张惠言及常州词派》《张惠言〈水调歌头〉五首及其相关诸问题》等。《论张惠言及常州词派》一文见《缪钺全集》第 3 卷，第 335 页；《张惠言〈水调歌头〉五首及其相关诸问题》一文见《缪钺全集》第 3 卷，第 345页），他在《张惠言〈水调歌头〉五首及其相关诸问题》一文中曾指出张惠言的词"在清代词史中已可以占有相当高的地位"。这即点出了张惠言对前代词风有明显拓展之处，而其最主要的创新和拓展之处就是开拓了词之创作意境。

此外，缪钺还吸收了周济、况周颐、夏敬观、刘永济等词学中的正确观点，吸收了现代词学大家王国维的"要眇宜修"说的词体观及讲求进化的词史观的

---

① 王国维. 人间词话［G］//唐圭璋. 词话丛编（第 5 册）. 北京：中华书局，1986：4241.
② 曾大兴. 缪钺对王国维词学思想的继承与发展［C］//2006 词学国际学术研讨会论文集（二），2006.

词论意见，并善于具体问题具体分析，指出什么样的词才有寄托，分而述之，是词学界关于"寄托"问题的最全面、最具体，也是最通透的解释。①

总之，在其词学研究的前期，缪钺多是传承王国维之词学，而其在后期则更多地汲取常州词派的词学思想，从多方面丰富、发展并超越了王国维的现代词学思想，从而使其成为20世纪最有思想深度的词学批评家之一。②

另外，在王国维看来，词是有寄托的，问题在于哪些词有寄托，哪些词无寄托。但王国维未对此问题进行详细分析，而缪钺则就此问题从理论到实践做过全面考察。缪钺说：古人词中有无寄托，是一个复杂微妙的问题。一是只写情事，并无寄托，唐五代人词多是如此。一是有寄托者，这一类多是南宋人词……诸咏物词，均是有意寄托者。③

（二）缪钺对"寄托"说的批评与澄清

缪钺在分析张惠言的词学词论等后说："张惠言以比兴寄托之法阐释古人词，有时不免过于沾滞，穿凿附会。……但他自己作词时，却能以灵活之笔暗寓寄托。"④ 所以说，缪钺对他人的词论词评是从辩证的角度来分析的，他没有一味沿袭前人之说辞，可以肯定地说他对20世纪词学理论的一大贡献是澄清了两百年来词学史上对张惠言词论评价的是与非。

---

① 曾大兴.20世纪词学名家研究 [M].北京：中华书局，2011：184.
② 曾大兴.缪钺对王国维词学思想的继承与发展 [J].四川大学学报（哲学社会科学版），2006（6）：68-75.
③ 曾大兴.缪钺对王国维词学思想的继承与发展 [J].四川大学学报（哲学社会科学版），2006（6）：68-75.
④ 曾大兴.缪钺对王国维词学思想的继承与超越 [J].四川大学学报（哲学社会科学版），2006（6）：68-75.

第三章 论况周颐以"重、拙、大" 论词的溯源、理论超越性与价值成形

在词学发展史上,"重、拙、大"作为一种创作的基本原则,其命题一经提出就引起了当时以及后世词学家或学人的关注与讨论。从况周颐、王鹏运、夏敬观,到唐圭璋、张伯驹等,他们从笔大、"情至"、力重、"气格"、格调、气象、境界等多个视角对"重、拙、大"的词学理论内涵进行了深入的挖掘、拓展、关注与被关注、理解与提升、反思等,实现了"重、拙、大"理论的超越与价值成形,这些理论探讨和价值判断丰富和发展了我国的词学理论。

第一节 问题的提出

"重、拙、大"作为况周颐《蕙风词话》词论的核心范畴,其发明权归属也是一个学术争议问题。如陈匪石、唐圭璋、屈兴国、赵尊岳等对此问题的看法。

关于词界对"重、拙、大"三字的发明权归属,与赵尊岳同时稍后于况周颐的陈匪石,在《宋词赏心录跋》中明确指出是王鹏运开创了"重、拙、大"理论。由此可见,王鹏运发明了"重、拙、大"为无疑。① 而况周颐只是对这三个字进行了解释,其所体现的主要是常州派的思想,是端木埰的思想,是王鹏运的思想。② 况周颐主要是就事论事,就"重、拙、大"而谈"重、拙、大"。③ 唐圭璋说:最早提出"重、拙、大"三个字的是端木埰先生,不是王鹏运、朱祖谋,更不是况周颐。其实,况周颐自己早已承认是受王鹏运的启发。况周颐说

---

① 刘红麟. 晚清四大词人研究 [M]. 长沙:湖南师范大学出版社, 2012:32.
② 曾大兴. 20 世纪词学名家研究 [M]. 北京:中华书局, 2011:215.
③ 曾大兴. 况周颐《蕙风词话》的得与失 [J]. 文艺研究, 2008 (5):54-62.

"作词有三要，曰重、拙、大。南渡诸贤不可及处在是。"① 所谓作词三要，即创作原则，亦是创作的最高要求。关于这"三要"，况周颐并无明晰的论述，它们的性质如何？相互关系如何？均谈得较为含混。什么是"重"，他解释到："重者，沉著之谓，在气格，不在字句，于梦窗词庶几见之。"② "填词先求凝重，凝重中有神韵，去成就不远矣。"他还引王鹏运的话说："宋人拙处不可及，国初诸老拙处亦不可及。"③ 况周颐所谈"重、拙、大"的内涵强调了儒教伦理精神。"重、拙、大"是作词的一个基本原则，是学词的一个基本途径，但它不是词的最高境界。"重、拙、大"理论，对于纠正明代和清初的"轻、巧、小"的词风，具有一定的积极意义。夏敬观对这个理论，大体上是持肯定态度的。但他认为况周颐把"重、拙、大"的榜样指认为"南渡诸贤"则不符合事实。本章在下面还单独列出一小节来谈夏敬观对《蕙风词话》的诠评，体现出夏敬观不盲从他人的评说，而是善于从实际出发展开其对问题的看法。赵尊岳对"重、拙、大"的理解，虽主要承自其师况周颐，却也有其自己的独到发明，如对"重、拙、大"的地位、"重、拙、大"与用字用笔的关系及"重、拙、大"与"厚"的关系等。他认为"重、拙、大"是词之骨干立意最基本的审美原则，只有外在形式的"摇曳"与内在立意的"重、拙、大"相结合之词，才是有"风度"之作。④ 所以，我们说况周颐的词学思想中对"重、拙、大"的解释，对"穆境"的提倡，对"词径"的指引都存在着精华与糟粕，读者或学词者应加以区别对待。不能像朱祖谋那样在《词学季刊》创刊号的《词学讲义》后记里一味地赞誉况周颐《蕙风词话》为"自有词话以来，无此有功词学之作"⑤。

其实，况周颐在《蕙风词话》中自己早已承认"重、拙、大"词论是受到王鹏运的启发，撇开受启发对象的复杂性，这里实际上透露出这样的信息，即"重、拙、大"作为范畴，作为理论展开的支点，在况周颐以前曾有一个滋生，在他之后又有一个滋长及承传过程。它的理论成形更值得深刻反思。而在笔者看来，往上往下理清其思路也许更能准确把握"重、拙、大"的内涵及意义，也能更准确地把握并定位况周颐的价值。

---

① 况周颐. 蕙风词话辑注（卷一）[M]. 屈兴国，辑注. 南昌：江西人民出版社，2000：6.
② 况周颐. 蕙风词话辑注（卷二）[M]. 屈兴国，辑注. 南昌：江西人民出版社，2000：99.
③ 况周颐. 蕙风词话辑注（卷二）[M]. 屈兴国，辑注. 南昌：江西人民出版社，2000：7.
④ 陈水云. 赵尊岳和他的词学研究 [J]. 古典文学知识，2015（2）：14.
⑤ 况周颐. 蕙风词话辑注（附录）[M]. 屈兴国，辑注. 南昌：江西人民出版社，2000：653.

第二节　王鹏运对"重、拙、大" 命题的关注与被关注

王鹏运（1848—1904），晚清官员、词人。字佑遐，一字幼霞，中年自号半塘老人，又号鹜翁，晚年号半塘僧鹜。广西临桂（今桂林）人，原籍浙江山阴。

王鹏运是晚清词学大师。其词论有多方面的成就，如"重、拙、大"词旨论、尊体论、声律论。他论词夙尚体格，倡导"重、拙、大"，在词社活动及其与师友切磋中，以其鲜明的词学理论感召、凝聚人心，得到了广泛的响应，在晚清词坛产生了深远影响。虽然他并没有词学著作传世，甚至杂文也很少被保存下来，向来论王鹏运者亦主要是从况周颐对其词话的转述，然从有关论词的词作词序以及零散评论等还是可以窥探其词学思想的。①

王鹏运在常州词派中应属于承上启下的人物。在他步入词坛时，常州派正遭遇着自己两方面问题的纠结：

一者是对唐五代及南宋词的品格高低与价位判定评构自相冲突，二者是出现从词的特性与词之尊体的理论解释的裂痕。或强调娇小，要眇宜修；或强调比兴、寄托而深沉。但二者经常将批判领进两个维度。另外，常州词派如周济、陈廷焯等人，他们已有系列理论而自成一家，各以自己的亮点行世，使常州派理论更复杂。

可以说，王鹏运正是以此为背景介入，以表现出对纠结的涵融而很快成为常州派的一员。如果说"重、拙、大"理论是端木埰提出的，那么，王鹏运更聚焦于此，关于这一点也得到了系列学人如赵尊岳、蔡桢、夏敬观等人的认可。

由于未见王鹏运有词话著作存世，许多资料又都散佚，留存下来的词论可谓吉光片羽，而且大多依靠《蕙风词话》转录。但我们从仅有的相关文献中依然可以看出，王鹏运作为词学理论大家的气魄与功力。鉴于当前资料的缺乏，很少有人谈及王鹏运对"重、拙、大"词旨的开创之功的。其实，从有限的资料里，对于王鹏运所标举的"重、拙、大"之旨，也还是能见端倪的。

如况周颐《蕙风词话》（卷二）中有一则记载。《花间集》欧阳炯《浣溪沙》云："兰麝细香闻喘息。绮罗纤缕见肌肤。此时还恨薄情无？"② 自有艳词以

---

① 刘红麟．晚清四大词人研究［M］．长沙：湖南师范大学出版社，2012：31.
② 况周颐．蕙风词话辑注（卷二）［M］．屈兴国，辑注．南昌：江西人民出版社，2000：56.

来，殆莫艳于此矣。半塘僧鹜曰："翠翅艳而已，直是大且重。"苟无《花间》词笔，孰敢为斯语者？① 此则材料即是王鹏运倡导"重、大"说的明证。上述引文极写普遍而又重大之离怨主题，由见起爱，爱极而怨，仍归于恕，层次井然，淋漓尽态。谓之"浓而穆"。

从况周颐特录王鹏运所言，可见"花间词笔"为其二人所共有。有人认为王鹏运此评着意于《浣溪沙》词的笔力、气概与情志。王鹏运从中看出寄托之旨，以闺房之事通于君国大义，可谓重大。但过于求寄托。也有人认为，用哀而不伤、怨而不怒的诗教传统来诠释，给我们提供了一条新的思路，用笔与技法之妙。②

同时，王鹏运以真为本，他曾盛赞"《樵庵词》朴厚深醇中有真趣洋溢，是性情语，无道学气。"从他对此词的高度评价也就不足为怪了。此词融合大笔力、大气概与无穷情韵为一体，从而成了王鹏运弘扬"重、大"说的一个重要例证。

再者，况周颐的弟子赵尊岳先生在其《蕙风词史》中说："先生初为词，以颖悟好为侧艳语，遂把臂南宋竹山、梅溪之林。自佑遐进以重大之说，乃渐就为白石，为美成，以抵于大成。《新莺》词格之变，草线可寻。"③ 赵尊岳在《填词丛话》（卷一）中说："词最尚风度，摇曳而不失之佻荡。字面音节求是摇曳，骨干立意，则以重、拙、大为归。"赵尊岳早就指出：况周颐除了重、拙、大，还重词境；而且"先生"不特境之日深，亦词律之日鹄矣。④ 赵尊岳身为况周颐的嫡传弟子，对王、况二人了解较多，从他的很多有关论述中常常是王、况并提即可得知。他告诉我们，正是王鹏运以"重、拙、大"之说进于况周颐，才使其词格发生了重大变化。⑤

王鹏运虽未留下什么词学专著，但并不影响他对词学的提倡推衍，王鹏运对词学的提倡推衍影响深远，其在词学上开疆易帜的理论武器是"重、拙、大"。王鹏运在常州派的影响下，提出"重、拙、大"论。他重视词表现盛衰浮沉与时世人心、词的社会功能及其要眇特质，标举"重、拙、大"词旨。⑥

① 况周颐. 蕙风词话辑注（卷二）［M］. 屈兴国，辑注. 南昌：江西人民出版社，2000：56.
② 刘红麟. 晚清四大词人研究［M］. 长沙：湖南师范大学出版社，2012：34.
③ 赵尊岳. 蕙风词史［M］//孙克强. 蕙风词话·广蕙风词话. 郑州：中州古籍出版社，2003：170.
④ 赵尊岳. 蕙风词史［J］//词学季刊，1934，1（4）：84.
⑤ 刘红麟. 晚清四大家词学与词作研究［D］. 苏州：苏州大学，2005.
⑥ 刘红麟. 开山采铜，厥功甚伟：王鹏运"重拙大"论［J］. 河池学院学报，2007（1）.

　　况周颐在《餐樱词·自序》中说："余自同治壬申、癸酉间，即学填词，所作多性灵语，有今日万不能道者，而尖艳之讥，在所不免。光绪己丑，薄游京师，与半塘共晨夕，半塘词夙尚体格，于余词多所规诫。又以所刻宋、元人词属为校雠，余自是得窥词学门径。所谓重、拙、大，所谓自然从追琢中出，积心领神会之。"① 从这几句话中，我们可明确看出，况周颐叙述了王鹏运将"重、拙、大"的理论武器传给自己，从而使其词格为之一变的事实。

　　蔡桢《柯亭词论》云："重谓力量，大谓气概，拙谓古致。工夫火候到时，方有此境。以书喻之最易明，如汉魏六朝碑版，即重、大、拙三者具备。"② 此说法基本上可概括王鹏运的重、拙、大之旨。王鹏运提出重、拙、大之说处于初步探索与阐述阶段，③ 但对其内涵的阐释则因资料的限制而无法查明。缪钺在其《论词》中云："重、拙、大之说，所以药浮薄纤巧之弊也。词之文小、质轻、径狭、境隐的特质是就词之本质而言；重、拙、大之说，就词之用笔而言，二者并行而不相悖。"④ 如其所言，王鹏运的重、拙、大理论，包括了情感之真质、运笔之重大的内容。

　　王鹏运说："宋人拙处不可及，国初诸老拙处亦不可及。"王鹏运提及"拙"字，但未作阐释。夏敬观也曾针对北宋词南宋词之"拙"字进行对比评论道："北宋词较南宋为多朴拙之气，南宋词能朴拙者方为名家。概论南宋，则纤巧者多于北宋。"⑤ 夏敬观的评论是通过两宋词的比较得出北宋词多朴拙，并以朴拙为标准来评价、认可两宋词中具有朴拙之气的作品，认为此类作品艺术性评价较高。王鹏运评之说，"希真词清隽秀婉，犹是北宋风度。"⑥ 评"《樵庵词》朴厚深醇中有真趣洋溢，是性情语，无道学气"，这里点出了北宋词朴拙真质特征。况周颐传承了王鹏运的观点并对之作了发挥进一步深入的研究，并说："朴质为宋词之一格。"⑦ 同时，他还将南宋与北宋进行对比。

　　宋人拙处是大巧若拙，是一种出于雕琢的妙造自然之美，是清淡朴拙浑成自然。⑧

① 徐珂. 近词丛话［G］//唐圭璋. 词话丛编（第5册）. 北京：中华书局，1986：4227.
② 蔡桢. 柯亭词论［G］//唐圭璋. 词话丛编（第5册）. 北京：中华书局，1986：4905.
③ 刘红麟. 晚清四大家词学与词作研究［D］. 苏州：苏州大学，2005.
④ 缪钺. 诗词散论［M］. 上海：上海古籍出版社，1982：61.
⑤ 刘红麟. 晚清四大家词学与词作研究［D］. 苏州：苏州大学，2005.
⑥ 张正吾，等，王鹏运研究资料［M］. 北京：中国社会科学出版社，1994：380.
⑦ 况周颐. 蕙风词话辑注（卷二）［M］. 屈兴国，辑注. 南昌：江西人民出版社，2000：72.
⑧ 刘红麟. 开山采铜，厥功甚伟：王鹏运"重拙大"论［J］. 河池学院学报，2007（1）.

如何能"拙"呢？王鹏运认为首先应该赋情独深而真。他欣赏秦观、纳兰性德等人的言情小令，认为其词自然浑朴，纯以情胜。对同时代人词作，王鹏运也以"情至"为最高境界。①

关于巧和纤，况周颐曰"词忌做，尤忌做得太过。巧不如拙，尖不如秃，陆（钰）无巧与尖之失。"② 即说词不宜过分雕琢勾勒，尤忌尖纤薄巧。这较为具体全面地诠释了半塘之言。③ 况周颐还指出：由平淡而到天然，是拙之最高境界。其实这也是求拙、求重、求大的一个重要方面。他还说南宋词最能代表重、拙、大之旨。"④ 由此可见，王鹏运跟常州派学词路径相通。

总之，常州词派重"意"（张惠言所讲"意"指词的深层意蕴）、重比兴寄托的词论是顺应清代经世致用的文学观要求而出现的，周济、谭献、陈廷焯等人的词论使晚清词学出现了词学盛况。常州派词学观点也直接影响了王鹏运，王鹏运接受了常州词派的学词路径。时代风云、词学传统等决定了王鹏运侧重南宋词。如说王鹏运评价王沂孙为南宋之杰，就是因碧山咏物词饱含寄托，非一般咏物词同日而语而被称为南宋之杰。⑤ 王鹏运的词论观点与常州派词论一脉相承，况周颐也以南宋为正宗。他还引用半塘的话，以"拙"评北宋与清初词，且认为南渡诸贤词最能代表重、拙、大之旨。南宋词更显沉著，与重、大说更契合。况周颐在《历代浙词人小传》中云：南宋词更近于王鹏运与况周颐所标重、拙、大之旨，故为之所尊。所以，我们说，王鹏运推崇托旨大、力量大、气象大的作品，也即符合重、拙、大旨趣的作品，但这并不妨碍他欣赏艳词中的笔大、情真、力重的佳作。⑥

赵尊岳、蔡桢、夏敬观等亦是从此角度定位他的成就的，概括起来包括以下几点：

（1）以为所论具有初探的拓荒价值。（2）找到以"拙"来提高五代词的角度。（3）从"拙"而指出词的纯情实质。然而，在我们看来，王鹏运其缺憾在于没有将"重、拙、大"充实有历史内容，过于对"拙"而进行阐发，而缺乏对"重、大"的具体阐发。上述这些显然是王鹏运的缺憾，也没有引起学人的

① 刘红麟．晚清四大家词学与词作研究［D］．苏州：苏州大学，2005.
② 况周颐．蕙风词话辑注（卷五）［M］．屈兴国，辑注．南昌：江西人民出版社，2000：230.
③ 刘红麟．晚清四大词人研究［M］．长沙：湖南师范大学出版社，2012：38.
④ 张正吾，等．王鹏运研究资料［M］．北京：中国社会科学出版社，1994：235.
⑤ 刘红麟．晚清四大家词学与词作研究［D］．苏州：苏州大学，2005.
⑥ 刘红麟．晚清四大家词学与词作研究［D］．苏州：苏州大学，2005.

重视。换言之，学人没有能够有效指出王鹏运的历史局限性。

第三节　况周颐关于"重、拙、大"的理解与提升

况周颐（1859—1926），初名周仪，后避溥仪之讳，改作周颐。字夔笙，号蕙风。他以文章名世，主要成就在词学。自从他12岁时见到黄苏评选的《蓼园词选》，便与词学结下因缘。况周颐晚年寓居上海，专事词学五十年，著作颇丰，著有《蕙风词》《蕙风词话》等，其最大的贡献即他所撰述的《蕙风词话》。《蕙风词话》在1911年刊行，共五卷，后有《续编》两卷。它对现代词学有很大贡献，其中的"重、拙、大"说词论为现代词学的发展提供了理论资源。屈兴国辑注的《蕙风词话辑注》为研究况周颐的词学思想提供了较为全面的资料。现行的版本还有孙克强辑考的《蕙风词话·广蕙风词话》本、余润生笺注的《蕙风词话·蕙风词笺注》等。

况周颐的创作道路，自述是得益于良师益友的启迪与帮助，况周颐在《餐樱词·自序》中说，"得力于沤尹（朱祖谋），与得力于半塘（王鹏运）同。"从资料可知，况周颐曾回忆他受王鹏运启发而获得"重、拙、大"理论，由此可以说，他们的交流乃心通。况周颐在《餐樱词·自序》中说："（余）学填词，所作多性灵语，……与半塘共晨夕，半塘词夙尚体格，于余词多所规诫……所谓重、拙、大，所谓自然从追琢中出，积心领神会之。"①

诚然，一些学者所说的况周颐传承王鹏运而主张词"尤忌做得太过，（其实）巧不如拙，尖不如秃。"然而，如果说况周颐是承继王鹏运，还不如说是对其理论的提升。可以概括如下：

（1）从研究方法上说，习惯于从境界上总体宏观把握，蕙风用"词格"指证他的把握。

况周颐强调"重、拙、大"词论。"重、拙、大"词论内涵丰富，是对词境的质的要求，是用其来论词格的。他推崇词的至真之情，讲究词的直抒性灵，论词重性情。况周颐在《蕙风词话》卷一开头就提出"作词有三要，曰：重、拙、大。南渡诸贤不可及处在是。"②的词论。况周颐所言"南渡诸贤不可及处在是"指重、拙、大三要而言。蔡嵩云《柯亭词论》对此高度评价曰："（况周颐）论

---

① 徐珂. 近词丛话［G］//唐圭璋. 词话丛编（第5册）. 北京：中华书局，1986：4227.
② 况周颐. 蕙风词话辑注（卷一）［M］. 屈兴国，辑注. 南昌：江西人民出版社，2000：6.

慢词，标出重、大、拙三字境界，可谓目光如炬。其《蕙风词话》五卷，论词多具卓识，发前人所未发。"① 此处可见蔡嵩云对况周颐重、拙、大理论的极力推崇。况周颐从前辈王鹏运的手里接过"重、拙、大"衣钵，发扬光大，使之成为论词的一面理论旗帜，影响近现代词坛既深且巨。② 况周颐认为"重、拙、大"是作词的基本原则，是学词的基本途径，是构成其所说的"穆境"的要素之一，况周颐云："词有穆之一境，静而兼厚、重、大也。"③ 而"穆境"是况周颐论词的创新之处，况周颐认为"穆境"是词的最高境界，而"重、拙、大"实际上并不是词的最高境界。况周颐从"重、拙、大"的视角开创了"词境"说，以"静穆"丰富并完善了"意境"理论。

（2）"重、拙、大"在蕙风这里实际上是从三个侧面充实道学内涵，从而恢复其历史性，他也正是在这个意义上全面超越了王鹏运。如《蕙风词话》评价唐宋元明清词学史上的诸多词人，从词学史的角度为"重、拙、大"提供理论与实践依据，寻找"重、拙、大"词学思想在词学史上的依据。他发人未发之新见：以"重、拙、大"评词论词，如其对《花间词》、梦窗词等的评价。当然，况周颐也以其创作和作品支撑、扩大了"重、拙、大"理论的实践意义，率先垂范"重、拙、大"之旨。如况周颐感慨时事国运的悲愤之作《唐多令·甲午生日感赋》尤能体现其慷慨悲壮，颇具"重、拙、大"之气格。

第一，关于"重、拙、大"整体的理解。

就"重、拙、大"之说，见解不一。有词的境界、风格、创作原则等不同见解。赵尊岳为《蕙风词话》所写"跋"中写到："其论词格曰：宜重、拙、大，举《花间》之闳丽，北宋之清疏，南宋之醇至，要于三者有合焉。轻者重之反，巧者拙之反，纤者大之反，当知所戒矣。"④ 这里，赵尊岳是把它解释为词的风格，认为其师蕙风是力求闳丽、清疏、醇至三种风格于一体，这接近于蕙风所说"浓穆"风格。所以说，蕙风所论"重、拙、大"是对多家所言风格、境界、体格等兼而有之，并非专论词格。赵尊岳《填词丛话》云："无论写景言

---

① 蔡桢. 柯亭词论 ［G］//唐圭璋. 词话丛编（第5册）. 北京：中华书局，1986：4914.

② 刘红麟. 晚清四大词人研究 ［M］. 长沙：湖南师范大学出版社，2012：49.

③ 况周颐. 蕙风词话辑注（卷二）［M］. 屈兴国，辑注. 南昌：江西人民出版社，2000：53.

④ 赵尊岳. 蕙风词话跋 ［M］//孙克强. 蕙风词话·广蕙风词话. 郑州：中州古籍出版社，2003：452.

情，用笔均当重大。词之骨干立意，则以重拙大为归。"① 可见，"重、拙、大"
涉及词格、用笔、立意等诸多方面。蕙风创造性地传承了常州词派，汲取了周济
等人词论，又融合自己所提出的性灵论，从而形成意法结合的"重、拙、大"
之旨。总之，蕙风所谓"重、拙、大"包括两个层面，一是内在、深层次的用
意，一是外在的、表层的用意；一为用意，一为用笔，是情意与技法两方面的融
合，蕙风认为用意、用笔都可以重、拙、大作止境，但也不忽视单方面可称拙大
的作品。② 蕙风对此称之为词格。

　　第二，关于"重、拙、大"三字各自阐释。

　　所谓"重"，前面已提到，况周颐对"重"解释道："重者，沉著之谓，在
气格，不在字句。于梦窗词庶几见之"③ "填词先求凝重，凝重中有神韵，去成
就不远矣。""情真理足，笔力能包举之。纯任自然，不假锤炼，则沉著二字之
诠释也。""沉著"的内核实为作词之魄力，也来自于"厚"。很明显，蕙风所说
的"重"即"沉著"。蕙风把"沉著"与词之"重、拙、大"联系起来，认为
词中密处、重处，即"凝重"，表现为"沉著"，是气格上的深厚、凝练。他认
为只要情真理足，纯任自然，便可达到沉著的高境。蕙风除了单独使用"重"
"沉著"评词外，还常以"厚""重"相结合以评词。如评小山词《阮郎归》
（天边金掌露成霜）云："此词沉著厚重。"④ 又如况周颐在鉴赏晏几道词时说：
小山词《阮郎归》沉著厚重，得"清歌莫断肠"为结句，便竟体空灵。⑤ 此评中
的沉著厚重是指作品的情感表达方式。况周颐在评吴文英词之"沉著"时说
"重者沉著之谓，在气格，不在字句。于梦窗词庶几见之。……沉著者，厚之发
见乎外者也。欲学梦窗词之致密，先学梦窗词之沉著。"⑥ 他在此段中明言"沉
著"是个人情感的深厚表现。司空图则是把"沉著"作为诗品之一，认为其是
"深沉，稳健，朴直，不浮浅，不轻率，不虚假"的风格。⑦ 蕙风对"沉著"的
诠释包含有两层意思，用"沉著"来解释"重"，要求"重"既要"情真理
足"，又要"笔力能包举之"。笔力足以达之而又出之以自然，方可谓之"沉

　　① 赵尊岳. 填词丛话（第一卷）[G] //《词学》编辑委员会. 词学（第3辑）. 上海：华东师范大
学出版社，1985：166-174.
　　② 刘红麟. 晚清四大家词学与词作研究 [D]. 苏州：苏州大学，2005.
　　③ 况周颐. 蕙风词话辑注（卷二）[M]. 屈兴国，辑注. 南昌：江西人民出版社，2000：99.
　　④ 况周颐. 蕙风词话辑注（卷二）[M]. 屈兴国，辑注. 南昌：江西人民出版社，2000：59.
　　⑤ 况周颐. 蕙风词话辑注（卷二）[M]. 屈兴国，辑注. 南昌：江西人民出版社，2000：59.
　　⑥ 况周颐. 蕙风词话辑注（卷二）[M]. 屈兴国，辑注. 南昌：江西人民出版社，2000：99.
　　⑦ 杜黎均.《二十四诗品》译注评析 [M]. 北京：北京出版社，1988：81.

著"。可见，蕙风在论"重"之含义时，是把它和"沉著"结合起来来分析的，以"沉著"之意来分析"重"之意相对地让人感觉更具体更好理解些。因此，所谓"重"是真挚的情感和深刻的思想所共同体现出的"气格"。

关于"拙"。王鹏运曾云："宋人拙处不可及，国初诸老拙处亦不可及。"夏敬观对此云：北宋词较南宋为多朴拙之气，南宋词能朴拙者方为名家。这里，"拙"被认为是前人词之优长所在。况周颐很赞成王鹏运的说法，但对"拙"字并无正面解释。屈兴国对此句评曰"半塘谓：'国初诸老拙处亦不可及'，虽欠详明，亦非欺世之语。"况周颐在评李肩吾词《抛球乐》《谒金门》中云："其不失之尖纤者，以其尚近质拙也。"① 可见，蕙风重视词意之朴质。这里，"拙"即"质拙"或"质朴"之意，与纤细、雕饰是相对应的概念。他评解方叔《永遇乐》（风暖莺娇）云：此词语意近质，亦不失北宋风格。怀赤子之心，抱质朴之情，满心而发，肆口而成，自具拙致。当然，词意之"拙"终究要落实到语言上，所以用语之真质也为蕙风所赞赏。以此视之，"拙"表现于外，是一种用笔技巧，故而蕙风又论及用笔之质拙。蕙风还论及由词整体所显示出来的风格、格调与气象。②

所以说，蕙风所说"拙"，与"做作""尖""巧"相对举，也就是指词中情感之表现形态问题，即词中情感在外在表现方面要避免尖巧雕琢之弊。即要求词中情感在表达时应有如"赤子笑啼"一般，触发于有意无意之间，朴质真切，自然而不藻饰。其所说的"拙"涉及用笔、骨干，格调、气象，是用笔与用意的结合。以真、情为根本，以质朴自然、不假雕饰为表现方式。③ 其弟子赵尊岳在其《蕙风词史》的论述中在评况氏时也多次提到"用笔""笔力""词笔""笔法"等说法。可知在此点词论上师生的传承性。

蕙风论"拙"，讲求至真之情，自然之致，是言意结合而成的一种审美尺度。④ 从况周颐在《词学讲义》里说的"巧者拙之反"及"不失之尖纤者，以其尚近质拙也"可知道，他对"拙"的理解应该是包含不巧、不尖、不做作。

关于"大"。在《词学讲义》中，蕙风曾说：纤者大之反，从纤的反面立论，似从表现方式与创作技巧来说的。但在赏析与论述中，他曾多次谈到托旨

① 况周颐. 蕙风词话辑注（卷二）[M]. 屈兴国，辑注. 南昌：江西人民出版社，2000：102.
② 刘红麟. 晚清四大词人研究 [M]. 长沙：湖南师范大学出版社，2012：52.
③ 刘红麟. 晚清四大家词学与词作研究 [D]. 苏州：苏州大学，2005.
④ 刘红麟. 晚清四大词人研究 [M]. 长沙：湖南师范大学出版社，2012：54-55.

大、气象大、境界大等涉及词的意旨情蕴的问题。皆表现于用笔之博大沉雄。[①]
所谓"纤",可指纤细,也可指纤靡。"大"则与"纤"相反。当其与"纤细"
之"纤"相对时,指词中情感应深厚重大,与浅薄浮滑相对;当与"纤靡"之
"纤"相对时,则是要求词中情感应庄重博雅,与纤弱淫靡相对。不难看出,两
层含义其实都是就感情之品质而言的。这正是况周颐在具体词评中一再致意处,
如:其评元好问(号遗山)词:"遗山之词,亦浑雅,亦博大,有骨干,有气
象,以比坡公,得其厚矣。"[②] 又如:"金李仁卿(治)词五首……《摸鱼儿·和
遗山赋雁丘》过拍云:'诗翁感遇,把江北江南,风嘹月唳,并付一丘土。'托
旨甚大。"[③] 这些词作,丝毫不涉及纤弱淫靡,写出了骨干气概,亦写出了品格
操守,所以被况周颐称之为"大"。可见,蕙风所说的"大",有两层内涵,即
指寄托深、托旨大,指用笔技巧。[④] 即大气真力与质朴浑成。所以,可说蕙风的
"大"之寄托的内容要义重大。

　　赵尊岳云:"纤巧为浑成之累"[⑤] 如此看来,浑成正是蕙风所追求的止境。
所谓"大"也讲究在宏博之中求浑涵、浑融与浑化。

　　第三,综上所述,"重、拙、大"既可相互联系,又可分而论之,它是建立
在情感与用笔基础之上涵盖格调、气象、境界的一种审美尺度。"拙"与"重"
"大"密切相关,并且可以融合此二者于它的包含之中。在蕙风的词论体系中,
"重、拙、大"往往表现为一种多元复杂的状态,它在不同的词论语境下又有不
同的具体内涵。

　　首先,"重、拙、大"并不是孤立的,它甚至与其它概念如"沉著""厚重"
"穆境"等有着十分密切的关系,它们之间有着相互的联系与统一的美学效应。
其次,"重、拙、大"理论是一个动态的发展体系,它是不断变动的,自我完善
的。再次,"重、拙、大"以厚、达、雅为审美途径,他的创造性在于以性情充
实了框架内涵,以"词心"对之进行了再定位。蕙风在其《词学讲义》中总结
道:"其大要曰雅,曰厚,曰重、拙、大。厚与雅,相因而成者也,薄则俗矣。

① 刘红麟. 晚清四大家词学与词作研究 [D]. 苏州:苏州大学,2005.
② 况周颐. 蕙风词话辑注(卷三)[M]. 屈兴国,辑注. 南昌:江西人民出版社,2000:131.
③ 况周颐. 蕙风词话辑注(卷三)[M]. 屈兴国,辑注. 南昌:江西人民出版社,2000:134.
④ 刘红麟. 晚清四大词人研究 [M]. 长沙:湖南师范大学出版社,2012:54.
⑤ 赵尊岳. 填词丛话(第一卷)[G] // 《词学》编辑委员会. 词学(第3辑). 上海:华东师范大学出版社,1985:164.

轻者重之反，巧者拙之反，纤者大之反，当知所戒矣。"① 我们可以说这是为蕙风对"重、拙、大"理论的一个较为全面系统的概括，由此也能看出"重、拙、大"理论的动态性与发展性。"重、拙、大"之说被况周颐提出后，就作为词人作词所追求的目标。而其实现的途径就是词中求词和词外求词两种。

重、拙、大的对立面是轻、巧、小。况周颐以重、拙、大论词，其目的在于反对词坛上轻、巧、小的颓风，这正与常州词派反对淫词、鄙词和游词的主张一致，希望以此来改变词体的体性，达到尊崇词体的目的。

杨柏岭先生在《晚清民初词学思想建构》一书中曾对况周颐与王国维做了比较：蕙风的重、拙、大说与王国维境界说分别从词品、词笔、词旨等方面提出了见解，既有共同点，又有各自独特处。但况、王二人的主张貌似相同，实则相去甚远。其一，在词品上，他俩都推崇人格的力量，并认为词品是词人人格的体现。但又有区别。"② 他俩的人格内涵并不一致。蕙风主张用真率自然的词笔表现词旨的才是"重""沉著"等。王国维则以西方的思想意识充实传统人格。其二，在词笔上，他们俩均以自然为审美旨归。蕙风提出拙、重、自然、真率等主张，主张造句要自然新颖，王国维也是如此，如境界说、合乎自然、自然之眼等。即便如此，他俩的主张还是有些区别的。况周颐重视词人的实际操作活动，主张即性灵即寄托，主张填词要"妙造自然"，强调了学力的作用。王国维则重天才轻人力。③ 其三，在词旨上，他俩都讲究一个"真"字，讲究词人的真实审美体验，都视"真"为词之美的构成力量，强调作品的真实和自然。王国维以"真"景物、"真"感情诠释境界等。蕙风云："真字是词骨。情真，景真，所作必传，且易脱稿。"④ 二人的见解不谋而合。在《蕙风词话辑注》中，屈兴国在对况周颐此条词论进行辑注时就列出了夏敬观的《〈蕙风词话〉诠评》、王国维的《人间词话》、赵尊岳的《填词丛话》对之的评论来谈情、景、真之问题。也可见出这几人对此问题的共识。

---

① 赵尊岳. 蕙风词话跋［M］//孙克强. 蕙风词话·广蕙风词话. 郑州：中州古籍出版社，2003：452.

② 杨柏岭. 晚清民初词学思想建构［M］. 合肥：安徽大学出版社，2004：361.

③ 杨柏岭. 晚清民初词学思想建构［M］. 合肥：安徽大学出版社，2004：363.

④ 况周颐. 蕙风词话辑注（卷一）［M］. 屈兴国，辑注. 南昌：江西人民出版社，2000：14.

第四节　夏敬观对"重、拙、大"理论的反思

一、夏敬观及其《〈蕙风词话〉诠评》研究简介

夏敬观（1875—1953），近代词学家，江西派词人、画家。字剑丞（鉴丞），又字盥人，号缄斋，晚号映庵，江西新建人。早年以诗词名扬海内，其词出入欧阳修、晏殊、姜夔、张炎诸家之间，不尚苟同。著有《映庵词评》（1986 年）、《忍古楼词话》（1933 年）、《词调溯源》四卷（1931 年）、《〈蕙风词话〉诠评》（1942 年）等八种词学著作。

夏敬观的《〈蕙风词话〉诠评》是词学史上第一篇关于《蕙风词话》的批评文章，长达一万多字，对后人全面、准确地认识和评价《蕙风词话》有很大帮助。它既有对蕙风之作的阐释和发挥，也有对其的批评和修正。夏敬观指出，所谓重、拙、大，乃是"作诗之法"。"概论南宋，则纤巧者多于北宋。况氏言南渡诸贤不可及处在是，稍欠分别。"① 还说，况氏"虽其所作之词，亦不能尽符其论词之旨。"可以说，夏敬观的《〈蕙风词话〉诠评》丰富了中国传统的词学理论。夏敬观的词学批评，无论是《〈蕙风词话〉诠评》，还是《映庵词评》，都有很强的现实针对性。他针对 20 世纪前期词坛的现实讨论了有关问题：如关于"重、拙、大"的问题，关于"从南宋词入手"的问题，关于梦窗词的问题。这些都有助于我们对蕙风词论有个清晰而理性的认识。

二、夏敬观对《蕙风词话》的反思及缺陷

夏敬观对《蕙风词话》的反思及缺陷可以从以下三方面概述：

第一，夏敬观以为"重、拙、大"三方面宜密不可分，但没有注意到此亦是蕙风的观点。

前面讲过半塘提到"拙"，但没作具体解释。夏敬观对"重、拙、大"这三个字是持肯定态度的，他对蕙风的批评和修正意见主要有三点：其一，况周颐没说明"重、拙、大"三者的关系。夏敬观认为重、拙、大三字有密不可分联系，并在《〈蕙风词话〉诠评》里对此分析道："按况氏言，重、拙、大为三要，语极精粲。盖重者轻之对，拙者巧之对，大者小之对，轻、巧、小为词之所忌也。

---

① 夏敬观.《蕙风词话》诠评 [G] //唐圭璋. 词话丛编（第 5 册）. 北京：中华书局，1986：4585.

重在气格。……余谓重、拙、大三字相联系，不重则无拙、大之可言，不拙则无重、大之可言，不大则无重、拙之可言，析言为三名辞，实则一贯之道也。"①龙榆生在《晚清词风之转变》中曾说："重者轻之反，拙者巧之反，大者纤之反，三者皆关乎意格，而持此以衡《蕙风词》。"② 上述解释虽然有点简略，还不是那么细致，也不深透，但指出了重、拙、大这"三者本来就是一个有机统一体。所以，我们说，在这点上夏敬观的论述超越了况氏对重、拙、大三者的认识，这为后人对重、拙、大的深度研究，提出了新思路。"③ 但夏敬观并没有注意到，其实重、拙、大三字有密不可分联系亦是蕙风的观点。如蕙风在《蕙风词话》卷五中谈到："拙不可及，融重与大于拙之中，郁勃久之，有不得已者出乎其中而不自知，乃至不可解，其殆庶几乎。犹有一言蔽之，若赤子之笑啼然，看似至易，而实至难者也。"④ 这里即可见出，蕙风是讲究重、拙、大是互相联系的，不是把三者割裂开的。

第二，夏敬观以为蕙风的"重、拙、大"对纠正"轻、巧、小"虽有一定意义，但同时指出蕙风将思路局限于南渡词评价即偏。

夏敬观对蕙风的批评和修正意见之二是："重、拙、大"理论对于纠正明代和清初的"轻、巧、小"的词风，具有一定积极意义，但蕙风把"重、拙、大"词论榜样指认为"南渡诸贤"，王鹏运把"拙"的榜样指认为"国初诸老"，这都不符合词论的事实情况。夏敬观针对"拙"指出："北宋词较南宋词为多朴拙之气，南宋词能朴拙者方为名家。概论南宋，则纤巧者多于北宋。蕙风所言南渡诸贤不可及处在是，稍欠分别。"⑤ 又说："清初词当以陈其年、朱彝尊为冠。二家之词，微论其词之多涉轻、巧、小，即其所赋之题，已多喜为小巧者。盖其时视词为小道，不惜以轻、巧、小见长。初为词者，断不可学，切毋为半塘一语所误。余以为初学为词者，不可先看清词，欲以词名家者，不可先读南宋词。张皋文、周止庵辈尊体之说出，词体乃大。其所自作，仍不能如其所说者，则先从南宋词入手之故也。"⑥ 从上面材料可以看出，夏敬观的意见，对词史而言是非常

① 夏敬观.《蕙风词话》诠评［G］//唐圭璋. 词话丛编（第5册）. 北京：中华书局，1986：4585.
② 龙榆生. 晚近词风之转变［C］//龙榆生词学论文集. 上海：上海古籍出版社，2009：419.
③ 曾大兴. 20世纪词学名家研究［M］. 北京：中华书局，2011：321.
④ 况周颐. 蕙风词话辑注（卷五）［M］. 屈兴国，辑注. 南昌：江西人民出版社，2000：250.
⑤ 曾大兴. 况周颐《蕙风词话》的得与失［J］. 文艺研究，2008（5）：54－62.
⑥ 夏敬观.《蕙风词话》诠评［G］//唐圭璋. 词话丛编（第5册）. 北京：中华书局，1986：4585－4586.

中肯的。他认为王鹏运和况周颐二人显然是把榜样树错了，把路径指错了。① 虽说，这可体现出夏敬观的批评善于从实际出发而展开评说。

实际上，蕙风不以南北宋高低为旨趣。"重、拙、大"也是仅仅为了纠正"轻、巧、小"，"重、拙、大"讲究浑融、静穆，蕙风认为其心目中的最高境界就是"穆境"或"深境"之境。如蕙风在《蕙风词话》卷二中在谈到词之"穆境"时，说："词有穆之一境，静而兼厚、重、大也。淡而穆不易，浓而穆更难。知此，可以读《花间集》。"②

第三，夏敬观以为蕙风把"气格"与"字句"分开，也未必如是。

夏敬观对蕙风的批评和修正意见之三是：蕙风讲"重者，沉著之谓。在气格，不在字句"，他认为蕙风把词的"气格"和"字句"分割开来不妥。

夏敬观则认为："重，在气格，若语句轻，则伤气格矣，故亦在语句。但解为沉著，则专属气格矣。盖一篇词，断不能语语沉著，不轻则可做到也。一篇中欲无轻语，则惟有能拙，而后立得住，此作诗之法。"③ 因"气格"和"字句"，一指内容，一指形式，都是文学作品的有机组成部分，在创作实践中是不可分割的。"气格"重的作品"字句"不可能轻，"字句"轻的作品"气格"不可能重。④ 其实，蕙风指出，词之妙不止于字句，更在于整体上结成的气格。

第五节　《蕙风词话》当代研究的实语化与失语性

20 世纪 50 年代以来，随着新中国的建立，自清初以来逐步升级的常州派与浙西派之争，以及常州派词论自身理论逐步展开所营造的问题域等学术问题越来越整体地沦为历史。

常州派所关怀的问题、所营造的问题域似乎在人间蒸发，在笔者看来，其实更多表现为：

1. 以中性表达而表现为实语化

即以凝重、朴拙、沉痛、消极等取代《蕙风词话》中的一些特殊的语汇，表达思路及历史意识。

唐圭璋治词，深受端木埰、朱祖谋、况周颐、吴梅等人的影响。唐圭璋师从

① 曾大兴. 20 世纪词学名家研究［M］. 北京：中华书局，2011：322.
② 况周颐. 蕙风词话辑注（卷二）［M］. 屈兴国，辑注. 南昌：江西人民出版社，2000：53.
③ 况周颐. 蕙风词话辑注（卷一）［M］. 屈兴国，辑注. 南昌：江西人民出版社，2000：7.
④ 曾大兴. 20 世纪词学名家研究［M］. 北京：中华书局，2011：322.

吴梅学词。修读吴梅的"词学通论""词选"和"专家词"等课程，还参与了吴梅主持的许多词学活动。唐圭璋非常推崇况周颐的词学观点。这点从唐圭璋对况周颐《蕙风词话》的评价里可以看出他对况周颐词学观点的推崇。如唐圭璋言："《蕙风词话》提出作词要符合'拙、重、大'标准，还举出历代词人的警句及作词方法，多心得体会之语，对词学研究者极有启发。"① 从此条评说可见唐圭璋受蕙风"重、拙、大"词论的肯定，体现其受常州词派影响之深。

唐圭璋在《朱祖谋治词经历及其影响》一文里也曾提及况周颐词作云：以为标重、拙、大之旨，评论精细，发前人所未发，实千年之绝作。此为朱祖谋所激赏。说其为千年之绝作，可见其对之评价之高。

唐圭璋在其《唐宋词简释》（1981年版）一书后记里说："余往日于授课之暇，曾据重拙大之旨，简释唐词五十六首，宋词一百七十六首。"② 这里也可明确看出，唐圭璋对重、拙、大词论的重视及对之的运用，明确标明其运用它简释唐宋词一百多首，这也明确表达了此书与朱、况之学的承传关系。据曾大兴统计，在《唐宋词简释》里，仅"重拙""拙重""重大""大""重""凝重""朴拙浑厚""沉痛""沉着""沉郁""厚""深厚"等在况周颐《蕙风词话》等作品中出现的词语就多达40次。但这些语汇已逐渐脱离了它的历史氛围变成一个中性词。另外，还未包括只是使用此种词语意思的更多的评说，这些足见唐圭璋据"重、拙、大"之旨释词的情况及况周颐对唐圭璋的词论影响之深。

唐圭璋论词之作风（或曰原则），标举雅（清新纯正）、婉（温柔缠绵）、厚（沉郁顿挫）、亮（名隽高华）"四要"，显然是吸收重、拙、大词论之后而得到提升的。他不仅以"重、拙、大"标准论词，如《论词之作法》，而且还以之作词、选词和评词。《唐宋词简释》即是他"于授课之暇，据拙重大之旨简释唐词"而编纂的一本唐宋词选集。如他评姜夔的《扬州慢》（淮左名都）曰："起首八字，以拙重之笔，点明了扬州昔时的繁盛。"他从用笔与情感等多角度对重、拙、大词论进行了诠释。

总之，唐圭璋对朱、况二人有继承也有超越，其对二人的超越体现在唐圭璋在辑佚、校勘等方面既擅长校勘，又擅长批评之学，继承了朱、况二人关于词学之长而摒弃了二人词学研究之短。

---

① 唐圭璋. 历代词学研究述略 ［G］//词学论丛. 上海：上海古籍出版社，1986：833.
② 唐圭璋. 唐宋词简释 ［M］. 上海：上海古籍出版社，1981：241.

2. 以失语而变得空洞，遭到曲解，削去氛围

所谓失语，即广泛罗列平实之语，完全无视其原有概念思路问题范畴。例如，张伯驹在《丛碧词话》中论况周颐"重、拙、大"云：

蕙风论词楬橥"拙、重、大"，然其《词话》所举词，亦多清空者……盖拙者，意中语、眼前语，不隔不做作，真实说出来，人人都以为是要说的话而未曾说出，如'别时容易见时难'是也；重者，不作轻浮琐碎语，而所托者深，所寄者远。大者，有意、有情、有境、有身份，始能作，非是者则不能作，如'故国不堪回首月明中'是也。"① 又云："后之为词者，无境界，无性情，无天分，无才气，无学力，用字生硬，造句雕琢，为长调，不为小令，自首至尾，晦涩饦饤，不知所云。而曰：'吾乃拙、重、大也'，不知其为蕙风所误，抑蕙风为其所卖?② 此处引文在最后总结说是"拙、重、大"论。但又说此说不知道是被蕙风所误导，还是其它原因？

这段引文表面看起来论述很精彩，但致命之处在于已脱离了南宋词史和常州词论家什。从而使其"拙、重、大"理论遭到曲解，所谓遭到曲解，例如，将"拙、重、大"理解为用字上的生硬，造语雕琢。其实，况周颐所追求的"重、拙、大"，讲求整体意蕴上的凝重，有神韵。对于词的用语要求是自然质朴，不事雕琢，主张以朴拙胜。

上述引文可以看出张伯驹对蕙风词论的批评。他指出后人按照蕙风所谓"拙、重、大"词论所写词用字生硬，造语雕琢，被认为是受其学说的不良影响。此处也可得出，一种词论的提出与其实际运用情况有时是有所割裂的。所以，"重、拙、大"的理论价值是要打些折扣的，其理论体系的价值有一定缺失。"重、拙、大"词论带有很多直觉的成分，逻辑上不严密，在理论上缺乏应有的理性和实践操作性。实际上，真正符合"重、拙、大"之旨的词并不多，也可说明这个理论缺乏足够的创作依据。这也表明这个理论在实践中较难实施，这不利于词的创作，也不利于词的健康发展。③

第六节　结　论

作为常州词派后起之秀的著作之一，《蕙风词话》有着传奇的命运。它在许

---

① 况周颐. 蕙风词话辑注（卷一）［M］. 屈兴国，辑注. 南昌：江西人民出版社，2000：6.
② 况周颐. 蕙风词话辑注（卷一）［M］. 屈兴国，辑注. 南昌：江西人民出版社，2000：6.
③ 曾大兴. 况周颐《蕙风词话》的得与失［J］. 文艺研究，2008（5）：54－62.

多方面均对当时及后世产生了深远影响。

1. 有着异军突起的效果

异军突起是指有众多词学理论建树之后、在王鹏运的困惑之后，蕙风以道学充实以"词心"充实而再生辉煌。《蕙风词话》自 1924 年问世以后，受到朱祖谋的大力追捧：被他誉为"八百年来无此作""自有词话以来，无此有功词学之作"。① 由于朱祖谋在词坛的影响力很大，所以他对《蕙风词话》的赞誉之高在当时就很有说服力，当时绝大多数词学家都对蕙风的《蕙风词话》没有什么质疑。当年只有夏敬观、张伯驹、夏承焘等少数人对《蕙风词话》提出过批评意见，但在当时也没引起世人注意。

"重、拙、大"词论萌芽于端木埰、受启于王鹏运，它以其博大精深而异军突起。况周颐对"重、拙、大"进行解释，强调词要厚重、质朴、有寄托，填词先求凝重，凝重即纤巧之良药等，对词有深刻的体认和独到见解，有一定价值。夏敬观对《蕙风词话》中况周颐所言重、拙、大为三要，认为此语极精粹。

2.《蕙风词话》问世后遭遇过夏敬观的质问和当代新词话的遮蔽

从夏敬观开始，中间经过唐圭璋、张伯驹、缪钺等人均是脱离氛围、淡化失语状态被提及，强调它肯定它还有很多优秀的东西值得开掘，能结合新问题被激起。

夏敬观在对《蕙风词话》点出其值得肯定的部分后，也对《蕙风词话》提出了质问，其质问主要见夏敬观的《〈蕙风词话〉诠评》一文中。夏敬观在《〈蕙风词话〉诠评》中对《蕙风词话》进行了多处阐释、发挥和修正，很中肯地指出蕙风所论词话在事实判断和价值判断上有一定主观性，不够周全。其实，在夏敬观这篇批评文字出现以前，夏承焘、张伯驹等也有对《蕙风词话》的批评，只是在当时并没有得到词学家的认可，直到 20 世纪 80 年代，其批评用语才得以问世，又因其批评文字简略，也没有被词学界所周知。而夏敬观对《蕙风词话》的批评之作《〈蕙风词话〉诠评》发表于 1942 年，这篇文章可以说是最早的一篇有影响的关于《蕙风词话》的批评文章。这篇批评文字的理论深度引起了词学界的注意，对后人全面、客观地认识《蕙风词话》的价值有很大帮助。

总之，况周颐所倡导的"重、拙、大"词论价值在不同词家的探讨和挖掘中，在关注与被关注、理解与提升、反思等过程中使其理清了"重、拙、大"论词溯源、实现了理论超越性与价值成形，丰富和发展了我国的词学理论。

---

① 龙榆生.《词学讲义》跋 [J]//词学季刊（创刊号），1933.

第四章　常州派"沉郁"说之回响与传衍

作为常州派大家，陈廷焯的词学思想一直是被世人以"沉郁"说来解释接受的。"沉郁"说对常州派词论在词坛上的完善具有进一步的开拓意义。况周颐还进一步提出"沉著"说。"沉郁"说理论内涵的实际应用在清代乃至现代词学作品里都是被提倡的。如强调作品要反映现实的词家王鹏运、朱祖谋等，他们在词学观上继承常州派的传统，注重词的社会价值。再到现代词学家詹安泰、吴梅、吴世昌等人对词作的主张是分析其词要与词人所处的时代相结合，要知人论世，体现其强调作品的现实性等。这些都是陈廷焯所倡导的"沉郁"说在词史上的回响与传衍。

第一节　陈廷焯关于"沉郁"说的论述及其传衍

陈廷焯在其词作《白雨斋词话》中有许多关于"沉郁"的论述与例子。他在论说词之"沉郁"时还强调词要以"沉郁顿挫"为表现手法。《白雨斋词话》中含有"沉郁"的句子有80多处，其中带有"沉郁顿挫"的是17处。下面来说下《白雨斋词话》中关于"沉郁"的含义及其论词标准。

（一）关于"沉郁"的含义

"沉郁"含义："所谓沉郁者，意在笔先，神余言外，写怨夫思妇之怀，寓孽子孤臣之感。凡交情之冷淡，身世之飘零，皆可于一草一木发之。而发之又必若隐若见，欲露不露，反复缠绵，终不许一语道破，匪独体格之高，亦见性情之

159

厚。飞卿词，如'懒起画蛾眉，弄妆梳洗迟'无限伤心，溢于言表。……"①

（二）以"沉郁"标准来论其当代词

如陈廷焯评张皋文《水调歌头》五章，认为其既沉郁，又疏快，最是高境。陈、朱虽工词，究曾到此地步否，不得以其非专门名家少之。陈廷焯以"沉郁"说和本原论来评清人清词，推本风骚，一归温柔敦厚之旨，发前人之所未发，所评清词范围广，人物众多，评论深刻，在清词评上的成就巨大，对清代的当代评及后世词评影响深远。

陈廷焯论词的出发点是以"沉郁"说论词。其词论观点是以词学理论专著的形式来阐述其词学思想，他认为：作词之法，首贵沉郁。他有意将"沉郁"作为涵盖词这种文体其文类特征之各个方面的基准概念来加以强调。即，陈廷焯的"沉郁"说，既包括词之审美方面的东西，也包含词之情感内蕴、表现方法的意义，是其词学理论体系的高度浓缩与概括。② 其词学理论主要见于《白雨斋词话》中。"沉郁"说是陈廷焯的创作论，其所关注的是词中情意与形象之间的关系问题。"沉郁"说对常州派词论在词坛上的完善具有进一步的开拓意义。

陈廷焯在其《白雨斋词话·自序》里明确点明他写此词话的目的，标明他的洞悉本原、追求"沉郁"的论词观点，其云："撰《词话》十卷，本诸《风》《骚》，正其情性，温厚以为体，沉郁以为用，引以千端，衷诸一是。"③"斯编之作，专在直揭本原。"④ "余论词，则在本原。"可见，他认为学词，在于获其"本原"。

陈廷焯在《白雨斋词话》里明确说道："《风》《骚》为诗词之原。""本原何在，沉郁之谓也，不本诸《风》《骚》，焉得沉郁。""顾沉郁未易强求，不根柢于《风》《骚》，乌能沉郁？""温厚和平，诗教之正，亦词之根本也。然必须沉郁顿挫出之，方为佳境。"这里，陈廷焯所指"沉郁"与"本原"所指相同，所谓"本原"，也就是"沉郁"之情，指的就是《风》《骚》所体现出来的"温厚和平"一类的情感。其具体的落脚点是词应该表现与身世家国相关的具有重大社会意义的情感内容。此主张的提出既与当时历史背景和词人心态有关，也是陈氏想借此规范词坛流弊之需。词既要反映时代盛衰，又要忠爱缠绵，符合诗教精

① 陈廷焯. 白雨斋词话（卷一）［M］. 杜维沫，校点. 北京：人民文学出版社，1998：5-6.
② 迟宝东. 常州词派与晚清词风［M］. 天津：南开大学出版社，2008：192.
③ 陈廷焯. 白雨斋词话（自序）［M］. 杜维沫，校点. 北京：人民文学出版社，1998：2.
④ 陈廷焯. 白雨斋词话（卷七）［M］. 杜维沫，校点. 北京：人民文学出版社，1998：178.

神，这就是陈廷焯对"温厚和平"这一"本原"所规定的现实内容。联系当时儒家文化与封建社会双双面临的巨大危机的特殊时代背景，我们不难发现，陈氏这一词学主张的提出在当时的社会历史背景下也是一种历史必然。

陈廷焯将"本原"作为词的本质探讨而提出，在陈廷焯词学思维之中，"本原"应是第一范畴，或者说，陈廷焯是将"本原"作为词的最高范畴来提出的。以为词以"本原"再加以表现为"沉郁"并本诸忠厚，便是词中胜境。以为温飞卿、韦应物以触及"本原"，为最高胜境，南宋王碧山则获得了"本原"的最高成就。①

前文讲过，庄棫对陈廷焯影响很大，影响之一就有陈廷焯从"本原"来肯定庄棫的词学成就。事实上，这个胎息于评价庄棫的思路，不仅是陈廷焯对庄棫的评价思维特征，他还进一步升华其为评词的一般方法，即先定词的发生之源，然后以源头作为定位每个词人价值及词人间关系的标准，并以此来评价唐宋各家。陈廷焯的这种方法可姑且称为"本原"说，在《白雨斋词话》中，有许多处可找到陈廷焯使用这种方法的实例。如其云："学古人词，贵得其本原，舍本求末，终无是处。其年学稼轩，非稼轩也；竹垞学玉田，非玉田也。"② 等等。

作为常州派后劲，陈廷焯亦很重视词之立意。他所主张之"意"有自己的特色。叶嘉莹先生的弟子迟宝东在其博士论文《常州词派与晚清词风》中对"沉郁"的特征做了精确剖析："词之沉郁，首先在于词要以沉郁之怀为宗旨。"③一要以"温厚和平"为根本精神（从其词话的自序里可见，从上段所述其对本原的强调可知），二要以身世家国之感为现实内容，三是要出于作者的性情之真。而这三点共同构成了"沉郁"之情的理论内涵。联系上述三点的概括，我们以为陈廷焯所谓沉郁者在于特别讲究性情的纯真、厚重、执着，就此陈廷焯称之为忠厚。

同时，在陈廷焯看来，词是以独立的方式与特征而直接承袭着诗骚，它又是超越一般意义上的所谓比兴的。对此其云："《风》《骚》有比兴之义，本无比兴之名，后人指实其名，已落次乘，作诗词者，不可不知。"④ 其又云："若兴则难言之矣。托喻不深，树义不厚，不足以言兴。深矣、厚矣，而喻可专指，义可强

---

① 张兆勇，丁淼. 试评陈廷焯"本原"说的提出及思路［J］. 衡阳师范学院学报，2015（5）.
② 陈廷焯. 白雨斋词话（卷一）［M］. 杜维沫，校点. 北京：人民文学出版社，1998：4.
③ 迟宝东. 常州词派和晚清词风［M］. 天津：南开大学出版社，2008：192.
④ 陈廷焯. 白雨斋词话（卷六）［M］. 杜维沫，校点. 北京：人民文学出版社，1998：158.

附，亦不足以言兴。所谓兴者，意在笔先，神余言外，极虚极活，极沉极郁，若远若近，可喻不可喻，反复缠绵，都归忠厚。"① "唐五代词，不可及处正在沉郁。宋词不尽沉郁，然如子野、少游、美成、白石、碧山、梅溪诸家，未有不沉郁者。"② "飞卿词，全祖《离骚》，所以独绝千古；《菩萨蛮》《更漏子》诸阕，已臻绝诣，后来无能为继。"③

（三）"沉郁"说之传衍

"沉郁"说之上述三点理论内涵的实际运用在清代乃至现代词学作品里都是被提倡的。"沉郁"说渗透到了清人的词论、词学主张里。如强调作品要反映现实的词家王鹏运、朱祖谋等，他们在词学观上继承常州派的传统，注重词的社会价值，如庚子之乱时，他们联合困居北京的友人填词，并编订为《庚子秋词》，借比兴寄托揭露当时社会现实。这也体现了他们所提倡的用词作反映身世家国的现实内容。

再如，现代词学家詹安泰，他对词作的主张是分析其词要与词人所处的时代相结合，要知人论世。体现其强调作品的现实性，这也都是以身世家国之感为现实内容的。类似这样的现代词学家还有很多，这些都是陈廷焯所倡导的"沉郁"说在词史上的回响与传衍。

又如强调作品要出于自然、抒写作者性情之真的况周颐、王国维等。况周颐强调作品的词心："此万不得已者，即词心也。而能以吾言写吾心，即吾词也。此万不得已者，由吾心酝酿而出，即吾词之真也。"④ "真字是词骨。情真，景真，所作必传，且易脱稿。"⑤ 王国维的"境界"说强调"自然"，反对"模拟""雕琢"等，其《人间词话》云："故能写真景物、真感情者，谓之有境界。"也是追求作品的真性情，追求作品的浑然天成，这都可明确见出他们提倡作品之真之自然。顾随强调作品"高致"即作品乃从胸襟见解中流出，要不假做作，不尚粉饰，这些也都是追求自然追求作品之真的，与王国维的"境界"说可说是一脉相承的。

除了以上等人对词作追求"沉郁"风格外，还有不少后来者写文来探讨陈

① 陈廷焯. 白雨斋词话（卷六）［M］. 杜维沫，校点. 北京：人民文学出版社，1998：158.
② 陈廷焯. 白雨斋词话（卷一）［M］. 杜维沫，校点. 北京：人民文学出版社，1998：4.
③ 陈廷焯. 白雨斋词话（卷一）［M］. 杜维沫，校点. 北京：人民文学出版社，1998：5.
④ 况周颐. 蕙风词话辑注（卷一）［M］. 屈兴国，辑注. 南昌：江西人民出版社，2000：23.
⑤ 况周颐. 蕙风词话辑注（卷一）［M］. 屈兴国，辑注. 南昌：江西人民出版社，2000：14.

廷焯之"沉郁"说的。如邱世友的《词论史论稿》在介绍陈廷焯"沉郁"思想时表现得极为细致，他从词义出发解释了"沉"和"郁"的具体含义，以便读者更好地理解陈氏倡导"沉郁"的用意所在，同时对文论史上的"沉郁"说进行了简单的溯源。邱世友对"沉郁"的介绍比较全面，他的研究指出了陈廷焯"沉郁"说的时代感，结合晚清政治情况谈陈氏的温柔敦厚词旨说的必然性。他的研究比较突出的是能够从中国传统文论和西方美学理论中挖掘词以怨为主的合理性，谈到了"怨"和"比兴"相辅相成的关系；能够结合陈氏所论词人词作的具体情况及他人的评论来验证陈氏的理论，这种研究方法给读者以切实感，易于理解陈氏的理论。

相较于其他人的研究，皮述平女士的《陈廷焯的沉郁说》一文显得尤为简洁有力，她没有去考察"沉郁"说形成的诗学、时代、社会等因素，而是直接从审美的角度提取陈廷焯的观点。她提出从《词坛丛话》到《白雨斋词话》陈氏论词的评价标准已经由风格美转为对情性美的追求，从文学发生论、创作论的角度谈了陈氏论词重感、重寄、重比兴，实为自然而然，符合文学的规律。

将陈廷焯词学思想放在常州派体系中研究的主要是孙克强的《清代词学》。其在"常州词派概观"一节中提到庄棫、谭献、陈廷焯词学的深化，在"比兴寄托说"一节中提到了庄、谭的比兴柔厚与陈廷焯的"沉郁顿挫"，从小标题的拟定我们可以看到作者在有意识地突出庄棫、谭献对陈氏词学思想的影响。

"比兴"是"沉郁"说艺术化呈现的路径：借助"比兴"来发掘词的深远意义是清代词学的一个重要特点，常州词派更将此手法推至极致。

现代词学研究对这一突出现象相当重视，且已有了比较深入的研究，略举二例：如杨柏岭老师在其著作《晚清民初词学思想建构》中就专门辟出一章，从多个角度研究比兴在晚清民初词学思想中的建构价值。

另外，如皮述平女士在《晚清词学的思想与方法》中也以较大的篇幅探讨了晚清词学对比兴寄托的继承与创获。具体到对陈廷焯论比兴的研究，则有廖晓华的《陈廷焯的"寄托""比兴"说》。这篇论文主要涉及了两个方面：一是陈氏论寄托时对情感的规定——雅正、深沉；二是从艺术形象的创作和接受等方面谈了"比"和"兴"所达到的不同的艺术效果。此外，研究者在研究陈氏的"沉郁"说时多多少少都会提到比兴，在这类论说中较细致地探讨陈氏比兴说的有：屈兴国先生的《〈白雨斋词话〉的沉郁说》，其文主要从生活积淀与艺术形象的关系来理解陈氏的比兴说，带有较强的时代烙印。方智范先生在《陈廷焯论"沉郁温厚"》中专门从审美意象的角度分析了陈氏的比兴说，指出了"比"和"兴"分别代表了不同的审美境界，掘发了陈氏比兴说在美学理论上的意义。方智范以清朝文艺思潮为背景，主要从陈廷焯对词的体性认识这一角度来研究其比兴说，尝试指出陈氏比兴说在以寄托为主的常州词派词论中的贡献以及与沉郁之间的关系。

第二节 况周颐关于"沉著"说的论述及传衍

况周颐在讲到"学词须按程序"一则中多次提到"沉著"。其云："……所谓满心而发，肆口而成，掷地作金石声矣。情真理足，笔力能包举之。纯任自然，不假锤炼，则沉著二字之诠释也。"① 可见，况氏的"沉著"说强调作品之真与自然。在这点上与陈廷焯的"沉郁"说是相通的。

况周颐在论述其"重、拙、大"时说到"沉著"曰："重者，沉著之谓，在气格，不在字句，于梦窗词庶几见之。……沉著者，厚之发见乎外者也。欲学梦窗之致密，先学梦窗之沉著。即致密，即沉著。非出乎致密之外，超乎致密之上，别有沉著之一境也。"② 在况周颐看来，梦窗词就是沉著、厚重的最好诠释、最好标本。可见，况氏认为："重"即"沉著"。据况周颐的意思，"沉著"这个概念不单指感情的质量问题，也涉及这种感情的形式表现，也涉及"字句"。如即致密，即"沉著"等。况氏以"沉著"解释"重"，同时还指出"在气格，不在字句"，就能知道"重"指的是气格的"沉著"，气格即词作中的思想感情，"不在字句"是说"重"并不是指词作的字句和语言。

曾大兴分析说："不假锤炼"是讲语言的朴实自然，是形式问题，"发见乎外"是讲形式问题，"致密"是讲形象的密实与结构的严密，都与字句有关。可他又说："重者，沉著之谓，在气格，不在字句。"可见，况氏对"沉著"的认识还不够成熟，所以在表述上就有点夹缠不清。③ 况氏在谈到"沉著"问题的具体情况时还结合着梦窗词来说明。可以说，在对梦窗的评价上，况氏是在一定程度上认可常州派的说法的。换言之，况氏以"沉著"来说吴文英的词更容易让人接受。毕竟，晚清四大家对梦窗词都是比较推崇的。

"沉著"、厚重是对词者作词的基本要求，又是气格存在的基本保证。在"沉著"、厚重的基础上进一步做到神韵和空灵，让凝重与空灵、"沉著"与远致

---

① 况周颐．蕙风词话辑注（卷一）［M］．屈兴国，辑注．南昌：江西人民出版社，2000：18.
② 况周颐．蕙风词话辑注（卷二）［M］．屈兴国，辑注．南昌：江西人民出版社，2000：99.
③ 曾大兴．20 世纪词学名家研究［M］．北京：中华书局，2011：209.

达到辩证和统一，这就达到了词的最佳境界。但是若要把神韵和空灵作为作词的基础，置"沉著"凝重于次要地位，则会觉得词作流于轻情，气格和意境都会倾于流俗。①

除了况周颐提倡"沉著"说外，刘熙载也提倡"沉著"之说，提倡杜甫的作品风格。如刘熙载在《艺概·诗概》中写道："意欲沉著，格欲高古。持此以等百家之诗，于杜陵乃无遗憾。"从此处引文可见，"沉著"对作品风格之重要性。这与陈廷焯提倡"沉郁"时还强调词要以"沉郁顿挫"为表现手法有类似处。大家知道杜甫的作品即主要是以沉郁顿挫为表现手法的。在这点看来刘熙载提倡"沉著"与杜甫的作品风格相似，而陈廷焯提倡"沉郁"说时也同时多倡导沉郁顿挫的表现手法。所以，我们可以说，沉郁与"沉著"所倡导的作品的实质内涵是相似的。

王易讲夏敬观的《映庵词》也倡导"沉著"。夏敬观的《映庵词》对清真词的汲取是得其"疏快"，他在提倡作品讲求"疏快"时，也是强调作品要不雕琢，要自然，要"流利清畅"。同时，夏敬观还认为，"流利清畅"还要济之以"沉著"，不然会"病于调利"②。可见，夏敬观词之文字也是强调"沉著"，强调自然流露而成，可见常州派词论对其影响是潜移默化的。

第三节　吴世昌关于"沉郁"说之论述

吴世昌的词学渊源于王国维的《人间词话》，他对王国维的"境界"说非常服膺。"境界"说的实质是强调"真"——写真景物真感情。"真"即意味着作词要不粉饰、不雕琢、不隔、不违背自然等。吴世昌既然对王国维的境界说非常欣赏，所以他在其写词评词时就会自觉不自觉地追求境界说。如他的关于填词之道与论词之道的表述："填词之道，不必千言万语，只二句足以尽之。曰：说真话；说得明白自然，切实诚恳。前者指内容本质，后者指表达艺术……论古今人词，亦不必千言万语，只此二句足以衡之：凡是真话，深固可贵，浅也可喜。凡游词遁词，皆是假话。'岂不尔思？室是远尔！'伪饰之情，如见肺腑。故圣人

① 刘晶. 况周颐《蕙风词话》研究 [D]. 沈阳：辽宁大学，2011：9.
② 曾大兴. 20 世纪词学名家研究 [M]. 北京：中华书局，2011：244.

恶之。依此绳准，则知晚唐五代词之可贵，即在其所说大都真话。"① 这段话与王国维的"境界"说内涵一致，连所举例子都和王国维的一样。

可见，吴世昌对"沉郁"说所倡导之抒写性情之真是持肯定态度的。他也是以自己的行动来践行此说的。

第四节　吴梅关于"沉郁"说之论述

吴梅（1884—1939），字瞿安，晚号霜厓，长洲（今苏州）人。他是南社最早的成员。1922 年任东南大学国学教授。吴梅是 20 世纪与王国维相媲美的曲学大师，在词学方面也很有造诣。著有《霜厓词录》《词学通论》。唐圭璋在东南大学读书期间师从吴梅学词。

吴梅在其《词学通论》第九章中在评论蒋鹿潭词时切实中肯，恰到好处，不玄虚，不夸张。吴梅说："至鹿潭而尽扫葛藤，不傍门户，独以风雅为宗，盖托体更皋文、保绪高雅矣。词中有鹿潭，可谓止境。……词有律有文，律不细非词，文不工亦非词，有律有文矣。而不从沉郁顿挫上着力，或以一二聪明语见长，如忆云词类，尤非绝尘之技也。鹿潭律度之细，既无与伦。文笔之佳，更为出类。"② 从此段引文中可见，吴梅对待词作也是提倡"沉郁"之说的。吴梅在《词学通论》中评论词人词作时，多次提到"沉郁""顿挫"等。如他评南唐嗣主《山花子》词时云：《山花子》二首，盖赐乐部王感化者也。此词之佳，在于沉郁。"菡萏香销……不堪看……何限恨……顿挫空灵处，全在情景融洽。不事雕琢，凄然欲绝。"③ 再如他评冯延巳《菩萨蛮》（画堂昨夜西风过）："正中词缠绵忠厚，与温、韦相伯仲。其《蝶恋花》诸作，情词悱恻，可群可怨。张皋文云：'忠爱缠绵，宛然骚辨之义'，余最爱诵之。"又如，吴梅评孙光宪（字孟文）词《谒金门》（留不得，留得也应无益）曰："余谓孟文之沉郁处，可与李后主并美。"④ 在评此词时，他还引用陈廷焯对此首词的评价。吴梅在评韦庄《菩萨蛮》时也引用了陈廷焯对韦词评价"似直而纡，似达而郁"。从以上多例可以看出，吴梅在谈及沉郁说时，常举陈廷焯论及沉郁

① 吴世昌．词跋［G］//吴令华，编．吴世昌全集（第 11 卷）．石家庄：河北教育出版社，2003：58.

② 吴梅．词学通论［M］．南京：江苏文艺出版社，2008：151－152.

③ 吴梅．词学通论［M］．南京：江苏文艺出版社，2008：47.

④ 吴梅．词学通论［M］．南京：江苏文艺出版社，2008：51.

说的推崇及受陈廷焯影响之深。

第五节　朱祖谋关于"沉郁"说之实践

　　朱祖谋词的主导风格，陈三立在《朱公墓志铭》中有比较精确的概括："其词独幽怨悱，沉抑绵邈，莫可端倪。"哀感顽艳、幽忧怨悱是其情感主调，沉抑郁结是其骨干，绵密富丽是其姿态，迷离惝恍是其情致。总而言之，哀顽、沉郁、绵密、富丽便构成了彊村词的四大要素。

　　彊村词不仅继承了屈骚之心与风人之旨，还继承了屈骚怨悱幽约的传统，比兴寄托，香草美人，回环往复，以表现"幽忧穷蹙怨慕凄凉"之骚心。如其《摸鱼子·占城阴》《洞仙歌·过玉泉山》词都写得往复曲折、情思怨悱等。陈廷焯说："所谓沉郁者，意在笔先，神余言外。写怨夫思妇之怀，寓孽子孤臣之感。凡交情之冷淡，身世之飘零，皆可于一草一木发之。而发之又必若隐若见，欲露不露，反复缠绵，终不许一语道破。"[①] 彊村是深得词中三昧的。沉则不浮，郁则不薄，积养深厚，而运以顿挫之姿，沉郁之笔，若远若近，可喻不可喻，反复缠绵，无一语不吞吐，无一意不低回，这是陈廷焯所提倡的，而彊村以其遗民身世实践了他的理论，因为沉郁之论最适合表现孽子孤臣之感、遗民家国之思。如其《浪淘沙慢·暝寒颂》词中全用比兴，沉郁顿挫。故其情长，其味永，其为言也哀以思，其感人也深以婉。推而广之，忠厚缠绵，词之源也，家国身世之感愈深厚，则愈沉郁，则愈求顿挫变化之妙，愈顿挫则愈有姿态，亦愈显其深厚与沉郁之至。

---

　　① 陈廷焯．白雨斋词话（卷一）［M］．杜维沫，校点．北京：人民文学出版社，1998：5．

第五章　常州派"词心"说之回响与传衍

　　"词心"作为一种重要的词学范畴，词学家们对其创作和理论实践都有所重视，此论词之说发扬了古代文论的传统，在词史上具有一定地位。20 多年来，有越来越多的人关注了"词心"问题。

第一节　"词心"说的研究状况

　　笔者在当前学术上很有影响的中国学术期刊网络出版总库里在论文篇名里输入"词心"时，查找有关研究"词心"的文章有 79 篇。（把"词心"作为关键词输入时显示符合条件的有近五百条文献的，在此主要分析篇名里含"词心"的统计结果）发表研究"词心"的论文的年限集中在 1990—2015 年。此网络出版库里 1990 年前未见有对"词心"研究的论文（也许已有人对之进行研究，但笔者没统计到，或是因网络出版等的限制而未能上传其论文，或是有写研究"词心"的论文但在论文标题里没体现"词心"的字样，所以，研究"词心"的论文实际数量应远超过查询到的这些篇）。这 79 篇研究"词心"的论文中：期刊论文 58 篇，硕士论文 8 篇，词学学术研讨会论文集上发表的论文 8 篇，报纸和辑刊上发表了 5 篇。从年限上统计发现：其中发表在 1990—1999 年的是 17 篇，2000—2009 年发表了 39 篇，2010—2015 年发表了 28 篇。其中可以看出关于词学的研究在 2000 年后应该是迎来了一个新的小高潮。这些关于词心的研究论文里有对宋代词家词心的研究，研究较多的是秦观词词心（多达 11 篇）、小山词词心（7 篇）、东坡词词心（有 5 篇）、李清照词词心（6 篇）等；有对清代词家词心的研究，其中更多的是对况周颐的"词心"说（多达 11 篇）及纳兰性德词词心（4 篇）等的关注与研究。又如标题里未体现词心的字样，但论文里却研究了词心的，如任艳芳的硕士论文《论况周颐的词学观》（2007 年）、刘晶的硕士论文《况周颐〈蕙风词话〉研究》（2011 年）等。另外，还有些专著对词心进行了研究，如邵祖平的《词心笺评》（2007 年）、曾大兴的《20 世纪词学名家研究》（2011 年）和《词学的星空：20 世纪词学名家传》（2009 年）。迟宝东的《常州词派与晚清词风》（2008 年），其中第六章有对"词心"之论述分析。杨柏岭《晚清民初词学思想建构》第 6 章中论述了词心的问题。刘扬忠的《辛弃疾词心探微》（1990 年）、高建中的《倾听词心》（2004 年）、吴小英的《唐宋词抒情美探幽》（2005 年）、朱晓慧的《诗学视野中的宋词意象》（2005 年）、冷成金的《唐诗宋词研究》（2005 年）、彭玉平的《唐宋名家词导读》（2006 年）、邓乔彬的《词学廿论》（2005 年）、况周颐的《蕙风簃小品》（1998 年）、吴惠娟的《唐宋词审美观照》（1999 年）、况周颐著屈兴国辑注的《蕙风词话辑注》（2000 年）、杨胜宽的《杜学与苏学》（2003 年），等等。这些专著中，其中对常州派词心的研究占了约一半。可见，自 1990 年后，有更多的人关注了词心的研究问题。

第二节　关于"词心"观念的评说及"词心"说的传承演变历程

"词心"作为词学范畴，出于晚清诸家词论，但并非出于这些词论家的主观臆造，因为在此之前虽没有人明确提出"词心"的论述，但词在不同时期的创作和理论实践却在实践中昭示了词的这一独特属质的存在。[①]

"词心"一说是晚清词家论词的一个术语。杨柏岭先生说道：以此为前提，由为词之用心、人既有心及不失赤子之心，反映了这些词家们其词学思想的心化走向。[②]

我们知道："词心"由冯煦首创，沈曾植沿用了冯煦所倡的"词心"说，至况周颐，"词心"说的影响已渐广。况周颐以为它是作词的本源。在现实生活中有了强烈的感受，迫切地想表现出来，于是将这种感受加以酝酿孕育，形成创作的意识，便是词心。这些词论之说几乎都从词体本位上观照了词人进行词学活动时所特有的审美心态，追求贯穿词人、词作及读者之间的内在精神，呈现出明显

---

① 熊开发. 词心说 [J]. 长沙理工大学学报（社会科学版），2010 (3)：99.
② 杨柏岭. 晚清词家词心观念评说 [J]. 文艺理论研究，2004 (3)：89.

的心化倾向。冯煦《蒿庵论词》云："'他人之赋，赋才也；长卿，赋心也。'予于少游之词亦云：'他人之词，词才也；少游，词心也。'……"① 冯煦是首先用"词心"论词者，他使用"词心"之灵感源于"赋心"。所以，讲其"词心"说又是由"赋心"之说演绎而来。

沈曾植对"词心"的沿用体现在他以"词家心髓""宋人词心"来评论王士禛论云间词学及刘熙载词学，② 他在论述这些人的词学时是有其语境和指称内容的。如沈曾植《菌阁琐谈》载：渔洋《花草蒙拾》中述云间诸公论词云……且能举出当时词家心髓，识度固在诸公之上也……而得宋人词心处，融斋较止庵真际尤多。③

我们来看"词心"说的具体内涵："词心"即词人对特有的感受进行创作而化为词作的能力，是词人创作时的神思与灵感，是创作的内在力，与词境有着联系。"词心"不是装饰或伪造出来的，而是郁积于心、势不能遏的一种真挚而自然的流淌宣泄，是创作主体表达的一系列审美心理活动。

张惠言的词具有幽微善感的词人心性。张惠言将其学养写入词中，还传达出词之特殊美感。张惠言关于"词心"的表达有其特色。他并不以整首词都叙写其特殊感受，而是使的情感流向不拘一端，更富于变化和姿态。其以词人心灵意念作为贯穿线索，如其作品《南歌子·长河修禊》中"云重""便轻狂"等词便是由作者丰富的情思所组成的意境，而这些意境只能由读者从作者的感受中去细心加以揣摩，从而为词增添一种"要眇"幽微的美感。④

"词心"不仅是审美心态的呈现，也浸染了一种具有实质性内容的生命体验，拓展了词心的德性内涵；人心诚正、神物交感及赤子忠实丰富了词学的真实旨趣，深化了"词心"观念的价值学意义。⑤ 杨柏岭老师在《晚清词家词心观念评说》一文中从四个方面来分析"词心"之说：一是从冯煦、沈曾植、况周颐三家对"词心"的异同辨起，分析他们对"词心"的理解。二是从"学词先以用心为主"来谈"词心"。三是从"人既有心，词乃不朽"上来分析词人心性。四是从"词人当不失其赤子之心"来谈"词心"之真。

我们再来看况周颐之"词心"说。况周颐以为词心是作词的本源。内心有

① 杨柏岭. 晚清词家词心观念评说［J］. 文艺理论研究，2004（3）：89.
② 杨柏岭. 晚清词家词心观念评说［J］. 文艺理论研究，2004（3）：90.
③ 杨柏岭. 晚清词家词心观念评说［J］. 文艺理论研究，2004（3）：90.
④ 迟宝东. 常州词派与晚清词风［M］. 天津：南开大学出版社，2008.
⑤ 杨柏岭. 晚清词家词心观念评说［J］. 文艺理论研究，2004（3）：89.

了强烈感受，迫切想表现出来，于是把此感受酝酿出来形成创作的意识，便是词心。况氏周颐"词心"说应该是借鉴晚清词学家冯煦之说又增加自己的感悟，写出了词人的心路历程而成的。况氏认为"词心"是指词人的禀赋，是指作家对某些特定的文体往往具有特别的天赋和能力。与冯煦对"词心"说所强调的"一往情深""寄慨身世"等内容相对比而言，况周颐的"词心"说则有一种"心灵化""神秘化"的倾向，具体表现在他强调的"万不得已者"的创作情绪。① 他很重视主体感受的孕育。况氏的"词心"说在其词学思想中是最有价值的，体现了其理论上的创新。况氏云："吾听风雨，吾览江山，常觉风雨江山外有不得已者在。此万不得已者，即词心也。而能以吾言写吾心，即吾词也。此万不得已者，由吾心酝酿而出，即吾词之真也。"②

况周颐在《蕙风词话》中多次使用过"词心"的提法③，如："平日之阅历，目前之境界，亦与有关系。无词境，即无词心。"④ 又："此万不得已者，即词心也。而能以吾言写吾心，即吾词也。此万不得已者，由吾心酝酿而出，即吾词之真也。"⑤ 可见，况周颐的"词心"是指词家在填词和读词过程中体会到的一种本色心态。⑥ 他对词心的品质要求在于真诚。况氏说："真字之词骨。情真，景真，所作必传，且易脱稿。"这样自然不会产生淫词、鄙词的，也易于使作品符合厚重和朴拙的要求。

况周颐认为"吾"心之存在与"风雨江山"的存在有某种联系（即词心或词境）；他还称词境的生成为"酝酿"，并多次描绘过由目前境界引发到表达冲动的酝酿的过程等。况氏所说的词境，常指词人精神世界中那创造性的产生作品的体验过程。⑦ 由此可知，况氏把词境聚焦在艺术创造那动态的生命形式上。

赵尊岳师从况周颐，赵尊岳在其《填词丛话》卷一传其读词心法云："读词之法，首窥作者之性情襟抱，盖词本以抒写性灵。性情襟抱，固不能悬鹄以求，读词者能首加致意，体会追寻，积久以还，自身之性情，自可假以陶镕，性灵亦

---

① 熊开发. 词心说［J］. 长沙理工大学学报（社会科学版），2010（3）.
② 况周颐. 蕙风词话辑注（卷一）［M］. 屈兴国，辑注. 南昌：江西人民出版社，2000：23.
③ 杨柏岭. 晚清词家词心观念评说［J］. 文艺理论研究，2004（3）.
④ 况周颐. 蕙风词话辑注（卷一）［M］. 屈兴国，辑注. 南昌：江西人民出版社，2000：9-10.
⑤ 况周颐. 蕙风词话辑注（卷一）［M］. 屈兴国，辑注. 南昌：江西人民出版社，2000：23.
⑥ 杨柏岭. 晚清词家词心观念评说［J］. 文艺理论研究，2004（3）.
⑦ 杨柏岭. 况周颐、王国维词学思想比较研究［J］. 重庆师院学报（哲学社会科学版），2001（4）：41-48.

可因而开朗，日进益于不自知之中矣。"① 又云："词笔易学，词心难求。词心非徒属诸词事也。文人慧解，发于中而肆于外，秉笔为黄绢幼妇，在词即谓之词心。"② 他也认为词以性灵为本，这正是火传蕙风之处。③

其实三家都在试图传递着词心的内在神韵。他们认为：在词人便是词人为词用心的独特意识，在词作便是其中的精魂本色，在读者就是心领神会的意蕴妙悟。④

况周颐明确说过"非深于词不能道"词心。即是说，词心源于词人的本色心态，敏感流动中自有一种"万不得已者"。冯煦没有明说"深于词"，但把赋才、赋心转换为词才、词心，词心唯独秦观所独享，自然有秦观深于词之意。

词要有词境。"有词境"，限定了词心为词人的审美心态。况周颐的"无词境，即无词心"中的"词境"，又分"平日之阅历"和"目前之境界"。前者是词人的情感积淀，后者为词人填词营造了一个随机性的审美氛围。"吾览江山，吾听风雨"，此"览"此"听"已升华为一种审美观照。词心在词境之中酝酿而出。如果说况周颐重点分析了目前境界化生词心的作用，那么冯煦则是突出了平日阅历孕育词心的必然性。"有词境"落实在词人的"善感善觉"上，有了"其感其觉"，便有了孕育词心的可能。⑤

"词心"除得之于词境的外在的氛围，更重要的是离不开词人内在的涵养："得之于内"，"得之于内"突出了词心直觉性的心化走向。不过，强调心化色彩，突出以心性为词的走向，是晚清词家赋予词心的一个价值旨归。因此，说词心得之于内，自有其合理性。⑥

再看晚清词家的"词心"，这些词心之说突出审美主体的心性，强调心化因素，把词心上升到一种审美价值。可以说，词学活动因为有了追寻词心之话题，而焕发出个体生命意识的勃动及内在精神的贯穿。蕙风之词心包含着"得之于内"的酝酿历程，"深于词""有词境"等也须有善于用心的阶段。因此，我们可沿着冯煦、沈曾植、况周颐等人逐渐泛化词心的论说法，而把词心理解为"为

---

① 赵尊岳. 填词丛话（第1卷）［G］//《词学》编辑委员会. 词学（第3辑）. 上海：华东师范大学出版社，1985：172.
② 赵尊岳. 填词丛话（第1卷）［G］//《词学》编辑委员会. 词学（第3辑）. 上海：华东师范大学出版社，1985：162.
③ 刘红麟. 晚清四大词人研究［M］. 长沙：湖南师范大学出版社，2012：59.
④ 杨柏岭. 晚清词家词心观念评说［J］. 文艺理论研究，2004（3）：91.
⑤ 杨柏岭. 晚清词家词心观念评说［J］. 文艺理论研究，2004（3）：91.
⑥ 杨柏岭. 晚清词家词心观念评说［J］. 文艺理论研究，2004（3）：92.

词之用心"。其实，"为词之用心"是晚清词家关注词体本位、解读词人心性、求得填词门径、绍介学词体会的一个焦点。①

之前的有关词心的研究要么是片段性的，要么是某书之某一章节等，等到了邵祖平先生那，他则围绕它写了部专著《词心笺评》专门来研究词心。夏承焘在此书的序言里说《词心笺评》"夫论文字而指归心性，此释氏所谓第一义也"。在《词心笺评》一书里，邵祖平先生不仅第一次以"词心"为宗旨选编词集，还直接命名为《词心笺评》，而且《词心笺评》的序言还以近 3000 字的篇幅第一次对"词心说"做了系统阐释，值得人们重视。他把词心说与王国维之境界说结合着比较分析（夏承焘在此书序言里说《词心笺评》之"陈义且高于皋文、静安所云"），从而进一步凸显了词心说的存在价值。他认为具有词心的作品要符合两个条件：一是情感的直接传递性，二是表达的曲折蕴藉性。即强调作品要有真情，要不隔等。

综上，结合历代词人关于词心的看法与认识及关于词心的论说，我们说，有关词心的研究越来越趋于系统化、专门化了。

第三节　　"词心"说的意义及回响

"词心"说在文学创作上及文学与生活关系问题上有着独特意义，对近现代词学的发展具有重要意义，此说论述了况周颐词论观点与中国古代传统创作论中"妙悟"说的关系及其在词论史上的地位。况氏的"词心"说是结合着词境来说的。他说，词境一是指引发"现实"的现实环境，一是指词所创造的艺术境界。

总之，况氏的"词心"说，对于发扬古代文论之传统、纠正明词以来之弊病以及补浙西词论之不足等方面，其"词心"说为词坛的振兴与发展做出了积极的贡献，从而将常州派词论发展到了一个新的高度。

王国维在其《宋元戏曲史》中谈到意境说曰："写情则沁人心脾，写景则在人耳目，述事则如其口出是也。古诗词之佳者，无不如是，元曲亦然。"又在其《元剧之文章》中说："……彼此摹写其胸中之感想与时代之情状。而真挚之理与秀杰之气，时流露于其间。故谓元曲为中国最自然之文学……"② 从以上两处文字可见王国维也是很提倡"词心"一说的，他倡导词是写作者真实、自然的

---

①　杨柏岭. 晚清词家词心观念评说［J］. 文艺理论研究，2004（3）：92.
②　姚柯夫.《人间词话》及评论汇编［G］. 北京：书目文献出版社，1983：112.

流露。写其胸中之所想，耳目之所见闻。这与况周颐所倡导的性灵说、"词心"说在精神层面上是相通的，在文化层面上形成了共鸣。

袁行霈在《论意境》一文中说：兴趣，指诗人的创作冲动，兴致勃发时那种感觉……所谓性灵，指诗人进行创作时的那一片真情、一点灵犀。与况周颐所说的"此万不得已者，即词心也。而能以吾言写吾心，即吾词也……即吾词之真也"① 相似，况氏的词心也讲创作的冲动及真情。而上面这两点都是属于主观精神方面的东西。王国维高出他们的地方，在于他既关注到诗人自身的主观情意，又注意到客观物境，并且说二者交融才能产生意境。②

龙榆生在其《晚近词风之转变》（原载《同声月刊》第一卷第三号，1941年）一文中在谈到常州词派时说："所可学而能者，技术词藻，其不可学而能者，所谓词心也。词心之养成，必其性情之特至，而又饱经世变，举可惊可泣之事以酝酿之，所谓'万感横集，五中无主'者，止庵能言之，而所作恒未能相称，则亦时为之也。近百年来之词坛，殆无不为张、周二氏所笼罩，而成就之大，则有'后来居上'之感，请再申论之。"③

顾随在其《稼轩词说》里讲道："大凡为文要有高致，而且此所谓高致，乃自胸襟见解中流出，不假做作，不尚粉饰，亦且无丝毫勉强……"④

针对上面这句话，我们可看到：其中的"高致，乃自胸襟见解中流出，不假做作，不尚粉饰，亦且无丝毫勉强"不就是况周颐所云的"万不得已而为之"的"词心"说吗？顾随所倡求"高致"，先要有"涵养身心，敦励品行。"又云："耳之所闻，目之所见，心之所感，虽一草一木，一花一叶，一毫端，一微尘，发而为文，苟其成也……"在这里，我认为这与况周颐之"词心"说是相通的，因他们都提倡真实地反映自然，发自内心地为文，抒写内心的真实想法，是内心之思的喷薄而出、"自然"而成的文字。这些文字不是经过再三地雕琢而成的。

从以上多人关于词心的述说中，我们可以看出，"词心"说在现代词坛的回响，不论它如何发展都离不开词之"真"与"境"。

① 袁行霈．论意境 [J]．文学评论，1980（4）．
② 高青．《人间词话》与《蕙风词话》比较 [D]．济南：山东师范大学，2005.
③ 龙榆生．晚近词风之转变 [C] //龙榆生词学论文集．上海：上海古籍出版社，2009：415.
④ 顾随．稼轩词说 [G] //顾随全集（第2卷）．石家庄：河北教育出版社，2000：36.

第六章　"倚声填词"说
在现代词学中的传衍

纪昀《四库全书总目提要》曾云："词萌芽于唐，而盛于宋，当时伎乐，惟以是为歌曲，而士大夫亦多知音律，如今日之用南北曲也。金元以后院本杂剧盛，而歌词之法失传。然音节婉转，较诗易于言情，故好之者终不绝也。于是音律之事变为吟咏之事，词遂为文章之一种。"①

《诗余图谱》凡例第一条曰："词调各有定格，因其定格而填之以词，故谓之填词。今著其字数多少、平仄、韵脚，以俟作者填之，庶不至临时差误，可以协诸管弦。"② 强调字数多少、平仄、韵脚，主要是为了保持唐宋词调的音乐性。"三分法"（即将词按词调分为小令、中调、长调三类）出现以后，词的音乐性成了人们关注的中心，亦即：词失传以后，应该怎样保持词在文体上的音乐性？"三分法"的出现，是为了使填词者更好地"输宫合度，字字相符"。在明代，唐宋词乐失传已成为不争的事实，更重要的是时人已不能倚声为词了。

可见，词作为一种艺术形式，本是文本文学与音乐形式的综合体。但在由唐宋历元明至清的演进历程中，词便由"音律之事变为吟咏之事，词遂为文章之一种"逐渐变成纯粹的文学样式了。所以，探讨词之音律，对于认识词之本来面目，对于完整地保存词的艺术特性，无疑具有重要意义。

民国四大词人——夏承焘、唐圭璋、龙榆生、詹安泰，为中国倚声填词创造了一代辉煌，亦为新世纪词学诸学科的建设打好了基础。在本章中，我们主要述及龙榆生、吴梅、吴世昌、詹安泰、夏承焘、吴熊和、彭玉平、施议对、徐安

---

① 纪昀. 四库全书总目提要·宋名家词提要 [G] //四库全书总目（卷二）. 北京：中华书局，1965：1833.

② 张綖. 诗余图谱 [G] //续修四库全书（第1735册）. 上海：上海古籍出版社，2002：472.

琪、曾大兴等关于倚声填词的问题，他们对词学的研究各有侧重，各有建树。

龙榆生先生有多篇专文来分析倚声填词问题，写有关于谱律填词等方面问题的论文多篇，如《词律质疑》（见《龙榆生词学论文集》，上海古籍出版社，2009 年，第 144—161 页）、《论词谱——词学通论之一节》（见《龙榆生词学论文集》第 162—170 页）、《论平仄四声》（见《龙榆生词学论文集》第 171—178 页）、《令词之声韵组织》（见《龙榆生词学论文集》第 179—193 页）、《填词与选调》（见《龙榆生词学论文集》第 194—207 页）、《研究词学之商榷》（见《龙榆生词学论文集》第 94—112 页）等。

明代周瑛的《词学筌蹄》自序里说此书是一部词谱之书，其编写体例是先谱后词，目的是"使学者按谱填词，自道其意中事"。陈水云师即据此推知"词学"一词最迟在弘治七年已经出现，确切地说它是指称词的"图谱之学"，目的在于帮助初学者按谱填词。玄烨说："唐之中叶，始为填词，制调倚声，历五代北宋而极盛。……"① 此中道出了填词的历史。

施议对先生的《真传与门径——中国倚声填词在当代的传播及创造》（见《2014 年中国文学传播与接受国际学术研讨会论文集》卷下，第 21—29 页），此文从标题即可看出所谈的"倚声填词"问题，文中重点谈了民国四大词人的词学成就及其传承，谈了他们为中国的倚声填词创造的辉煌。

周韬博士在其博士论文《词为"倚声"论》里也谈到倚声填词问题，其论文从以下几个方面来谈："歌以咏言"，乐从声变……传统诗歌中音乐与文学的结合形式、唐五代是"倚声"词体初步形成的时期、"倚声"理论在唐五代的应用与曲子词的初期曲体结构、"倚声"词体在两宋的发展变化与宋词之"代胜"、南宋格律派与宋词的结局。他认为，词之本原在"倚声"："词"所以为"词"，宋人论述，均指"倚声"②。

第一节 "倚声填词"说的缘起

龙榆生在词的创作、词的考订以及词的论述三个方面都有作品传世。其作品于民国四大词人中居首位。词论论文是其专长，举凡词源、词体、词律、词韵、声情、词情、风格、流派，乃至作家、作品及学科建设等均在其论述之中。

---

① 顾广圻. 词学丛书序［M］//思适斋集（卷十三）. 上海徐氏刊本，道光十九年.
② 周韬. 词为"倚声"论［D］. 广州：暨南大学，2008：5 - 6.

　　《龙榆生词学论文集》的《〈唐宋名家词选〉后记》一文中说："词"是经过音乐陶冶的文学语言，是"曲子词"的简称。它的形式，是要受声律约束的，所以一般把做词都叫作"倚声填词"。词的发生和发展，是和隋、唐以来所有燕乐杂曲分不开的……到了隋代，由于长期南北分裂的局面重归统一，这外来音乐和民间歌曲结合起来，在中国乐坛上放射出异样的光辉，从而打开唐、宋两代"倚声填词"的风气。这种综合古今中外而富于创造性的新兴歌曲，随着经济的繁荣和文化生活的需要，大大受到人民群众的喜爱和欢迎。那时的诗人们，也都以自己的诗篇能够被乐家们所采用，配上流行的曲调，给姑娘们去演唱，引为莫大的荣宠。最初他们还是不肯牺牲个人运用惯了的五、七言诗体，来迁就"曲拍"；只是任凭乐家的摆布，添上许多"泛声"，勉强凑合着来唱。但是后来诗人们终于敌不过时代风气的激荡，也就只好按谱填词，于是"依曲拍为句"的长短句歌词，就逐渐地盛行起来了。①

　　周韬在其博士论文《词为"倚声"论》一文中说："倚声"研究的根本出发点是研究"倚声"之词究竟所倚何声、如何倚声，还词以真正的动态美。这种韵动，在音乐或曰板眼，在文学则是等同于审音下字之"要紧处"。传统民乐曲之板眼节奏并非一成不变，尤其是几位以"知音识曲"著称的词人，如张先、柳永、周邦彦等，其同一词牌词作在句式与四声上多有出入。相反，绝大多数并非熟悉音律的文人填词却很少与同调例词相龃龉。这正说明词是典型的"乐章"体：知音律者可以驾轻就熟，充分施展其创调之才，进一步开拓新的词体。而不熟悉音律的人在填词时，则按部就班地按规则填词，易于使词止乎创意，对拓宽词体贡献不大。

　　"词"之所以"倚声"，因其最初是盛唐教坊俗乐歌曲。被视为词学批评滥觞的《花间集序》，就明确提出"诗客曲子词"的概念，可见"曲子词"原本不属文人、"诗客"的文学创作，而是民间俚俗文化的产物。词是一种起源于民间的、合乐可歌的、为大众所喜闻乐见的通俗文学，胡适把它纳入"活文学"的范畴，有利于人们认识它的本来面目。《词论》也明确指出，"词"源自"郑卫之声""流靡之变"的俗乐歌曲，说明曲子词原本只是民间俚俗的"尘下"之语。这种改词不改歌，将俗词文学化、风雅化的做法，其最初的歌曲音乐是固定的，而歌词则要依据固定的曲式重造，以符合不同听众的要求。"倚声"作歌的

---

　　①　龙榆生.《唐宋名家词选》后记［C］//龙榆生词学论文集.上海：上海古籍出版社，2009：219－220.

文学史就在"诗客"们留心歌曲的文学自觉中悄然揭幕。因此,"词"体之形成与俗乐"曲子"之"声"有着密不可分的联系。词之所以不同于"诗","别是一格",就在于歌词的撰写必须"依曲拍为句",绝没有"诗"那样纵笔挥洒的自由。①

当然,周韬在《词为"倚声"论》一文中还对倚声问题提出了些设想,如:"词学"的根本命题就是"倚声"问题,事关词"别是一格"的文体命运,实在是"词"之为"学"的基石。"词学"之本,正在词为"倚声"。"倚声"概念在唐宋时期的含义是什么?"依曲拍无为句"……盖词体之成,总赖俗乐"曲谱"与"均拍"。②

周汝昌在《张伯驹先生词集序》③中写道:词为何物?文之一体也,看不起的人贬为"小道",正统士大夫视为"侧艳"。为什么?盖其本名"曲子词",用今天的话来说,即是为曲谱所"配"的"唱词儿";按谱制词,所以叫作"填词"。词曲一名,合言可以无别,析言方离而二之:曲是乐声,词则文字。至于元世,又以"曲"专指其一代之文体,其实一也。既知此义,可见词曲起源,本由民间俗唱,其词佳者固多,亦不免俚鄙粗秽……④

以上两处引文均可见倚声填词的缘起,都是由曲子词而演变为按谱填词,再而演变为词——为后来的文学作品之一样式。它们均由民间歌曲演变而来,但却渐渐脱离了音乐的本原状态,从人民大众的活的音乐文学变成了雕文绘句的笔墨文学了。

吴世昌在《词林新话》中也强调了词与音乐之先后的问题,他说词是晚于音乐调子的,他在《词林新话》第一卷《词论》中第3则中云:词乃是先有音乐调子,然后按调做长短句,不是做了长短句,然后又把它"音乐化了"。先得新腔,然后按腔作歌。吴世昌在《词论》的第7则中又谈道:"小山《采桑子》:'双螺未学同心绾……长倚昭华笛里声。'则此倚声本指唱词,非谓填词。填词亦称倚声,乃仿歌女之称,其起源较晚矣。"⑤

对于倚声填词,施议对先生在《一代词宗与一代词的综合——民国四大词人之一:夏承焘(五)》一文中说:瞿禅先生(按:指夏承焘)是一位当行作者。

① 周韬. 词为"倚声"论 [D]. 广州:暨南大学,2008:6-7.
② 周韬. 词为"倚声"论 [D]. 广州:暨南大学,2008:8.
③ 周汝昌. 张伯驹先生词集序 [M] //张伯驹. 张伯驹词集. 北京:中华书局,1985:1-2.
④ 周汝昌. 张伯驹先生词集序 [M] //张伯驹. 张伯驹词集. 北京:中华书局,1985:1-2.
⑤ 吴世昌. 词林新话(增订本)[M]. 吴令华,辑注. 北京:北京出版社,2000:3-4.

而作为一代词的综合，其声家本色，主要体现在词学承传上。承和传，即承继与传递，这是一个问题的两个方面，亦即守旧与创新。而这两个方面的推衍，又体现在代代相传的过程中。因此，所谓"综合"，亦当于此过程获得答案。20 世纪80 年代，施议对曾与唐圭璋先生探讨过这一问题。对于一代一代的划分，牵涉到分期分类问题。三种不同的划分法，立足点似皆有所不同，并非信口开河①。第一种划分法认为 20 世纪有五代词学传人，第二种划分法说的是词学上的民国三代传人，第三种划分法是指共和的三代词学传人。每一代传人中都有不同的代表人物。三种划分中有一定交叉的，但每种划分法各有自己的凭借，各自有所依归。无论怎么划分，必定围绕着瞿禅先生。这位词坛领袖，他于倚声填词的各个方面多有开辟，与各方面代表人物的联系也较密切。

第二节　倚声填词的要求

　　龙榆生在其《龙榆生词学论文集》之《填词与选调》一文中也提到词与音乐的问题，及其对填词的看法。他说：词本依声而作，声依曲调而异。词为文学之事，声为音乐之事。然二者并发于情之所感，而藉声音以表达之。方成培曰："以八音自然之声，合人喉舌自然之声，高下一贯，无相夺伦而成乐矣。"（《香砚居词尘·宫调发挥》）乐以抑扬抗坠、疾徐高下之节，表达喜怒哀乐，万有不同之情感。文人倚其声而实之以文字，而文字之妙用，仍在其所代表之语言。举凡语气缓急之间，与夫轻重配合之理，又莫不与作者之情感相应。所谓"情动于中而形于言""声成文谓之音"（《诗·大序》），必也三者吻合无间，乃为能尽歌之能事。私意填词既名倚声之学，则凡句度之长短、协韵之疏密，与夫四声轻重，错综配合之故，皆与曲中所表之情，有莫大关系……词乐未亡之时，宋人对于选调填词，即已不甚措意。然则居今日词乐久亡之后，而欲求声词配合之理，将以何者为标的乎？"……私意选调填词，必视作者当时所感之情绪奚若，进而取古人所用之曲调，玩索其声情，有与吾心坎所欲言相仿佛者，为悲，为喜，为沈雄激壮，为掩抑凄凉，为哀艳缠绵，为清空萧洒，必也曲中之声情，与吾所欲表达之词情相应，斯为得之。或谓宋人之作，已见混淆，吾人选调填词，亦漫无

---

① 施议对. 一代词宗与一代词的综合——民国四大词人之一：夏承焘（五）[J]. 文史知识，2009（9）：107.

标准，更将何所依据乎？曰：是果难言。"①

清康熙《钦定词谱》谈到填词、词谱的问题："所谓填词必当遵古，从其多者，从其正者，尤当从其所共用者，舍《词谱》则无所措手矣!"② 此词谱的编纂在体例的编排上取得了复唐宋词原始状貌的积极效果。

江顺诒也谈到乐、词、谱的问题：江顺诒始重乐理声调。他说："词以协音为先，音者何，谱是也。古人按律制谱，以词定声，此正声依永、律和声之遗意。……诒案：古人所谓谱者，先有声而后有词。声则判宫商，一调有一调之律。词则分清浊，一字有一字之音。"因此，他认为应该先审音而后论韵。郑文焯论律在声不在韵的主张与江氏先审音后论韵的看法是一致的。只不过他的观点因为没有具体阐述，显得更加模糊而已。③

龙榆生也多次提到了乐、谱、词的关系，如其《龙榆生词学论文集》中的《研究词学之商榷》一文中云：词为声学，而大晟遗谱，早已荡为云烟。即《白石道人歌曲》旁缀音谱，经近代学者之钩稽考索，亦不能规复宋人歌词之旧，重被管弦。则吾人今日研究唐、宋歌词，仍不得不以诸大家之制作为标准。词虽脱离音乐，而要不能不承认其为最富于音乐性之文学。……吾人不妨于诸家"图谱之学"外，别为"声调之学"④。

又，《龙榆生词学论文集》中的《研究词学之商榷》一文云：词本倚声而作，则词中所表之情，必与曲中所表之情相应。故唐、五代乃至北宋柳永、秦观、周邦彦诸家之作，类多本意，不复于调外标题。盖声词本不相离，倚声制词，必相吻合故也。自曲谱散亡，歌声绝于后人之耳，驯至各曲调所表之情绪，为喜为悲，为宛转缠绵，抑为激昂慷慨，若但依其句度长短，殊未足以尽曲中之情。即依谱填词者，亦复无所准则。……⑤（案：省略部分是龙榆生所举的例子）

龙榆生在《填词与选调》一文中还谈道：填词谓之倚声之学，不称"作"而称"填"，明其所以异于古、今体诗者，在其句度长短之数、声韵平上之差，必依所用之曲调为准。元微之《乐府古题·序》所谓"因声以度词，审调以节唱"者，即填词之所从托始也。原古人制曲之初，必具有各种不同之情感。《乐记》云："凡音之起，由人心生也。人心之动，物使之然也。感于物而动，故形

① 龙榆生. 填词与选调 [C] //龙榆生词学论文集. 上海：上海古籍出版社，2009：195-196.
② 田同之. 西圃词说 [G] //唐圭璋. 词话丛编（第2册）. 北京：中华书局，1986：1474.
③ 刘红麟. 晚清四大词人研究 [M]. 长沙：湖南师范大学出版社，2012：83.
④ 龙榆生. 研究词学之商榷 [C] //龙榆生词学论文集. 上海：上海古籍出版社，2009：96.
⑤ 龙榆生. 研究词学之商榷 [C] //龙榆生词学论文集. 上海：上海古籍出版社，2009：97.

于声。声相应，故生变，变成方，谓之音。"一种曲调之组成，必其人之心有所感，而借抑扬抗坠之音节以表达之，所谓相应生变，变而成方者是也。依曲调以填词，则歌词所表之情，宜与曲中所表之情相应。若但以依"曲拍为句"，为之尽填词之能事，则亦等于作长短句之律诗耳。唐、宋歌词之法，既久失传，吾人未由聆其声，以审知某一曲调所表之情为何若？今但依谱填词，纵极严于守律，而词情未必与声情相应，则亦终为其"长短不葺之诗"已耳。①

龙榆生还曾写专文来谈词谱，如其《论词谱——词学通论之一节》一文中说：词为倚声之学，前人按律以制调，后人依谱以填词，调名既多，各有定谱，词谱之学，关系于词学者深矣。惟是唐、宋时之词谱，悉就音律言之，一调之侧，缀以音符，有六、凡、工、尺、上、一、四、勾、合、五、尖一、尖上、尖凡、大住、小住、掣、折、大凡、打等管色应指字谱（详见张炎《词源》），张炎所谓"先人晓畅音律，有《寄闲集》，旁缀音谱，刊行于世"者是也。《寄闲集》今已失传，所传宋词旧谱，惟姜夔《白石道人歌曲》中之自制曲十七调，犹可推寻耳。②

针对词谱，龙榆生还举例说《四库全书总目·钦定词谱提要》云："词萌于唐而大盛于宋，然唐、宋两代，皆无词谱。盖当日之词，犹今日里巷之歌，人人解其音律，能自制腔，无须于谱。其或新声独造，为世所传，如《霓裳羽衣》之类，亦不过一曲一调之谱，无裒（póu，表示聚或减少）合众体，勒为一编者。元以来南北曲行，歌词之法遂绝。姜夔《白石词》中，间有旁记节拍，如西城焚书状者，亦无人能通其说。今之词谱，皆取唐宋旧词，以调名相同者互校，以求其句法、字数；取句法、字数相同者互校，以求其平仄；其句法、字数有异同者，则据而注为又一体；其平仄有异同者，则据而注为可平可仄。自《啸余谱》以下，皆以此法推究，得其崖略，定为科律而矣。"观其所论今之所谓词谱，皆由比较得之。盖自歌词之法不传，不得已而归纳众制，以求一共同之规律，亦知非唐、宋音谱之旧式，聊示典型而已……③

谱之由来，出于腔调，方氏《宫调发挥》云："宋时知音者，或先制腔而后实之以词，如杨元素先自制腔，张子野、苏东坡填词实之，名《泛金船》，范石

①　龙榆生.填词与选调［C］//龙榆生词学论文集.上海：上海古籍出版社，2009：194.
②　龙榆生.论词谱——词学通论之一节［C］//龙榆生词学论文集.上海：上海古籍出版社，2009：162－163.
③　龙榆生.论词谱——词学通论之一节［C］//龙榆生词学论文集.上海：上海古籍出版社，2009：162－163.

湖制腔而姜尧章填词实之,《玉楼令》之类是也。或先率意为长短句,然后协之以律,定其宫调,命之以名,如姜尧章《长亭怨慢·自叙》所云是也。又有所谓犯调者,或采本宫诸曲,合成新调,而声不相犯,则不名曰犯,如曹勋《八音谐》之类是也。或采各宫之曲,合成一调,而宫商相犯,则名之曰犯,如姜夔《凄凉犯》、仇远《八犯玉交枝》之类是也。"(《香砚居词尘》五)词必有腔,各腔之音拍不同,以某种符号纪其音拍,斯之谓谱……一词有一词之腔,即一调有一调之谱,而所谓谱者,又必详纪其音拍,乃能表示某腔某调之声容,所谓腔之韵不韵,亦必由此,乃可得知。①

徐安琪老师也有篇论文谈到了倚声填词问题,她是从诗与词的演变及词史的视角来谈倚声填词。她在《论李清照的词学思想》一文中谈道:词与诗之根本区别就在于是否能配合燕乐歌唱。所谓"倚声填词",对于词中句度短长之数、声韵平上之差以及腔调、格式等方面的规定,都是以乐曲的音声变化为标准的,"倚声填词"表明了音律是词有别于诗的基本特征。② 词学思想史上,人们对词音乐性特征的认识由来已久,《旧唐书》称温庭筠"逐弦吹之音,为侧艳之词"③,这里即包含着词讲求音律的认识。欧阳炯的《花间集序》从诗乐结合的传统指出词的音乐属性,并提出了"名高白雪,声声而自合鸾歌;响遏行云,字字而偏谐凤律"④ 的词律要求。苏门学士都比较重视词的音乐特性,陈师道批评苏轼"以诗为词"之"要非本色",乃就词的音律而言;晁补之强调"当行",故批评苏词"多不谐音律";张耒《东山词序》则称贺铸"大抵倚声而为之,词皆可歌也"⑤。李之仪与沈括都曾从词体起源的角度指出词的音乐特性。尽管人们重视词体的音乐性,讲究谐音合律,但前人所言多为抽象之论。李清照的词"别是一家"说讲究音律,要求声情和谐统一,其意义在于建立了词之为词的艺术规范和美学标准,为词体创作提供了范式。⑥

她还举了关于古人强调讲究词协音的例子。如李清照关于歌词字声的要求则可从张炎《词源》记述乃父作词情况知其大略:先人晓畅音律……每作一词,

---

① 龙榆生. 论词谱——词学通论之一节 [C] // 龙榆生词学论文集. 上海:上海古籍出版社,2009:162-163.

② 徐安琪. 论李清照的词学思想 [J]. 福州大学学报(哲学社会科学版),2006(1):59.

③ 刘昫. 旧唐书(卷一百九十下):文苑传 [G]. 北京:中华书局,1997:5079.

④ 李一氓. 花间集校 [G]. 北京:人民文学出版社,1958:1.

⑤ 张耒集(卷四十八)[M]. 李逸安,等,点校. 北京:中华书局,1990:255.

⑥ 徐安琪. 论李清照的词学思想 [J]. 福州大学学报(哲学社会科学版),2006(1):59.

必使歌者按之，稍有不协，随即改正。曾赋《瑞鹤仙》一词云："……粉蝶儿、扑定花心不去，闲了寻香两翅……"此词按之歌谱，声字皆协，唯"扑"字稍不协，遂改为"守"字，乃协。又作《惜春花早起》云："琐窗深"，"深"字意不协，改为"幽"字，又不协，改为"明"字，歌之始协。①

由以上多个例子可以看出，倚声填词与腔调、词谱、音乐、音律等的关系密切。龙榆生、江顺诒、徐安琪等人分别从不同方面对倚声填词做了详尽分析。

第三节　词（填词）与词学的区别

上面讲了倚声填词的一些情况，填词与词学又有什么区别呢？下面我们来看前人是如何分析的。

周济为《宋四家词选》所撰写的"序"和"论"为学词与词学指示了门径。他在"序"中说"问途碧山，历梦窗、稼轩，以还清真之浑化"。周济又于"论"中将"浑化"改为"浑厚"，"论"中还提到"勾勒"。况周颐和夏敬观都对其"勾勒"进行评论。

晚清之前的词学，基本上都是围绕着创作技法、词调音律和艺术欣赏几方面展开，到了王鹏运、郑文焯、朱祖谋诸大家，他们致力于词籍校勘等工作，把词学引入实证科学的层面。再后的夏承焘先生在实证基础上，开创了以史治词的新门径。吴熊和先生对词学的研究进一步超越传统史学范围，提出了以文化史治词的新视角。这种视角，为词学研究打开了新的局面。②

任二北先生在《词学研究法》集子中指出"词学"研究包括作法、词律、词乐、词集等四个方面。③

近代吴梅对朱祖谋兼融"意内言外之旨"与"审音持律之说"进行了系统化改造，这就是他在为东南大学、中央大学学生讲授词学讲稿的基础上撰写而成的《词学通论》。《词学通论》原名《词学讲义》。《词学季刊》一卷二号在介绍本书的情况时说："本书先论平仄四声，次论韵，次论音律，次论作法，于论音律章内，又附《八十四宫调正俗名对照表》《管色杀声表》《古今雅俗乐谱字对

---

① 徐安琪. 论李清照的词学思想 [J]. 福州大学学报（哲学社会科学版），2006（1）：60.
② 胡可先. 词心学脉的传承与拓展——吴熊和教授的词学渊源和贡献 [J]. 中文学术前沿，2010（1）：78.
③ 任二北. 词学研究法 [M]. 北京：商务印书馆，1935.

照表》《中西律音对照表》，最为本书之特色。自第六章以下，论列唐五代以迄清季词学之源流正变与诸大家之利病得失，虽所征引，类多不标出处，令人无所据依，而上下千年间之重要作家，罔不备举，诚足津逮来学，而为有功词苑之著作云。"此书实际上是由四部分组成的：第一章总说词体，第二章到第四章分说词的声韵音律，第五章论词的作法包括字法、句法、章法，第六章到第九章逐次论述从唐五代到明清的代表词人，大致上勾勒出中国词史发展的基本脉络。这里可看出，在吴梅心中，"词学"应该包括词体、声韵、音律、作法、词史等相关内容，这一词学"体系"的建构方式是对传统与现代进行综合调适后的结果。很明显，此书用了三章的篇幅来谈论声韵音律问题，还附录了乐谱、宫调名等对照表，很好地解决了词之音律的难点问题，这三章在全书中所占篇幅比较大。吴梅从唱曲的经历中感悟填词的真谛，提出了很多值得关注的见解，多为发前人之所未发。

龙榆生先生对"词学"体系的建构较系统，涉及了词乐、词体、词律、词韵、词论、词史、词籍等方面，比前人所述更系统些。施议对先生给龙榆生定位，称他是中国词学学的奠基人。龙榆生在《研究词学之商榷》中对于填词与词学的界定及词学八事的归纳，既充分体现他的学科意识，也是词学学科确立的一个标志。龙榆生具有自觉的学科意识，他的词论为学词与词学展示了入门途径。

吴熊和是"一代词宗"夏承焘的学术传人。吴熊和的《唐宋词通论》重在系统化构建了词学研究。在此书中，他分别讲了词源、词体、词调、词派、词论、词籍、词学七个方面，对传统词学研究格局进行了全面的总结，解决了词学研究的重要问题，为 20 世纪后期词学研究提供了新的研究范式。

一、二者的区别

《龙榆生词学论文集》中的《研究词学之商榷》一文中写道："取唐、宋以来之燕乐杂曲，依其节拍而实之以文字，谓之'填词'。推求各曲调表情之缓急悲欢，与词体之渊源流变，乃至各作者利病得失之所由，谓之'词学'。前者在词之歌法未亡之前，凡习闻其声者，皆不妨即席填词，便付弦管藉以娱宾遣兴。即在歌词之法已亡之后，亦可依各家图谱……以自抒其性灵抱负……"①《类编

---

① 龙榆生. 研究词学之商榷［C］//龙榆生词学论文集. 上海：上海古籍出版社，2009：94.

草堂诗余提要》云："自明以来，（填词）遂变为文章之事，非复律吕之事。"①南宋时起采用以题材分类的做法，是因为人们对乐谱熟稔在心，对于某词某调的平仄、协韵、字数多少，无须一一标注说明，但到了词乐已经衰亡的明代，如果不作注明，则会出现率意填词的乱象。"三分法"的出现是中国词学转型的重要标志，标志着中国词学由音乐谱时代进入格律谱时代。在清代，填词进入格律谱时代，词谱的编订成为一种常态。虽然在理论上尚有未尽完善处，但由它而引发的一系列理论话题，成为清代词学继续发展的一个方向。"三分法"成为明清时期最为常用的词学批评话语，这既表现在对词的体性问题的探讨上，也体现在清初不同词派对于词学主张的阐扬和词史观念的表达上。

龙榆生在其《今日学词应取之途径》一文中说道："词学与学词，原为二事。治词学者，就已往之成绩，加以分析研究，而明其得失利病之所在，其态度务取客观……学词者将取前人名制，为吾揣摩研练之资，陶铸销融，以发我胸中之情趣，使作者个性充分表现于繁弦促柱间，藉以引起读者之同情，而无背于诗人'兴''观''群''怨'之旨，中贵有我，而义在感人……"②

刘再复写过《施议对：词学的传人》一文，说有施议对在，就有词学。现代词学不会中断而将会更有活力。词学传人就是传播词学的人。施议对先生说："传播词学的人，是不是也会填词呢？我看不一定。不填词也可以传播词学，称作词学的传人。"他还说，以词学传人这一名称说当代中国倚声填词，还是比较恰当的。③他还做了《二十世纪词学传承图》来说 20 世纪词学的五代传人及他们对词学的贡献。

从以上几人所谈可见，填词与词学是有区别的，学词与词学也不同。20 世纪中国倚声填词经历了开拓期、创造期及蜕变期。学词与词学的阵地也由唐、宋转移至清，由清转移至民国，由民国转移至共和。陈水云老师在其论文《现代"词学"考论》一文中对此总结填词与词学的区别为："填词"是一种创作实践，"词学"是对这一创作实践的理论探讨。没有"填词"便没有"词学"④。所以说，谈论词学，就不可避免地要谈论填词，但二者又不是一回事。

彭玉平在其《"清代词学的学科体系与学术内涵"专题研讨》一文中对龙榆

---

①　永瑢，等．类编草堂诗余提要［G］//四库全书总目集部．北京：中华书局，1965：1826.

②　龙榆生．今日学词应取之途径［C］//龙榆生词学论文集．上海：上海古籍出版社，2009：113.

③　施议对．真传与门径——中国倚声填词在当代的传播及创造［C］．2014 年中国文学传播与接受国际学术研讨会论文集（卷下），2014：21.

④　陈水云．现代"词学"考论［J］．兰州大学学报（社会科学版），2012，40（2）：10.

生上面的说法做了分析。他说，龙榆生首先将"词"与"词学"做了区别：取唐、宋以来之燕乐杂曲，依其节拍而实之以文字，谓之"填词"。推求各曲调表情之缓急悲欢，与词体之渊源流变，乃至各作者利病得失之所由，谓之"词学"。这段话体现了龙榆生对"填词"与"词学"关系的科学认知。综其所论，"填词"与"词学"的区别大致有三个方面：其一，"填词"在歌法未亡或亡后皆可填写，而"词学"则一般在填词呈衰落之势时才出现；其二，一般懂得音韵声律的文人学士皆可填词，而词学则是文学史家之事，前者兼指文人与学士之创作，后者乃专指学者之学术；其三，填词的目的则是通过对创作现象的分析归纳，梳理词体发展之规律和"盛衰转变之情"①。可见，无论是在时间、作者身份，还是目的上，填词与词学都是完全不同的两个领域。

而赵尊岳对于词学的研究，认为词学是有一个由填词而唱词、由词律而制乐的渐进过程，亦即由文学研究转而进行音乐研究的历程。他专门探讨了朝鲜官修乐书《乐学轨范》和日本旧钞本《魏氏乐谱》，还注释过《白石旁谱》，笺校过张炎《讴歌要旨》，对唐宋词乐之学多有发明，并能提出新见。最值得一提的是，他对"唱词"问题的研究，撰写过《唱词臆说》《唱词作曲杂说》，提出了歌、词、谱三者不可或缺的观点："三者失一，非无词之调，即失谱之长短句，亦无可歌之管色矣。"因为词学为声学，亦称倚声之学，唱词的研究当为词学研究之重要义项，他的"唱词"研究与龙榆生的"声调之学"可谓埙篪互凑，各尽其妙，各表其美。②

二、填词的要求与运用

龙榆生在《论平仄四声》一文中在论述四声与音律的关系时说：自宫谱失传，而填词者已不知协律为何事。然宫调缘于律吕，歌词出自语言，其抗坠抑扬，疾徐高下，所以表达一切情感者，理本无殊。方成培说："音自人心而生，律由古圣而作。人心千古不死，则律法终古不亡，古调虽有沦废，固可寻绎而知也。"又曰："以八音自然之声，合人喉舌自然之声，高下一贯，无相夺伦而成乐矣。"（《香砚居词尘·宫词发挥》）乐有抑扬高下之节，声有平上去入之差，准此以谈，则四声与音律，虽为二事，然于歌谱散亡之后，由四声以推究各词调声韵组织上之所由殊，与夫声词配合之理，亦可得其仿佛。若执四声以当宫律之

---

① 彭玉平．"清代词学的学科体系与学术内涵"专题研讨［J］．中山大学学报，2006（1）：7．
② 陈水云．赵尊岳和他的词学研究［J］．古典文学知识，2015（2）：15－16．

律，则又差以毫厘，失之千里矣。①

龙榆生《论平仄四声》一文中在谈到"论平仄在歌词上之运用"时又云：填词家对于平仄四声之运用，不出两途。或宽或严，亦各因其所用之调而异。大抵寻常通行之调，率以两平两仄相间，其体出于唐人近体律、绝诗者，多可不必拘泥。② 例如，唐、五代的小令：《望江南》（白居易）、《相见欢》（李后主）……

以上讲到了填词家在填词时对平仄的要求及其运用情况。同时，也要注意，明清词家已意识到词谱、声韵的重要性，认为填词离不开词谱。

明代词学中衰，创作不振，但对词谱的探讨却有开先河之功，其中最著名的一是张綖的《诗余图谱》，一是程明善的《啸余谱》。张綖自述其撰作《诗余图谱》的动机是："词调各有定格，因其定格而填之以词，故谓之填词。今著其字数多少，平仄韵脚，以俟作者填之，庶不至临时差误。"③ 张綖虽撰作《诗余图谱》，但后来将《诗余图谱》加以推广并引起人们关注的却是顾从敬刊本《类编草堂诗余》一书，顾从敬刊本的运用和传播对后代产生了广泛而深远的影响，它改变了明末清初词坛的发展格局。

关于词谱在境外的研究成果，如日本森川竹磎以编纂《词法小论》《词律大成》而受到好评。特别是其编写的《词律大成》超越万树《词律》的六五九调、王奕清等《钦定词谱》的八二六调，收录了八四三调、一六九六体，成为当时最大的词谱。④

针对词谱，夏承焘在词乐之学方面的突出成就是对姜白石词谱的整理和破译。他在这一方面的成果主要体现在《姜白石词编年笺校》《白石诗词集》（校辑）等著作和《姜白石词谱与校理》《白石十七谱译稿》《白石道人歌曲校律》《姜夔词谱学考绩》等论文中。姜夔《白石道人歌曲》中有自度曲17首，自注旁谱，是流传至今的唯一完整的宋代词乐文献，然不注律吕而注当时俗字谱，与工尺谱同系而异体，元、明以来，无人能解。清人方成培、戴长庚、陈澧等据《朱子大全》所载谱式，译为工尺谱，张文虎又重加订正，已得十之七八。⑤

夏承焘在声韵之学方面也颇多创获。他说，过去有些词家如张炎、杨缵等，

① 龙榆生. 论平仄四声 ［C］//龙榆生词学论文集. 上海：上海古籍出版社，2009：171.
② 龙榆生. 论平仄四声 ［C］//龙榆生词学论文集. 上海：上海古籍出版社，2009：172.
③ 张宏生. 明清之际词谱反思与词风演进 ［J］. 文艺研究，2005（4）：90.
④ ［日本］萩原正树. 森川竹磎的词论研究 ［J］. 南京师范大学文学院学报，2010（3）：130.
⑤ 曾大兴. 词学的星空：20 世纪词学名家传 ［M］. 石家庄：河北人民出版社，2009：403 - 404.

主张填词必须与宫调声情相合，必须依月用律等。夏承焘通过细勘柳永、周邦彦等"深解词乐者"的标明宫调之词，发现"宋人填词，但择腔调声情而不尽依宫调声情"；而所谓"依月用律"，亦不尽然①。他指出："张炎《词源》'五音宫调配属图'，以八十四调分属十二月，如正月用太簇，二月用夹钟等，盖借古乐装点。今考周清真《片玉集》，前六卷分四时编次，以其宫调核对时令，符者仅七首。"即以张炎本人的词集为例，"校其时令，则仍十九不合"。"盖宋以哑觱篥和唱，不用中管，若依月用律，则有五个月之不可歌。"②

吴世昌在《词林新话》中的《词论》第8则也谈到依月用律问题：《花庵词选》晁次膺（即晁端礼）名下注："宣和间充大成（晟）府协律郎，与万俟雅言（万俟咏，字雅言）齐名，按月律进词。"可见宋时每月有规定音律，大晟府官吏须按律每月进词。③ 这里记载了当时填词的情况。

三、针对填词在实践中出现的问题

曾大兴在《词学的星空：20世纪词学名家传》一书中写道：朱祖谋过于讲求四声，夏承焘对此颇不以为然。《天风阁学词日记》里探讨这个问题的文字很多。如：1941年8月8日，"又得孟劬翁书，……又谓今词既不可歌，斤斤四声，亦属多事，按谱填词，但期大体无误矣"④。夏承焘认为，不守四声固然不好，严守四声也未必佳。他在1940年4月完成的《唐宋词字声之演变》一文中说："今日论歌词，有须知者二义：一曰不破词体，一曰不诬词体。谓可勿守四声，其拗句皆可改为顺句，此破词体也。谓词之字字四声不可通融，如方、杨诸家之和清真，此诬词体也。过犹不及，其弊且浮于前者。盖前者出于无识妄为，世已尽知其非；后者似乎谨严循法，而其弊必至以拘手禁足之格，来后人因噎废食之争。是名为崇律，实将亡它也。"⑤ 他所批评的"后者"，其实就是朱祖谋这班人。另外，朱祖谋等人填词爱用涩调，夏承焘对此亦颇不以为然。《天风阁学词日记》在1941年2月15日中写道："阅《同声月刊》二期……俞感音《填词与选调》，当榆生作。分析词调声情甚详，颇不满近人好为涩调，适与予意合。"

---

① 曾大兴. 词学的星空：20世纪词学名家传［M］. 石家庄：河北人民出版社，2009：405.
② 夏承焘. 词律三义［G］//夏承焘集（第2册）. 杭州：浙江古籍出版社，1998：5-10.
③ 吴世昌. 词林新话（增订本）［M］. 吴令华，辑注. 北京：北京出版社，2000：4.
④ 曾大兴. 词学的星空：20世纪词学名家传［M］. 石家庄：河北人民出版社，2009：399.
⑤ 夏承焘. 唐宋词字声之演变［G］//夏承焘集（第2册）. 杭州：浙江古籍出版社，1998：81-82.

龙榆生在这篇文章里写道："近人之治此学者，类喜选用周、吴诸家之僻调，严守其四声，托于'虽无老成人，尚有典型'之遗意，以为如此，可以尽填词之能事矣。而一究其何以必须如此，则亦不能言其义。且选用僻调，而严守其四声，以为是可以协律矣，然则其他宋人习用之调，半及四声，出入不可胜数者，将皆谓其为不协律可乎？此又令人迷惘而无所问津矣。"①

第四节　关于倚声填词之余论

此节主要谈谈詹安泰、刘永济等人对倚声填词说的看法。

一、詹安泰关于词的声韵、填词问题的评论

词的声韵问题也是詹安泰最为用心的问题之一。早在 20 世纪 40 年代初期，在他的《词学研究》这部书稿里，就曾辟有《论声韵》一章，专门讨论这个问题。20 世纪 40 年代中期，他还一连发表了两篇论文，一是《中国文学之倚声问题》（1944 年），一是《论填词可不必严守声韵》（1945 年），来谈及这个问题。

声韵问题涉及很多方面，詹安泰讲的最多的是"四声"问题。他的《论填词可不必严守声韵》一文，在吸收夏承焘的有关成果的基础上，对"四声"问题做了更为深入的研究。② 詹氏在四声问题上的态度很理性、很辩证："窃意既名填词，则受声律所限制，自不可免，必欲催陷而廓清之，则亦不成其为词矣。唯四声无或出入，似亦过于死执；况古人名作正多，必以数家为准，门户亦似太隘；既不能施诸歌唱，协诸管弦，则除拗调拗句加以严守外，即仅依平仄填倚，亦不失其真美也。"（见詹安泰《词学研究·论声韵》）他的主张是："除拗调拗句"之外，其他"仅依平仄"即可，不必一一严守。詹氏关于四声的问题与龙榆生、夏承焘等人的看法是一致的。但他比龙榆生和夏承焘的看法要深入、系统得多。他不仅详细考察了前人对待四声的态度，更列举了不必严守四声的多种理由。③ 詹安泰就词乐的问题提出了两条建议："（一）就形以求质，使声情吻合。（二）变质以求形。"关于这一点，詹安泰的解释是："词之唱法与乐谱虽已失

---

① 龙榆生. 填词与选调 [C] //龙榆生词学论文集. 上海：上海古籍出版社，2009：196.
② 曾大兴. 20 世纪词学名家研究 [M]. 北京：中华书局，2011：354.
③ 曾大兴. 20 世纪词学名家研究 [M]. 北京：中华书局，2011：355.

传，然即词之声、字与其句、调之组织以求之，其本质之美妙犹在也。"①

詹安泰点明了词之声、字之运用与句、调之组织，均宜讲求。关于第二点，詹氏的解释是："词乐虽不可复识，其所用之乐器与其用法，犹有可得考见者。""既考明乐器与其用法之后，再依古人唱词之一字一音、一句一拍法，就古词中较为圆美之调，或取后人较为习用之调，配以遭受……（然后）易以今字，试付管弦。"②

詹安泰关于"填词可不必严守声韵"的主张，尤其是不必严守四声的主张，与常州派在声律问题上的态度是一致的，与朱、况等桂派人的关于声律的主张则大相径庭。

二、刘永济《词论》

《词论》云：词者，其始盖众制之通称也。……掇拾旧闻，约有两谊：一者，乐家有声有词，古人缘词制调，后人倚声填词，略声举词，故约词也；二者，词者音内而言外，音属宫调，言指歌词，宫调内而难知，歌词外而易见，简内而称外，故曰词也。③

刘永济在其《词论》中讲到关于调名缘起时说："论其缘起者，大抵散见宋以来笔记、词话之中，而王晦叔之《碧鸡漫志》，考核独精。《四库全书总目·词曲类二》：'《碧鸡漫志》一卷，宋王灼撰。灼有《糖霜谱》，已著录。是编详述曲调源流，前七条为总论：述古初至唐、宋声歌迟变之由；次列《凉州》……凡二十八条，一一溯得名之缘起与其渐变宋词之沿革。……灼作是编，就其传授分明可以考见者，核其名义，正其宫调，以著倚声所自始。'……今就诸家所记综合观之，调名缘起，约有数端：有因乐府旧曲而名者……有用前人诗赋为名者……有取本词字句为名者……"④

刘永济《词论》中在讲到"词格宜遵也"时云：至唐律以后，浸淫而为词，尤以谐声为主。倘平仄失调，则不可入调。周、柳、万俟等之制腔造谱，皆按宫调，故协于歌喉，播诸弦管。……及阅吴子律《莲子居词话》称西林先生言："词之兴也，先有文字，从而宛转其声，以腔就辞者也。洎乎传播通久，音律确然，继起诸词人不得不以辞就轻，于是必遵前词字脚之多寡、字面之平仄，号曰

① 曾大兴. 20 世纪词学名家研究［M］. 北京：中华书局，2011：356.
② 曾大兴. 20 世纪词学名家研究［M］. 北京：中华书局，2011：356.
③ 刘永济. 词论［M］. 上海：上海古籍出版社，1981：2.
④ 刘永济. 词论［M］. 上海：上海古籍出版社，1981：29-30.

填词。……"其说与余同。①

三、周韬对词之倚声的论述

周韬在其博士论文里写道：词之本原在"倚声"。"词"之所以为"词"，宋人论述，均指"倚声"。《词论》云："盖诗文分平侧，而歌言分五音，又分五声，又分六律，又分清浊轻重。"五音配五声，宫商角徵羽配唇齿牙舌喉，再谐以十二律吕，是为时人歌词撰写者之"倚声"写照。善治音韵小学的清人，欲置宋人明确提出的五音五声于不顾，唯凭仅具抑扬高下长短缓急之平上去入四种声调穷究其法，其所谓"词乐"，何尝暂离"永明体"、近体格律之窠臼哉？②

"声"者，"音"也（《说文》），"鸣"也（《白虎通礼乐》），凡乡曰声（《张载正蒙》）；"乐"者，"五声八音总名"（《说文》）也。八音者，金丝竹匏土革木，在器者也；"五声"，"宫商角徵羽"，在声者也。……可知，"声"在宋代音乐中，特指声音之高下（清浊），比类于今所谓"相对音高"；而宋代音韵学家则以其为口腔不同部位所发之音质不同之声，是人声中的音质概念。……而词为"倚声"的命题，其研究对象当在唐宋时文学与音乐离合之客观实际，服务于词学研究，要力图揭示词因何而"别是一格"、其所以为词的根本要素是什么。唯从此入，方得真正廓清诗词曲之界限，为词作欣赏（读懂词）与创作（会填词）指示门径。③

---

① 刘永济. 词论 ［M］. 上海：上海古籍出版社，1981：35-36.
② 周韬. 词为"倚声"论 ［D］. 广州：暨南大学，2008：5-6.
③ 周韬. 词为"倚声"论 ［D］. 广州：暨南大学，2008：5-6.

参考文献

一、著作类

[1] 顾广圻. 词学丛书序 [M] //思适斋集（卷十三）. 上海徐氏刊本，道光十九年.

[2] 任二北. 词学研究法 [M]. 北京：商务印书馆，1935.

[3] 李一氓. 花间集校 [G]. 北京：人民文学出版社，1958.

[4] 永瑢，等. 类编草堂诗余提要 [G] //四库全书总目集部. 北京：中华书局，1965.

[5] 叶嘉莹. 迦陵论词丛稿 [M]. 上海：上海古籍出版社，1980.

[6] 刘永济. 词论 [M]. 上海：上海古籍出版社，1981.

[7] 唐圭璋. 唐宋词简释 [M]. 上海：上海古籍出版社，1981.

[8] 张伯驹. 丛碧词话 [G] //《词学》编辑委员会. 词学（第1辑）. 上海：华东师范大学出版社，1981.

[9] 缪钺. 诗词散论 [M]. 上海：上海古籍出版社，1982.

[10] 姚柯夫. 《人间词话》及评论汇编 [G]. 北京：书目文献出版社，1983.

[11] 詹安泰. 词学研究. 论寄托 [G] //詹安泰词学论稿. 广州：广东人民出版社，1984.

[12] 赵尊岳. 填词丛话（第1卷）[G] //《词学》编辑委员会. 词学（第3辑）. 上海：华东师范大学出版社，1985.

[13] 周汝昌. 张伯驹先生词集序 [M] //张伯驹词集. 北京：中华书

局，1985.

［14］邱世友．况周颐词论管窥［G］//《词学》编辑委员会．词学（第4辑）．上海：华东师范大学出版社，1986.

［15］唐圭璋．历代词学研究述略［C］//词学论丛．上海：上海古籍出版社，1986.

［16］夏敬观．《蕙风词话》诠评，《蕙风词话》附录［G］//唐圭璋．词话丛编（第5册）．北京：中华书局，1986.

［17］张惠言论词［G］//唐圭璋．词话丛编（第2册）．北京：中华书局，1986：1617.

［18］蔡桢．柯亭词论［G］//唐圭璋．词话丛编（第5册）．北京：中华书局，1986.

［19］詹安泰．论填词可不必严守声律［C］//华东师范大学中文系古典文学研究室编．词学研究论文集．上海：上海古籍出版社，1988.

［20］杜黎均．《二十四诗品》译注评析［M］．北京：北京出版社，1988.

［21］张耒集（卷四十八）［M］．李逸安，等，点校．北京：中华书局，1990.

［22］张正吾，等．王鹏运研究资料［M］．北京：中国社会科学出版社，1994.

［23］刘昫．旧唐书（卷一百九十下，文苑传）［G］．北京：中华书局，1997.

［24］陈廷焯．白雨斋词话［M］．杜维沫，校点．北京：人民文学出版社，1998.

［25］夏承焘．唐宋词字声之演变［G］．夏承焘集（第2册）．杭州：浙江古籍出版社，1998.

［26］况周颐．蕙风词话辑注［M］．屈兴国，辑注．南昌：江西人民出版社，2000.

［27］顾随．稼轩词说［G］//顾随全集（第2卷）．石家庄：河北教育出版社，2000.

［28］词林新话（增订本）［M］．吴世昌，吴令华，辑注．北京：北京出版社，2000.

［29］严迪昌．清词史（第2版）［M］．南京：江苏古籍出版社，2001.

［30］周济．介存斋论词杂著［G］//张璋，等．历代词话（下）．郑州：大象出版社，2002.

[31] 张綖. 诗余图谱 [G] //续修四库全书（第1735册）. 上海：上海古籍出版社, 2002.

[32] 赵尊岳. 蕙风词话跋 [M] //孙克强. 蕙风词话·广蕙风词话. 郑州：中州古籍出版社, 2003.

[33] 吴世昌, 吴令华. 词跋 [G] //吴世昌全集（第11卷）. 石家庄：河北教育出版社, 2003.

[34] 王国维. 人间词话 [M]. 滕咸惠, 译评. 长春：吉林文史出版社, 2004.

[35] 杨柏岭. 晚清民初词学思想建构 [M]. 合肥：安徽大学出版社, 2004.

[36] 吴梅. 词学通论 [M]. 南京：江苏文艺出版社, 2008.

[37] 王国维. 人间词话 [M]. 滕咸惠, 译评. 长春：吉林文史出版社, 2008.

[38] 迟宝东. 常州词派与晚清词风 [M]. 天津：南开大学出版社, 2008.

[39] 曾大兴. 词学的星空：20世纪词学名家传 [M]. 石家庄：河北人民出版社, 2009.

[40] 龙榆生. 《唐宋名家词选》后记 [C] //龙榆生词学论文集. 上海：上海古籍出版社, 2009.

[41] 龙榆生. 填词与选调 [C] //龙榆生词学论文集. 上海：上海古籍出版社, 2009.

[42] 龙榆生. 研究词学之商榷 [C] //龙榆生词学论文集. 上海：上海古籍出版社, 2009.

[43] 龙榆生. 论词谱——词学通论之一节 [C] //龙榆生词学论文集. 上海：上海古籍出版社, 2009.

[44] 龙榆生. 论平仄四声 [C] //龙榆生词学论文集. 上海：上海古籍出版社, 2009.

[45] 曾大兴. 20世纪词学名家研究 [M]. 北京：中华书局, 2011.

[46] 彭玉平. 人间词话疏证 [M]. 北京：中华书局, 2011.

[47] 刘红麟. 晚清四大词人研究 [M]. 长沙：湖南师范大学出版社, 2012.

二、期刊、学位论文或论文集

[1] 赵尊岳. 蕙风词史 [J] //词学季刊, 1934, 1 (4).

[2] 詹安泰. 论寄托 [J] //词学季刊, 1936, 3 (3).

[3] 袁行霈. 论意境 [J]. 文学评论, 1980 (4).

[4] 邱世友. 詹安泰词论追记 [J]. 学术研究, 1986 (5).

[5] 杨柏岭. 况周颐、王国维词学思想比较研究 [J]. 重庆师院学报（哲学社会科学版）, 2001 (4).

[6] 杨柏岭. 晚清词家词心观念评说 [J]. 文艺理论研究, 2004 (3).

[7] 刘红麟. 晚清四大家词学与词作研究 [D]. 苏州：苏州大学, 2005.

[8] 高青.《人间词话》与《蕙风词话》比较 [D]. 济南：山东师范大学, 2005.

[9] 张宏生. 明清之际词谱反思与词风演进 [J]. 文艺研究, 2005 (4).

[10] 曾大兴. 缪钺对王国维词学思想的继承与超越 [J]. 四川大学学报（哲学社会科学版）, 2006 (6).

[11] 曾大兴. 缪钺对王国维词学思想的继承与发展 [C]. 2006 词学国际学术研讨会论文集（二）, 2006.

[12] 徐安琪. 论李清照的词学思想 [J]. 福州大学学报（哲学社会科学版）, 2006 (1).

[13] 彭玉平. "清代词学的学科体系与学术内涵" 专题研讨 [J]. 中山大学学报：社会科学版, 2006 (1).

[14] 刘红麟. 开山采铜，厥功甚伟：王鹏运 "重拙大" 论 [J]. 河池学院学报, 2007 (1).

[15] 曾大兴. 况周颐《蕙风词话》的得与失 [J]. 文艺研究, 2008 (5).

[16] 周韬. 词为 "倚声" 论 [D]. 广州：暨南大学, 2008.

[17] 彭玉平. 论王国维 "隔" 与 "不隔" 说的四种结构形态及周边问题 [J]. 文学评论, 2009 (6).

[18] 龙榆生. 论常州词派 [C] //龙榆生词学论文集. 上海：上海古籍出版社, 2009.

[19] 龙榆生. 晚近词风之转变 [C] //龙榆生词学论文集. 上海：上海古籍出版社, 2009.

[20] 施议对. 一代词宗与一代词的综合——民国四大词人之一：夏承焘

（五）[J]．文史知识，2009（9）．

[21] 胡可先．词心学脉的传承与拓展——吴熊和教授的词学渊源和贡献[J]．中文学术前沿，2010（1）．

[22] 熊开发．词心说[J]．长沙理工大学学报（社会科学版），2010（3）．

[23] [日] 荻原正树．森川竹磎的词论研究[J]．南京师范大学文学院学报，2010（3）．

[24] 张彩云．常州词派的清词评研究[D]．淮北：淮北师范大学，2011．

[25] 刘晶．况周颐《蕙风词话》研究[D]．沈阳：辽宁大学，2011．

[26] 陈水云．现代"词学"考论[J]．兰州大学学报（社会科学版），2012（2）．

[27] 施议对．真传门径——中国倚声填词在当代的传播及创造[C]．2014年中国文学传播与接受国际学术研讨会论文集（卷下），2014．

[28] 张兆勇．"风人深致"与清人所至——从《人间词话》看作为自觉转型时士人的深与不深[J]．阜阳师范学院学报，2015（3）．